Claire B
Marie

Vania, Vassia et la fille de Vassia

Macha Méril

Vania, Vassia et la fille de Vassia

LIANA LEVI *piccolo*

Les personnages de ce roman sont fictifs, ainsi que certains lieux, bien qu'ils participent d'événements historiques. Toute ressemblance avec des personnes vivantes ou disparues est purement fortuite.

ISBN : 979-10-349-0628-4

www.lianalevi.fr

à toi, toujours

La bêtise n'est pas mon fort. J'ai vu beaucoup d'individus; j'ai visité quelques nations; j'ai pris ma part d'entreprises diverses sans les aimer [...].

Je n'ai pas retenu le meilleur ni le pire de ces choses: est resté ce qui l'a pu.

Mais je crois m'être toujours bien jugé. Je me suis rarement perdu de vue; je me suis détesté, je me suis adoré; – puis nous avons vieilli ensemble.

Paul Valéry, *Monsieur Teste*

PREMIÈRE PARTIE

Les cavaliers de la steppe

Vania

Janvier 1939

Le vent d'hiver siffle entre les sapins. Vania tressaille, il s'était assoupi. Il est réveillé par la cloche qui sonne au loin, annonçant la messe de minuit. Il chausse à la hâte ses godillots qu'il avait mis à sécher devant la cheminée, il a encore beaucoup neigé aujourd'hui. Il enfile sa pelisse d'un autre temps et se précipite hors de la maisonnette sous l'œil de Tarass, l'épagneul qui a été autorisé à dormir dans la cuisine par ce froid, attaché au pied du buffet à cause des rôtis et des koulibiaki posés sur la table de Noël, prudemment recouverts d'une grosse nappe.

Nadia et les jumeaux Dima et Aliocha sont déjà là-bas, ils sont allés décorer les icônes avec des fleurs et des bougies. Des fleurs, un bien grand mot, quelques chardons séchés cueillis en été sur les talus au bord des routes et une brassée de roses rouges échangées contre des bocaux de miel à la fin du marché. Nadia sait les arranger sur des petits napperons brodés par elle pour l'occasion, on peut y lire en caractères cyrilliques : Jésus est né.

L'église est à huit cents mètres, à la croisée des chemins de forêt. On aperçoit sa haute silhouette sombre striée par les rafales de neige, faiblement éclairée par deux grandes torchères plantées dans le sol de chaque côté de l'auvent.

Le son aigrelet de la cloche forgée par Petia tinte à nouveau, l'office va commencer. Vania presse le pas. Il entend déjà sa femme le gronder à voix basse avec son accent podolien : « Tu t'es encore endormi… » Il ne répondra rien, toujours coupable devant cette femme à l'immuable autorité slave, brusquerie paysanne en guise d'affection. Il lui expliquera plus tard que l'autobus l'a laissé sur la grand-route, le chauffeur n'a pas voulu faire le crochet jusqu'à La Motte, de peur de s'embourber dans le chemin enneigé. Vania a dû parcourir les cinq derniers kilomètres à pied sous la neige dans l'obscurité de la nuit tombée, les bras chargés de paquets, de friandises et de vêtements pour les enfants, achetés au rabais à Brive après les fêtes catholiques. Il était épuisé à l'arrivée.

L'édifice n'a guère une allure d'église, ils ont été autorisés par le diocèse à retaper un hangar en bois, à en fermer les côtés, puis à consacrer ce baraquement en chapelle. Un prêtre passe tous les quinze jours pour une messe, il y a pénurie d'officiants orthodoxes en France, surtout dans les régions rurales reculées. Parfois les cosaques de la ferme célèbrent les grandes fêtes entre eux, depuis la dernière encyclique c'est possible. Fedia, qui a une voix forte, assume le rôle de diacre pour la lecture des Évangiles.

Le père Timothée est venu de Tulle dans sa vieille guimbarde, d'habitude il arrive en retard. Les chants ont commencé, il doit déjà être là. Vania secoue la neige accrochée à ses épaules, enlève sa chapka et se glisse dans la chapelle bondée. Une quarantaine de visages graves et recueillis. Hommes et femmes debout, un cierge à la main qu'ils allumeront à la naissance de l'Enfant divin. Les femmes, tête couverte, les hommes tête nue. Dans le coin, un calorifère à charbon ronronne en vain, la buée sort des bouches comme à l'extérieur.

Tout en chantant Vania se place derrière le petit chœur composé de sa femme, de Lioudmila et de son fils Pacha, de Sonietchka à la voix de soprano cristalline et de son père Vassia, basse russe naturelle : *Gospodi Pomiloui, Gospodi Pomiloui*, Seigneur, aie pitié.

La longue liturgie se déroule, répétitive et entêtante. On attend quelque chose, pas seulement l'avènement de la naissance du Fils de Dieu, mais une bonne nouvelle, un coup de théâtre qui bousculera la vie de tous.

Par une dramaturgie minutieuse, le père Timothée vient de faire son entrée en ouvrant l'iconostase rustique qui sert de paravent à l'eucharistie, pratiquée à l'abri des yeux des fidèles. Il arbore une chasuble blanche et dorée, celle des jours joyeux, un grand crucifix sur la poitrine sous sa barbe clairsemée. Dépassant de la chasuble, sa vieille soutane trop courte ne cache pas ses chaussures militaires et son pantalon chiffonné. Il secoue son encensoir par gestes saccadés, l'église s'emplit de l'odeur suave de l'encens et des bougies. Tous entonnent avec ferveur le Notre Père en slavon, certains s'agenouillent, embrassent le sol en se signant.

Ce soir, le père Timothée n'est pas venu seul. Un jeune homme blond l'accompagne, aux yeux si clairs qu'on ne peut pas en définir la couleur. Lui aussi porte une chasuble, un grand flambeau à huile dans une main et le Livre saint dans l'autre, qu'il présente au prêtre en l'ouvrant à la bonne page sur un tabouret. Il psalmodie avec le père Timothée, en écho ou à l'unisson. Il l'aide à se déplacer, le vieux prêtre n'est pas très ferme sur ses jambes.

Vania aime bien ce prêtre qui leur donne des nouvelles de la situation en Russie, ils ne parviennent toujours pas à dire « Union soviétique ». Il viendra souper chez eux après l'office, tradition plutôt pascale, mais loin de leur terre toutes les occasions sont bonnes pour se réunir, pour célébrer une fête religieuse. Cette année, le réveillon incombe à Vania. À La Motte, les cosaques l'organisent à tour de rôle, d'une maison à l'autre, mais toutes les *babas,* leurs épouses, participent à la fabrication du borchtch, des *pirojki* et des brioches que le pope bénira. À part la soupe qu'on réchauffera au dernier moment, toutes ces victuailles froides et indigestes attendent depuis l'après-midi sur la grande table, les vieillards et les enfants n'y résistent pas, généralement ils tombent malades le lendemain. À moins que ce ne soit la vodka domestique à quarante-cinq degrés, à base de pommes de terre fermentées, une bombe pour l'estomac.

La petite communauté s'ébroue vers la sortie, les bavardages reprennent, en russe pour la plupart, en français pour les enfants. La neige a cessé de tomber mais on remet les bonnets et les écharpes, rien de plus frileux qu'un cosaque. On dit qu'au pays ils se calfeutraient dans les maisons et dormaient au-dessus des grands poêles en faïence en attendant le dégel. Ils ont réhabilité cette exploitation agricole qui était à l'abandon, ils ont travaillé dur été comme hiver sans voir passer les ans. Une quinzaine d'années déjà pour certains. Les flancs montagneux de la Corrèze rappellent les monts de l'Oural d'où quelques-uns sont originaires, mais les femmes se plaignent de l'absence de baies et de champignons. Il y a bien des cèpes, mais pas la multitude d'espèces avec lesquelles on faisait de délicieux potages. Ici, au moins, il n'y a pas d'ours, on peut se promener sans crainte.

Le père Timothée remonte dans l'auto conduite par le jeune homme, l'« isba » de Vania est trop éloignée pour qu'il s'y rende à pied. Tous s'affairent à porter sa sacoche et son matériel ecclésiastique, lui embrassent les mains en signe de respect et de dévotion. Nadia et les enfants se dépêchent d'aller ouvrir la maison, allumer les lampes à huile et remettre du bois dans la cheminée. Ils n'ont toujours pas obtenu le raccordement à l'électricité, la neige entassée sert de réfrigérateur dehors et le bois de chauffage ne manque pas. On a poussé les chaises et les banquettes alignées contre les murs et la grande table garnie des victuailles trône près de l'âtre. On posera son assiette sur ses genoux.

Les voisins cosaques affluent, Petia, Fedia, Anton et son fils Igor, Vassia et sa fille Sonia, et la grosse Varvara qui a du mal à passer par la porte. Les manteaux s'amoncellent dans un réduit qui ne les contiendra pas tous.

La tradition veut que le prêtre bénisse la maison et l'icône suspendue dans un coin du plafond, éclairée par une veilleuse, avant d'entamer le repas. Prières et chants repartent, interminables. Les enfants bâillent, ils ont faim et sommeil, mais ils luttent dans l'attente des bonnes nourritures, après les jours de jeûne sans beurre ni viande. Dès que la petite cérémonie est terminée, le père Timothée s'assoit sur le meilleur siège, les autres prennent place où ils peuvent. On le sert en premier, ainsi que le jeune homme.

– Je vous présente Helmut, mon nouvel assistant, lance le père Timothée à l'assemblée. Il est un

Allemand de la Volga. Il s'est échappé sans ses parents qui ont hélas été déportés on ne sait où. Il n'est pas séminariste mais orthodoxe comme vous. Sa mère est russe, c'est son père qui est allemand.

Tous savent ici que les persécutions ont touché des populations très diverses, pas seulement les koulaks, les aristocrates, les prêtres, les intellectuels et les Juifs, mais aussi les minorités comme les cosaques, les Kalmouks ou les Allemands de la Volga. On attend qu'il raconte son parcours, comment il est arrivé en France, par quel miracle.

Le jeune homme, à l'apparence timide, s'exprime avec une assurance peu commune. Il serre les dents en parlant tel un accusé qui ne veut pas lâcher ses mots à la légère. Il garde les yeux baissés comme s'il se parlait à lui-même.

– Ils sont arrivés en pleine nuit, au mois de juin. C'était déjà l'été dans notre région, nous étions habillés légèrement. Ils nous ont fait monter dans des carrioles, sans nous dire où ils nous emmenaient et pour combien de temps. Mes parents n'ont presque rien emporté, des papiers, de l'argent. Mutti a voulu prendre la petite machine à coudre Singer que mon père venait de lui acheter. Profitant d'un moment d'inattention de ces hommes sans uniforme ni dénomination, je me suis caché dans un réservoir sur le côté de la maison. La tête sous l'eau, j'ai entendu le son assourdi des chariots qui se mettaient en branle, un coup de feu, le dernier gémissement du chien abattu et les cris de ma mère qui m'appelait. J'ai couru jusqu'au village et je me suis réfugié dans l'église à moitié incendiée, béante. Ils étaient déjà passés par là, ils avaient pillé les bougeoirs, les tentures et saccagé les fresques. Et ils avaient essayé de brûler la toiture. Quand le prêtre m'a vu, encore tout mouillé, il m'a pris dans ses bras en pleurant. « Partons immédiatement, me dit-il, il n'y a pas une minute à perdre, ils vont revenir. Ils ne m'ont pas trouvé parce que j'étais au chevet d'un mourant, près de Khotyn. » Nous avons parcouru trois mille cinq cents verstes à pied par des petits chemins en nous nourrissant de plantes et de rongeurs attrapés au collet. Tout se mange, vous savez. Vos *pirojki* sont meilleurs, évidemment.

L'atmosphère se détend, chacun se remémore les conditions de son exil, les drames familiaux et la tourmente. Mais l'heure est à la fête, la joie est naturelle chez ces hommes rudes, comme congénitale. On boit, on pleure et on rit. On tente d'oublier.

Le jeune homme insiste :

– Nous ne pouvons pas laisser massacrer nos peuples. Il faut une grande offensive, un renversement. Et je sais d'où il viendra.

Il lève les yeux pour ménager son effet, prend une longue pause avant de dire calmement :

– L'Allemagne est l'unique espoir. Hitler est notre seul allié. Il faut que nous l'aidions à vaincre le communisme, il faut rejoindre ses forces.

Vassia ose demander :

– La Wehrmacht ?

– Ses hommes sont forts, ils sont déterminés, ils sont jeunes comme nous, ils ont la foi en ce qu'ils font, répond vivement le jeune Helmut. Moi je vais répondre à l'appel des Allemands, qu'ils ont envoyé clandestinement aux Russes de l'émigration à travers les églises, à Paris et à Nice. Sans tarder. Ils ont besoin de nous. Pas que de soldats, de tous les corps de métier.

Un silence s'installe parmi les hommes, tandis que les femmes continuent à jacasser autour du buffet. Le petit Volodia, le fils de Fedia, s'est assis par terre devant le jeune Allemand.

– Est-ce qu'ils prennent les enfants ? On peut entrer dans des petites galeries ou par des fenêtres à vasistas. Tu sais ce que c'est un *wasistdas* ?

Fedia donne une tape sur la tête de son fils, sans rire.

Le sujet ne laisse personne indifférent. Ils parlent jusqu'au petit matin, le père Timothée, étonnamment alerte et admiratif, ne contredit pas les théories de son jeune élève. Peut-on rester immobile à l'approche d'un nouveau conflit qui rebattrait enfin les cartes et sauverait des millions de gens ? Les plus âgés hochent la tête, ils en ont soupé de la guerre civile et de ses périls, mais les plus jeunes, encore mal adaptés en terre étrangère, se mettent à rêver. Et si c'était possible ? Si l'histoire pouvait enfin leur donner raison ? S'il y avait un espoir de retourner là-bas, dans le pays de leur enfance ?

Mais le jour se lève, il faut aller nourrir les bêtes, le Christ est né et il faut vivre.

Vassia

Septembre 1939

Sonia, la fille de Vassia, a été remarquée par M. Durieux, le directeur de l'école communale, instituteur féru d'histoire et de grammaire. Une si jolie voix mérite d'être confiée à un professeur de musique. Hélas, il n'y en a pas dans cette école, il faudrait l'inscrire à un cours en ville et l'y conduire chaque semaine. Connaissant la situation misérable de la jeune orpheline de mère, il est prêt à s'en charger lui-même, à l'accompagner et la ramener le jeudi. Il corrigera les devoirs de classe dans un café en l'attendant.

Dans la masure de bois flanquée de la bergerie dont l'odeur traverse la mince paroi, il essaye de convaincre le cosaque assis devant lui. Sonia sert d'interprète, Vassia ne parle pas bien le français.

– Tout sera gratuit, je vais demander une bourse bien que la guerre vienne d'être déclarée, le 3 septembre. Ils ne devraient pas me la refuser. Votre fille pourrait rejoindre la chorale Notre-Dame de Tulle plus tard, mais c'est là une autre histoire. Commençons par le début.

De l'autre côté, on entend les bêtes meugler, gratter leurs cornes contre les poutres. Vassia est perplexe. Il sent obscurément que sa fille adorée commence à lui échapper et qu'elle devient de plus en plus française. Bien sûr, elle est née ici, peu après qu'ils se sont installés dans ce domaine ingrat, abandonné par un général, chevalier-garde du tsar Alexandre II qui l'avait gagné au jeu contre un général français et l'avait légué à son escadron de cosaques, éleveurs de chevaux.

En France, la situation des derniers cosaques de cet escadron est délicate. Passeports Nansen[1], titres de propriété incertains, revenus inexistants, préjugés de toutes sortes sur leur façon de vivre, il n'est pas question de se faire remarquer. Mais Vassia ne peut pas dire cela à M. Durieux, si aimable, si attentif. Il ne voudrait l'offenser pour rien au monde. Cependant il trouve que cet enseignant se mêle de choses qui ne le regardent pas. La musique c'est privé, on chante à la messe, on n'en fait pas un métier. Sonia a déjà timidement exprimé le désir de participer à un radio-crochet, elle a été vertement sommée d'oublier cette idée. Il se gratte la tête, évite le regard du Français et finit par dire en russe en se tournant vers sa fille : « Nous allons réfléchir. »

M. Durieux n'est pas surpris, il a déjà dû batailler avec ces pittoresques cavaliers de la steppe, étrangement atterris au fin fond de la Corrèze avec leur centaine de chevaux, pour qu'ils envoient leurs enfants à l'école communale, pour qu'on les vaccine contre la variole et le tétanos, et pour qu'ils prennent des livres à la bibliothèque. Il ne se découragera pas. Il les a secondés, il les a aidés à rédiger les dossiers d'accès à l'eau et à l'électricité, toujours en suspens, et à faire une déclaration de

1. Passeport international destiné aux apatrides, créé en 1922 à l'initiative de Fridtjof Nansen, premier haut-commissaire pour les réfugiés de la Société des Nations.

naissance dont ils allaient se passer, vivant pratiquement en autarcie de leurs cultures et de leurs bêtes. Il a fallu calmer les gendarmes qui voient en eux une secte potentiellement dangereuse, d'irréductibles diables russes qui cachent sûrement des espions et des activistes.

Sonia implore son père à l'oreille, il faut remercier M. Durieux qui s'est donné la peine de venir jusqu'à eux, lui offrir un fromage ou un pot de miel. Vassia se lève alors et attrape un pot de cornichons malossol sur l'étagère, deux petits gobelets et une bouteille de vodka brune, parfumée à l'aneth qu'il a planté derrière la maison. Il sert le Français qui accepte en s'inquiétant : « Ce doit être de la forte ! » Ils trinquent virilement pendant que Sonia enveloppe dans une feuille de papier de son cahier de classe un pot de confiture d'airelles qu'elle glisse dans la serviette du maître d'école. De bons sentiments circulent entre eux, mais Durieux se garde bien de dire qu'il a été inscrit à la cellule du Parti communiste à Limoges, avant sa dissolution.

Dès que Durieux est parti, Sonia supplie son père : elle aimerait tellement apprendre le solfège et pouvoir déchiffrer de nouvelles musiques pour le chœur, elle pourrait se procurer les partitions par le père Timothée et son assistant Helmut, qui joue du piano. Il lui a parlé d'un certain Glazounov, un musicien qui a écrit des psaumes et des cantates. Plus tard, elle pourrait chanter à la chorale de Tulle et gagner un peu d'argent. À onze ans bientôt, depuis la mort de sa mère, elle n'est plus une petite fille, elle commence à avoir des besoins, elle aimerait s'acheter des petites culottes et des épingles à cheveux, du savon parfumé au lieu des grossiers pavés de soude que les babouchkas fabriquent elles-mêmes.

Vassia fait mine de ne pas entendre, il est profondément perturbé. Cette séance de réclamation, après la soirée de Noël à l'écoute de ce jeune fanatique qui soutient la propagande allemande, le trouble. Pour la première fois depuis longtemps il ne sait que penser. Un tumulte d'idées contraires s'est emparé de lui. Son cœur de Russe et son sens de l'honneur cosaque se sont réveillés d'un coup. La nostalgie de la terre de ses ancêtres l'assaille. Au bout de vingt ans d'exil, il pensait ne plus ressentir cette morsure de l'âme, l'attachement à la Sainte Russie. Il s'était efforcé de tourner la page, de trouver des avantages à leur nouvelle vie, au nouvel environnement. Mais voilà que ses entrailles patriotiques lui rappellent, impitoyablement, que la vraie Russie existe, là-bas, elle souffre et elle a besoin de combattants. Il faut qu'il en parle avec Vania. Ils ont le même âge, à un an de différence, ils se comprennent.

Depuis la mort de la femme de Vassia il y a deux ans, fauchée par la grippe, ses voisins Vania et Nadia sont très proches de lui, ils sont toujours prêts à l'aider et traitent Sonietchka comme leur propre fille. Celle-ci vit chez eux quand Vassia est aux champs ou aux écuries. Dès que son père est de retour à la maison, elle lui prépare les repas qu'ils mangent en silence à la lumière des lampes à huile. Depuis la déclaration de la guerre, les denrées de première nécessité, l'huile, le sucre, la farine, commencent à manquer. Les Français engrangent des réserves, et les prix flambent. Les femmes de la communauté peinent à nourrir leurs hommes. Patates et huile de colza sont le menu courant, avec des potées de chou constamment rebouillies. Les joues roses des enfants démontrent que ce régime n'est pas si mauvais. Ils sont vigoureux, leurs mines tranchent sur celles de leurs camarades de classe français anémiques. À l'école, les deux garçons de Vania se distinguent en gymnastique, ils courent plus vite et sautent plus haut que tous.

Vassia fait signe à Vania de le rejoindre dans le hangar à outils, il ne veut pas parler devant les enfants. Il pousse la porte récupérée dans une maison en démolition à la ferme du Theil, après une tempête, et s'appuie contre une moissonneuse. Vania est devant lui.

– Que penses-tu de tout cela ? Comment allons-nous vivre maintenant ? On ne peut pas ignorer ce qui se passe.

Vania baisse la tête, il n'a pas d'avis clair.

– On ne va pas compromettre tout ce que nous avons péniblement construit ici, et personne ne nous le demande. Le commandement des cosaques est dissous depuis longtemps, les vieux sont morts et enterrés, nous ne sommes utiles à rien…

– Justement… Tu supportes ça ? La nuit, je vois le visage de mon père qui me regarde. Un cosaque du Don, qui a fait l'école militaire des cadets de Novotcherkassk. Qui a donné sa vie à la discipline et à l'excellence. Qui a défendu le Tsar jusqu'à la mort. Il aurait honte de nous. Honte de notre vie en retrait, loin de tous. Ceux qui sont dans les usines, chez Renault à Billancourt, chez Hutchinson à Châlette-sur-Loing[1] ou ailleurs, sont en contact avec les ouvriers qui…

1. L'usine de pneus et de bottes en caoutchouc Hutchinson, près de Montargis, employait un millier de cosaques. À l'intérieur des bâtiments, on leur avait construit une chapelle orthodoxe. Le cosaque Aliocha Palladitcheff était chargé de tester les bottes en caoutchouc de l'usine Hutchinson, il devint champion de marathon, il finit deuxième d'une célèbre course Paris-Strasbourg, chaussé des bottes maison !

– Ceux-là se taisent et ne font pas de vagues, crois-moi. Ils ne veulent pas perdre leur travail, ils évitent les conversations politiques. Ils ont déjà eu assez de mal à se faire embaucher.

– Je vais aller à Paris pour parler à quelqu'un, dit Vassia. Fedia prendra les chevaux chez lui pour quelque temps. Tu t'occuperas de Sonietchka ?

– Ne fais pas ça, attends un peu. J'irai avec toi si tu veux. Moi aussi je suis remué par ce que nous a dit ce Helmut, mais il ne faut pas faire de bêtises. Nous avons des familles, nos jeunes vont à l'école, bientôt ils sauront plus de choses que nous, leur avenir est en France, pas dans nos souvenirs.

– Je ne m'y fais pas. Quand j'entends Sonia parler avec ce ton pointu de petite Française, j'en suis malade.

– Staline vient de s'entendre avec Hitler, ils ont même conclu un pacte entre eux, un pacte de non-agression, tu penses vraiment qu'ils sont différents ? Deux canailles qui méprisent leurs peuples ! Tu crois qu'il y a plus de place pour nous dans la fournaise nazie que dans la communiste ? On ne nous pardonnera jamais, nous les hommes d'avant, des renégats, qui nous sommes enfuis, qui n'avons renoncé ni à Dieu ni au Tsar. Ne te fais pas d'illusions. Peut-être peut-on aider depuis la France, empêcher que les peuples ne se trompent, qu'ils s'allient avec Satan. Mais retourner là-bas, dans ce pays dévasté par la haine et le collectivisme, non.

Vassia écoute son ami, son frère, sans conviction. Il connaît tous ces raisonnements, mais il s'agit d'autre chose. Il est tenaillé par un sentiment impérieux, comme quand on est amoureux. S'il n'obéit pas à cette pulsion vitale, il se sentira émasculé, privé de sa volonté profonde, de ce qui constitue un homme, à la racine de son être. Les apôtres qui ont suivi Jésus ont ressenti la même nécessité, ils n'avaient pas le choix. S'ils étaient restés immobiles ils auraient trahi leur dignité. La plupart des humains sont pleutres et veules, mais pas un cosaque, fils de cosaque de sang et de foi. Pas un Russe fier et loyal envers sa patrie, qui ne sera jamais la France. Aussi hospitalière et égalitaire soit-elle, elle ne sera jamais son pays.

– Je vais te dire la vérité : je m'ennuie ici, dit Vassia avec un visage contrit. J'ai l'impression que la vie s'est arrêtée, qu'il ne se passera plus rien. Nous sommes des morts-vivants…

– Comment peux-tu dire ça, Vassia ! rétorque Vania avec force. Nous vivons librement, nos enfants grandissent sans peur ni contrainte, nous sommes pauvres mais nous ne manquons de rien…

– Si, nous manquons du principal : de l'envie de vivre, du danger de vivre, du combat pour nos idées ! Tu crois que nos enfants vont rester dans cet îlot de protection que nous leur avons créé ? Tu crois que ça va tenir encore longtemps ? Ça craque déjà, tu le vois bien, ma fille n'en peut plus d'être enfermée ici, tes fils rêvent de jouer dans l'équipe de football du canton, vos femmes achètent des revues de mode en cachette. On ne peut pas leur imposer un avenir de reclus et de parias.

– Avons-nous le choix ? C'est déjà heureux que nous ne soyons pas morts, comme tant d'autres ! s'indigne Vania. Tu as oublié ce qu'ont subi les tiens, ce que nous ne racontons pas à nos enfants pour qu'ils aient une enfance à peu près sereine ? Je te comprends, moi aussi parfois je me sens engourdi par notre isolement et notre déclassement. Mais quand je regarde mes jumeaux monter leurs poneys au galop, à la cosaque, debout sur les étriers et riant aux éclats[1], je remercie le Ciel de nous avoir épargnés. La vie, c'est cela aussi, la paix, la nature, la famille… N'importe où.

Vassia secoue la tête de droite à gauche, d'une manière propre aux Russes, comme en cadence.

– Tu as raison Vania, je suis un chien. La vie c'est tout cela. C'est peut-être parce que je suis veuf. Je suis déboussolé, j'ai perdu le goût des choses simples. Mais je ne peux pas changer. Ne dis rien à personne, je te tiendrai au courant de ma décision. Et si je monte à Paris, il faudra que tu me prêtes un peu d'argent pour le train.

Les deux hommes s'embrassent à grandes accolades balancées, on dirait qu'ils dansent, ces cosaques aux gestes antiques. Une danse du fond des temps.

1. On dit qu'un cosaque au galop était capable de ramasser un blessé à terre sans déranger sa monture.

Sonia

Juin 1940

Mlle Baraduc tend une paire de petits ciseaux à Sonia :

– Il faut vous couper les ongles, mon petit. Vous ne pourrez pas jouer du piano avec des doigts pareils.

Sonietchka n'ose pas dire qu'ils n'ont pas de petits ciseaux à la ferme et que son père lui interdit tout accessoire de coquetterie, elle n'a qu'un minuscule miroir ébréché au-dessus de la cuvette où elle se lave le matin, toujours à l'eau froide. La revêche professeure de piano ne la croirait pas. Les femmes très pieuses de la petite communauté cosaque ne se regardent jamais dans une glace, c'est un péché. Sonia se souvient de sa mère qui mettait son chapeau sans s'inquiéter qu'il soit de travers, qui ignorait le rouge à lèvres et la poudre. La seule parure des femmes, ce sont les cheveux qu'elles peignent en longues tresses, quelquefois enduites d'huile de lin pour qu'elles tiennent plusieurs semaines enroulées autour de la tête. Usage populaire ukrainien destiné à éloigner les parasites. Au contact permanent des bêtes, on lutte contre les insectes sans relâche.

Sonia redoute l'arrivée des beaux jours à cause de son horreur des moustiques, des taons et des guêpes.

Elle pense qu'une piqûre de frelon a causé la maladie de sa mère, sans doute par manque de soins. Elle garde ce traumatisme fiché en elle, indéracinable : la nature n'est pas aimable, elle est peuplée d'ennemis, hérissée d'aspérités et de pièges. Depuis l'enfance, elle observe le combat de chaque espèce animale, de chaque plante et buisson pour sa survie, elle aussi a appris à se défendre à tout instant. Sa peau de jeune fille est convoitée par d'innombrables bestioles volantes et rampantes.

En quelques mois, les progrès musicaux de Sonietchka sont stupéfiants. Mlle Baraduc n'a jamais vu cela. Outre le don naturel de sa voix angélique, la jeune fille montre une compréhension des morceaux, de leur structure et de leur phrasé ainsi qu'une mémoire immédiate. Elle reproduit ce qu'elle a déchiffré sans peine, sans même regarder la partition. Ses mains courent agilement sur le clavier, bientôt elle pourrait aborder des pièces plus difficiles.

Malheureusement, elle ne peut plus prendre qu'une leçon par mois, son talent ne se développera pas comme il faudrait. Depuis des jours, l'offensive allemande a compliqué les transports entre son village et le conservatoire de Tulle, elle ne possède pas de vélo et la distance serait trop grande. M. Durieux l'accompagne quand il peut. Lui aussi peine à trouver de l'essence. La dernière fois, c'était en mai, ils y sont allés en carriole, tirée par un vieux cheval qui ne voulait pas avancer, ils sont arrivés très en retard. Pour la nourriture, en cette période tourmentée, on se débrouille à la campagne, mais les déplacements sont difficiles et hasardeux, un autocar peut partir dans une direction et ne pas revenir dans l'autre, faute de carburant, d'autorisation de circuler et par crainte des incidents. Les nouvelles de

Paris sont alarmantes, les Allemands semblent s'installer pour longtemps.

Sonia n'a pas de nouvelles de son père depuis son départ de La Motte. Elle ne sait pas où il se trouve depuis la débâcle, s'il a quitté la résidence de Mère Marie dans le quinzième arrondissement où il a été hébergé momentanément. Un cousin de Vania, qui habite Clamart, le leur a appris. Le petit orphelinat de Mère Marie accueille les enfants russes depuis les années vingt, après la révolution d'Octobre et la guerre civile qui a décimé des familles. Mère Marie, une solide infirmière au caractère trempé, les élève dans la tradition orthodoxe. Les autorités tolèrent son activité, son pavillon dans la rue de Lourmel est un havre pour les errants de tout poil, réfugiés, fuyards, fous et miséreux.

Vassia a été dirigé vers son institution à son arrivée à Paris. Elle l'a logé et nourri contre du service à la cantine et dans l'atelier de couture. Mère Marie finance son institution en fabriquant des uniformes pour l'armée française. Mais les commandes se raréfient et elle songe à se tourner vers des activités plus rémunératrices, un bureau de traduction, des demandes de papiers ou de l'assistance administrative. Elle le fait déjà gratuitement pour les pauvres hères qui débarquent chez elle sans aucun document et qui ont souvent échappé au pire[1].

Sonia ose demander à Mlle Baraduc la permission d'utiliser son téléphone. Elle a un numéro inscrit sur une lettre de son père. Pourvu qu'il soit bon.

1. Mère Marie aura un destin tragique : dénoncée et arrêtée par la Gestapo parce qu'elle cachait des enfants juifs, elle sera déportée avec eux et périra à Ravensbrück.

– Bien sûr, mon enfant, donnez-moi le numéro, je vais vous aider.

Le téléphone sonne longuement. Enfin une voix de femme répond :

– Allô. *Kto zvonit ?*

Sonia explique en russe qu'elle est la fille de Vassia, qu'elle appelle de province. Son père est-il là ?

– Vassia ! *Boge moï*, mon Dieu. Mais il est parti depuis longtemps déjà ! Il doit être en Allemagne maintenant. Où ? Pas la moindre idée. Je suis Demidia, l'assistante de Mère Marie. Appelez-la ce soir, elle vous en dira peut-être plus.

Sonia remercie et raccroche en tremblant.

– Que se passe-t-il ma petite ? s'enquiert Mlle Baraduc.

– Mon père est parti. Il a voulu s'engager.

Par un surprenant accès de tendresse, la professeure de piano prend Sonia dans ses bras et lui caresse la tête.

– Je vous félicite, Sonia, son amour pour la France et ses valeurs est irréprochable. Ne vous inquiétez pas, l'armée française est organisée et sage. Votre père y trouvera sa place.

Sonia ne dit pas qu'elle ignore quelle armée son père a ralliée, la française, l'allemande ou la cosaque qui pourrait bientôt se reconstituer. Ou peut-être aucune. Une armée qui n'a pas de nom. Elle sort de sa sacoche le morceau de lard avec lequel elle paye sa leçon, le pose sur le piano dans une feuille de journal où l'on lit :

« Les réfugiés du territoire non occupé
peuvent rentrer chez eux
mais seulement par des itinéraires spécifiés »

Habituellement Sonia adore la ville, les rues pavées, les trottoirs recouverts de macadam, les bâtiments alignés et les arbres droits plantés à égale distance. Cet après-midi les murs semblent courbés sur elle, elle étouffe, elle se sent prise en étau. Le soleil s'est caché derrière les maisons, la silhouette noire d'une église clôt la rue, plantée au milieu d'une place. Tout lui paraît effrayant, l'ombre des tours trapues, le parvis dénudé et sombre, et le losange de ciel rougeoyant entre deux toits. Sonia a rendez-vous au café des Martyrs avec Fedia qui l'a accompagnée sur sa moto équipée d'un side-car. Le voilà d'ailleurs, debout devant son engin vétuste cent fois réparé. Pendant les cinquante mètres qui la séparent de lui, elle décide en marchant lentement de ne rien lui dire au sujet de son père, elle ne veut ni commentaire ni commisération, cette affaire ne regarde qu'elle. Il n'y a personne au domaine à qui elle puisse se confier. Vania est trop sensible, il se chagrinerait et l'inonderait de gestes de consolation. Le père Timothée, peut-être, un autre jour ? Il habite en dehors de Tulle, trop loin à pied, elle attendra qu'il vienne chez eux pour une messe.

Sur la route du retour, assise dans le minuscule sidecar cahotant au ras du sol, un air de soleil couchant poudreux fouette son visage. Elle se rappelle les recommandations de Vassia, ne pas laisser l'herbe pousser entre les planches du perron, ne pas sortir les bêtes avant que le soleil n'ait séché les prés, ne pas laisser les hirondelles s'installer au coin du toit, elles salissent tout.

Elle entend la voix de son père énumérer ses instructions. Les larmes lui montent aux yeux.

– *Chto s taboi ?* Qu'as-tu ? demande Fedia. Tu pleures ? *Ty platshiesh ?*

– Non, Fedia. C'est le vent.

Vania

Août 1940

Le caractère égal de Vania lui vaut un rôle d'« ataman », de chef, dans le groupe de cosaques indépendants et amoureux de leur liberté. On le consulte quand un problème émerge, familial, agricole ou personnel. En ces temps troublés, les hommes se posent beaucoup de questions sur leur avenir. Le soir, après avoir rentré les chevaux, ils se réunissent volontiers devant la maison de Vania sous le grand tilleul qui a failli mourir l'année dernière et qu'ils ont sauvé en le rabattant sévèrement. Une grande table et des bancs ont été installés à l'ombre, les étés sont brûlants dans la région.

– Tu as des nouvelles ? demande Petia, on sait quelque chose ?

– Ne parle pas trop fort, Petia, la petite ne sait rien, elle est à côté, je ne voudrais pas qu'elle entende, dit Vania à voix basse. Non, la dernière personne qui l'a vu, c'est mon cousin Ghiorghi, à l'église de Clamart. Il a dit qu'il partait mais il n'a pas dit où, ni comment. Il avait l'air fatigué et inquiet, voilà ce que m'a dit mon cousin. Il ne l'a chargé d'aucun message pour nous, ni pour Sonietchka. Pauvre enfant, elle est bien courageuse.

Heureusement elle a obtenu une bourse. Ses professeurs disent qu'elle va recevoir le prix d'excellence, une distinction académique. Elle est bonne dans toutes les matières, surtout la rédaction, et la musique bien sûr.

– Elle va être jolie, tu vas la marier à un de tes fils ! plaisante Fedia.

– Fedia ! Elle a onze ans ! C'est encore un peu tôt ! Les filles ne sont plus mariées à treize ans comme autrefois en Ukraine ou en Podolie, dans nos familles ! Aujourd'hui elles veulent être instruites et participer à la vie du pays.

– Ouais, répond Fedia, mais elles ne savent plus faire la cuisine, ni soigner un cheval. Elles passent leur temps à lire des livres, Dieu sait ce qu'il y a dedans…

Le ton bourru de Fedia n'étonne pas Vania, le cosaque a toujours été primaire et borné. Les femmes sont le « potage de l'homme », il n'y a pas à discuter là-dessus, Fedia n'en démordra pas.

– Varvara ne sait pas lire, tu es tranquille avec elle !

– Ma femme sait beaucoup de choses, elle n'a pas besoin de vos conseils ! répond Fedia, piqué au vif. Des choses qui se perdent, que les jeunes vont regretter un jour !

Ils rient tous ensemble, ces hommes sont de bons bougres un peu dépassés par l'évolution des mœurs, ils savent qu'ils appartiennent à un monde révolu. Leurs enfants commencent à le leur faire sentir.

Vania doit informer ses camarades de la lettre qu'il a reçue : un courrier de la préfecture annonçant une inspection de leur exploitation, un recensement des animaux et un relevé des clôtures. Il redoute cette visite, ce n'est pas la première, il s'attend à la réquisition des chevaux et même des bœufs. Il faudra parler calmement aux hommes pour ne pas les affoler. Ils seraient bien capables d'accueillir les inspecteurs le fusil à la main, comme dans le Far-West. Ensemble, ils doivent trouver une manière de se soustraire habilement aux exigences de l'administration française.

– Nous allons cacher les chevaux de Vassia dans la forêt, de l'autre côté du ravin, où on n'accède pas en automobile. On les attachera et un de mes fils les gardera. Il faudra les museler pour qu'ils ne hennissent pas.

Ces habiles cavaliers sont rompus aux méthodes de dressage sauvage, les terrains escarpés ne leur font pas peur. La perspective d'une fugue à cheval dans la montagne ne leur déplaît pas. Échapper aux règles bureaucratiques non plus. Jusqu'à présent ils sont parvenus à préserver leur autonomie et leurs coutumes, ils ne céderont pas sous prétexte qu'un petit Maréchal français leur demande de participer à l'effort national. Leur a-t-on demandé s'ils en voulaient de cette guerre ? En quoi l'honneur de la France les concerne-t-il ? Les cosaques sont des hommes libres, ils ne dépendent de personne ni ne comptent sur l'aide de quiconque. Il ne faut pas chatouiller leur susceptibilité, ni leur donner des ordres. Ils lèveront le drapeau impérial, puis le drapeau cosaque sur le mât devant la chapelle comme tous les matins et ne signeront aucun papier.

– Soyez diplomates, les en conjure Vania. Qu'il ne leur passe pas par la tête de nous enquiquiner ! Nous sommes des immigrés, des étrangers. Nous attendons que la situation s'améliore dans notre pays pour y retourner. Nous remercions la France de nous avoir hébergés pendant toutes ces années et nous remboursons cette hospitalité en entretenant ces terres ferrugineuses, ces vallées encaissées dont personne ne voulait. Les Français ne nous aiment pas, mais il ne faut pas les fâcher, ni rien leur devoir.

Vania égrène les sempiternels arguments comme pour s'en persuader lui-même. Il sait qu'aucun d'entre eux ne retournera en Russie, pas plus qu'aucun de leurs enfants. Mais ce discours fédérateur qu'il répète vigoureusement chaque fois les tient ensemble, les unit depuis le début. On n'est pas là pour longtemps, on s'est posés dans cette vallée, sur les versants de ces montagnes pour souffler un peu, comme les oiseaux migrateurs avant le grand voyage vers le nord. On ne dérange pas, faites comme si nous n'existions pas.

Fedia agite son coude en un tic nerveux, son front est plissé d'angoisse et de désarroi. Il n'est plus tout jeune, combien de temps pourra-t-il encore assumer sa fonction de bûcheron et de charpentier de la communauté ? L'autre jour il est tombé d'un toit, heureusement sa chute a été amortie par un arbre. Il ne s'est rien cassé mais il a perdu un peu de sa confiance en lui, il hésite à monter sur une échelle désormais. Il ne l'a raconté à personne, il s'en ouvrira à Vania plus tard.

Les conversations s'enchaînent sur les problèmes agricoles, l'eau qui manque, les blés déjà mûrs par cette canicule, les sangliers qui ravagent les champs. On s'efforce d'ignorer ce qui se passe ailleurs, personne n'a de poste radiophonique sauf Vania dont les fils écoutent les chroniques sportives. Un vieux gramophone leur sert à passer des disques 78-tours, des musiques militaires ou des romances russes, vite remplacés par leurs propres chants, à la fin des repas. Rien de nouveau, on ressasse à l'infini les lancinantes rengaines géorgiennes et les chansons à boire.

Vania promet de rapporter des cartouches et des hameçons la prochaine fois qu'il ira à Brive. Ils s'embrassent tous trois fois, à la manière orthodoxe, et partent chacun de leur côté, l'échine lourde. Une ombre plane sur ces hommes que la tradition et la solidarité, si fortes jusqu'ici, ne comblent plus. L'absence de Vassia sonne comme un avis de tempête sur leur petit monde suspendu. Ils sont aux aguets, tels des chevreuils qui entendent les premiers coups de feu des chasseurs dans la vallée. Une menace gronde sourdement à leur porte, ils se sentent prisonniers et la fuite est impossible de ce campement étroit. Leur goût de l'espace et des distances infinies est étouffé entre ces gorges délimitées. Espèce humaine en voie de disparition, survivront-ils à cet enfermement ?

Vania entre dans sa maison en soupirant. Nadia est absente, elle a accompagné les garçons au village en carriole et, depuis l'hiver dernier, elle fait du ménage à l'hospice où exerce le docteur Poitevin, qui lui donne au passage quelques médicaments, de l'aspirine, du sirop pour la toux, du mercurochrome. Certains Français sont gentils, ils adorent les enfants et leur font des cadeaux, des vêtements, des livres. Mais d'autres, comme l'épicière Mme Ramirez, ont toujours un mot perfide à la bouche et un regard méprisant. Cette Berrichonne mariée à un Espagnol ne semble pas s'en remettre. Les « étrangers » sont sa bête noire, et ces Russes incompréhensibles la cible de toutes ses inquiétudes. Elle ne leur accorde aucun crédit et vérifie à deux fois les billets qu'ils lui donnent.

De sa fenêtre, Vania voit la maison de Vassia où Sonietchka vit seule désormais. Il lui a proposé de venir vivre chez eux, mais elle a refusé, elle préfère avoir sa chambre, sa table et la compagnie de son chat, un matou tigré qu'elle seule peut approcher. Elle vient prendre le repas du soir avec eux, elle ne reste pas longtemps, elle retourne vite chez elle, Vania aperçoit la lueur de sa lampe à travers les carreaux de sa fenêtre jusque tard dans la nuit. Sonia lit. Elle lit tout ce qui lui tombe sous la main, les livres de la bibliothèque, les almanachs, les catalogues, les bottins, les dictionnaires, et même le calendrier des pompiers. Tout l'intéresse, elle est curieuse de tout. Cette enfant a des aptitudes particulières. Doit-elle son éveil précoce à son destin malheureux ? Orpheline de mère, sans frère ni sœur, quasi orpheline de père à présent qu'il est parti. Sonia doit aller bientôt au lycée, elle sera forcément pensionnaire. On n'aborde jamais la question de l'absence de Vassia, mais il faudra bien en parler avant la rentrée. Vania s'est engagé à le remplacer pour toutes les décisions et à assumer sa scolarité. Elle reviendra à La Motte pour les vacances, et pour les fêtes, qui ne sont pas aux mêmes dates que les leurs. C'est comme ça, les enfants russes sont habitués au décalage, ils fêtent Noël et Pâques deux fois, une fois à l'école, une fois à la maison.

Vania ouvre la fenêtre, une bouffée de foin et de serpolet entre dans la maison. Il appelle :

– Sonia ! Tu viens ? Sonietchka ! Viens manger. Ce soir nous sommes tous les deux, Nadia travaille et les garçons sont au stade.

Il referme la fenêtre, un petit vent du soir tombe sur ses épaules, l'été se termine. Ce soir, il va essayer de parler avec Sonia. Que fait-elle ? Pourquoi tarde-t-elle ?

Sonia se dépêche de terminer le chapitre de *Dialogues de bêtes* de Colette, un livre que lui a prêté M. Durieux en lui disant: «Vous qui aimez les chats vous allez adorer» et il a raison, elle se reconnaît dans chaque mot de cette femme écrivain qui ressemble elle-même à un félin sur la photographie d'une revue qu'elle regarde sans cesse entre les phrases de ce texte imagé et précis. On dit qu'elle s'était mariée très jeune pour monter à Paris depuis sa Bourgogne natale et fuir une vie provinciale et pauvre. Sonia se prend à rêver: comment pourrait-elle rencontrer l'homme providentiel qui l'arracherait à sa condition et à ses chaînes cosaques? Il faut qu'elle parte elle aussi voir le monde, tel qu'il est, tel qu'elle l'imagine ou plutôt tel qu'elle ne l'imagine pas. Son père le comprendrait, il lui a dit avant de partir: «Fais ton chemin, j'ai confiance en toi, mais n'oublie pas Dieu ni d'où tu viens.»

Elle referme le livre et le pose précautionneusement sur sa table de chevet, en promesse de retrouvailles proches, ce soir même. Elle enfile son gilet tricoté et court vers la maison de Vania qui l'attend sur le pas de la porte.

Ils s'attablent. Vania se signe puis fait un signe de croix sur la miche de pain. Ils peuvent commencer le souper.

– Dieu t'a donné une tête bien faite, et une voix angélique, lui dit lentement Vania en lui versant un bol de *chtchi*, la soupe au chou et pommes de terre dans laquelle on trempe des tranches de pain noir, le pain au sarrazin que Nadia cuit elle-même. Tu n'as personne pour t'aider, mis à part nous. Ils veulent bien te prendre au lycée, grâce à tes bonnes notes, mais ce ne sera pas facile pour toi de revenir ici à la fin de chaque semaine, les sœurs du pensionnat acceptent de te garder, et elles consentent à te laisser jouer du piano ou de l'harmonium à l'église, tu es contente ?

Avoir un piano est le rêve de Sonia. À La Motte elle s'exerce sur un clavier dessiné sur un morceau de carton, pour les doigtés. Elle aimerait bien entendre ce qu'elle joue. Cette misère oppressante la révolte, avoue-t-elle à Vania.

– La misère, c'est de mourir de faim comme les enfants dans les camps de travail des Rouges. Toi, tu ne meurs pas de faim.

– Tu as raison, *diadia* Vania, je suis ingrate. Je ne manque de rien.

Ils mangent en silence, on entend grincer les mauvaises dents de Vania s'escrimant sur une croûte de pain. Il observe la jeune fille du coin de l'œil. Comme elle a changé ! Elle est devenue une petite femme, son visage aux pommettes hautes s'est éclairé, elle est vraiment jolie. Étrangement il n'est pas inquiet pour elle. Elle saura se battre, déjouer les difficultés. Le malheur l'a rendue forte, adulte. Elle n'a jamais de gestes infantiles, elle est retenue mais pas timide, elle lève vers ses interlocuteurs des yeux francs et curieux, teintés pourtant d'une tristesse qui pourrait devenir de la rage. Sa volonté farouche rejette le triste sort qui s'est abattu sur elle, elle se jettera à corps perdu dans la vie, et Vania ne veut pas rater le spectacle.

– Sonietchka, j'ai des nouvelles de ton père.

– Moi aussi.

– Ah bon, s'étonne Vania. Que sais-tu ?…

– Il est en Allemagne. Mais j'ignore où.

– En Allemagne ? Tu vois, je croyais avoir des informations fraîches… Comment l'as-tu appris ?

– J'ai reparlé à Mère Marie hier au téléphone, je l'ai appelée de chez M. Durieux. Elle a procuré à Papa un faux passeport mexicain. Elle ne savait pas où il allait, en Autriche ou en Bavière, il ne lui a rien dit.

Vania est estomaqué, pas seulement par la nouvelle mais par le calme et la clarté avec lesquels Sonia s'exprime.

– C'est tout ce que tu sais ? balbutie Vania.

– C'est tout ce que je sais.

Vania prend la main de Sonia, ses doigts rugueux esquissent une caresse.

– Papa a le droit de suivre ses convictions. Tu le connais. S'il est parti, c'est qu'il devait partir. Personne n'aurait pu le retenir.

Les larmes montent aux yeux de Vania, il ne peut pas les endiguer, sa pitié pour la jeune fille déborde.

– Vassia m'a laissé quelque chose pour toi, au cas où…

– Non, garde-le. Ce n'est pas le moment. Qui sait, Papa va peut-être revenir en héros, couvert de gloire et nous pourrons être fiers de lui !

– Tu as raison, *goloubtchik,* ma petite colombe, je suis un rustre, Vassia est un homme courageux, il va faire des étincelles là-bas.

Il dit cela sans conviction, il cherche ce qu'il doit dire à cette enfant. Faut-il la consoler, la soutenir ou se taire, tout simplement ?

– Ne dis rien aux autres, s'il te plaît, je ne veux pas entendre leurs prédictions funestes, ni subir leur compassion. Mère Marie m'a promis qu'elle m'informerait si elle apprenait quelque chose. Vassia n'aurait pas aimé qu'on interprète ses actes, ni qu'on les juge. Il faut respecter son choix.

Un joyeux brouhaha envahit la maison, Nadia et ses fils sont de retour. Ils racontent en français leur rencontre amicale avec les footballeurs de troisième division, c'était chouette, ils n'ont pas été ridicules face à eux. Hélas, plusieurs d'entre eux s'en vont, les équipes se démantèlent. Les garçons ont reçu en cadeau deux maillots, encore fumants de la transpiration des joueurs.

Nadia sort de son cabas un journal plié en quatre :

– Je l'ai pris dans la salle d'attente du docteur.

On lit, en énormes caractères, à la une :

« "FINIS LES MENSONGES ET LES CHIMÈRES"
proclame le Maréchal Pétain.
"Il faut que les Français s'attachent
à supporter avec calme l'inévitable." »

Vania va chercher ses lunettes pour lire l'article qui suit, mais c'est trop difficile, il charge Sonia de continuer. Elle lit à voix haute. La stupeur et l'effroi figent leurs visages.

– C'est bon ou c'est mauvais, cette occupation de Paris et du nord de la France ? demande Nadia.

– C'est peut-être bon pour les Allemands, mais pour nous c'est sûrement mauvais, répond Vania en fronçant ses sourcils broussailleux.

Les garçons chahutent au fond de la pièce, tout à leur joie d'apprentis footballeurs.

Sonia

Mai 1941

À l'audition annuelle, Mlle Baraduc a invité les parents de ses élèves et quelques notables de la ville, mélomanes et âmes charitables. Parmi eux, ce soir-là, le comte Charles de La Barrère, un vieux garçon qui entretient péniblement le petit château que ses grands-parents gascons avaient acheté en Dordogne, en même temps que le titre. En semaine il est magistrat à Tulle et va, le samedi et le dimanche, prendre des nouvelles, mauvaises, de sa propriété, débitées par son métayer: les arbres tombent, les ponts menacent de s'écrouler, les chiens ont mordu les voisins, le coq est mort et Germaine est au lit avec une vilaine bronchite, elle ne pourra pas vous faire la cuisine, monsieur le comte… Charles adore pourtant son petit fief. Il y est né. Il y a tant de souvenirs de ses parents, décédés tous les deux la même année, et des parties de pêche de son enfance, avec ses cousins, pendant les grandes vacances.

Après les efforts peu mélodieux des élèves de première et seconde année, le concert se conclut par le morceau de celle dont tout le monde parle, le petit prodige: Sonia. Celle-ci attaque un prélude de Ravel avec une fougue et une subtilité que chacun remarque.

Sœur Dominique qui l'accompagne est aux anges. Sa petite pensionnaire a fait merveille. Après de longs applaudissements, on lui demande de jouer autre chose. Sonia ne se fait pas prier. Elle se met à chanter une romance russe en s'accompagnant au piano. Tous admirent sa voix juste et modulée, et le charme des paroles vibrantes dont le sens leur échappe.

Rastsvietali iabloni i grouchi, poplyli toumany nad riekoï
Vykhodila na biereg Katioucha, vykhodila na biereg krouto…

Les pommiers et les poiriers fleurissent, les brumes flottent au-dessus de la rivière.
Katioucha marche sur la rive escarpée, son fiancé n'est pas revenu…

Charles de La Barrère est très ému. Il s'approche de la jeune fille à la longue natte dans le dos :

– Vous êtes époustouflante, mademoiselle. Je voudrais faire quelque chose pour vous. Vous êtes orpheline, n'est-ce pas ?

– Oui… enfin presque, dit Sonia.

– Je vais parler à la mère supérieure de votre pensionnat, je souhaiterais participer à votre éducation. Et vous pourriez venir les samedis et les dimanches à La Barrère, il y a un piano que je vais faire accorder, il sera à votre disposition. Vous méritez qu'on vous épaule. Et la musique s'en trouvera magnifiée.

Ainsi, grâce à la soirée chez Mlle Baraduc, Sonia a été en quelque sorte adoptée par cet homme soucieux d'une bonne action à accomplir. Elle séjourne quasiment toutes les fins de semaine au château, apprend la cuisine française avec Germaine, la cuisinière, le jardinage avec Albert, son mari, gardien et métayer, qui la prennent en affection eux aussi. Elle passe de nombreuses heures au piano, un vieux Pleyel auquel il manque deux touches mais qui n'a pas une trop mauvaise sonorité.

Charles paye désormais sa pension, soulageant le pauvre Vania qui peinait déjà à élever ses deux fils. Il préfère s'occuper d'elle, dit-il, plutôt que de ces garnements du village qui saccagent son parc chaque dimanche avec leurs jeux de guerre stupides !

Un jour, Charles accompagne Sonia à La Motte pour découvrir l'univers insolite dans lequel la jeune fille a grandi. Vania ne cesse de remercier cet homme généreux qui offre un avenir à Sonia. Ils parlent longuement ensemble, pendant que les enfants jouent dehors.

– Un jour ou l'autre, il faudra l'envoyer à Paris, au Conservatoire. J'ai une cousine disposée à l'héberger, elle possède un hôtel particulier à Auteuil. Ses domestiques sont russes, je crois…

Le comte réalise qu'il commet une gaffe :

– Les chemins de vos compatriotes sont si divers…

– On verra, on verra, répond Vania. Pour l'instant Paris est occupé, il y a des Allemands partout, ce n'est pas le moment.

Le comte n'a pas été insensible à l'appel du 18 juin 1940 d'un certain de Gaulle. Réformé de l'armée à cause d'une scoliose idiopathique, ce catholique progressiste veut œuvrer pour les autres comme il peut.

– Oui, hélas, cette situation est infâme. Mais le bien triomphera, soyez-en sûr. La jeunesse de Sonia n'attend pas, c'est maintenant qu'elle doit accomplir ses études, dit encore Charles. Quant à vous, que puis-je pour vous ?

Vania n'a pas le moral. Plusieurs cosaques ont quitté le domaine pour aller travailler en usine, à Limoges ou au Creusot. Leurs terres sont à l'abandon. Il n'y a plus assez de bras pour la récolte, pour les moissons et les semailles.

– Vous ne pouvez rien y faire, monsieur le comte, c'est pareil partout. Les hommes sont partis. Il ne reste plus que les femmes dans les campagnes.

– Appelez-moi Charles, mon cher Vania. Oui, je sais, nous aussi nous avons dû renoncer à certaines cultures. D'autant plus que les semences n'arrivent plus. Les Allemands les réquisitionnent et les envoient chez eux. Et nous, on nous demande de nourrir les soldats ! Les paysans ont toujours été les premières victimes des conflits, dans les villes ils imaginent que le grain pousse tout seul.

Ils échangent encore sur des questions agricoles et forestières, ils partagent les mêmes doléances et les mêmes craintes. Le monde se transforme, être propriétaire d'une terre n'est plus la panacée, cela devient un poids et un chagrin.

Ils ont beaucoup évoqué Sonia, mais Vania s'est montré évasif au sujet de son père, à la demande expresse de la jeune fille. Vassia est allé tenter sa chance dans un autre pays, en Amérique peut-être ? Charles n'est pas dupe, un mystère plane autour de ces hommes déracinés, ballottés d'un coin à l'autre de la planète. Il imagine que ce Vassia s'est engagé dans la Légion étrangère, ou qu'il cherche fortune dans les colonies en Afrique. Il y a tant de loups solitaires, d'aventuriers par force que l'Histoire a éjectés loin de leurs terres d'origine vers la périphérie du monde.

– Ne vous inquiétez pas, Vania, nous ferons tout ce que le père de Sonia aurait souhaité. Elle est forte, très forte pour son âge. J'ai confiance en son avenir. Bien sûr, personne ne peut remplacer une famille, plus encore une famille cosaque ! Je m'emploierai à lui fournir toute la tranquillité dont elle a besoin pour étudier.

Ce n'est pas seulement à son sens du devoir que Charles obéit, il est sincèrement intéressé par cette jeune fille qui pourrait être sa fille et même sa petite-fille depuis qu'il a passé le cap des quarante ans.

Vania raconte qu'en Russie, dans les camps de relégation, des familles improvisées se reconstituaient. Les orphelins étaient simplement adoptés par les veuves, les femmes seules, avant qu'ils ne soient envoyés vers les orphelinats, véritables geôles où les enfants mouraient de maladie et de faim. Ainsi ces gamins avaient-ils des mères, des grands-mères, des tantes et des oncles d'adoption, qu'ils nommaient Mametchka, Diedouchka, Babouchka ! Il ne sait plus ce qu'il en est maintenant, Staline a opéré des « déplacements de populations » pour repeupler la Sibérie et fournir des ouvriers aux usines sidérurgiques, fierté de cet homme de fer.

Charles écoute avec beaucoup d'intérêt, il lui semble que la presse française n'a jamais relaté tout cela, et surtout pas *L'Humanité* qu'il lisait quand c'était encore publié, dans l'espoir de comprendre les agissements de Staline et de ses acolytes. La fracture est si profonde entre le monde d'ici et le monde de là-bas, on dirait que ce chef d'État a voulu l'accentuer au lieu de la réduire, on dirait qu'il s'est méfié de tous. Pourquoi, si les Bolcheviks sont si sûrs de leur programme ? Que redoute-t-il, ce Joseph Staline, si l'Union soviétique a le sens de l'Histoire pour elle ?

L'Histoire ne se répète pas, quoi que dise l'adage. Charles a le goût de l'Histoire, rien ne le passionne plus que ses soubresauts. Aujourd'hui le tableau est plus confus que jamais, on a beau s'en tenir aux principes tels que le patriotisme, la justice sociale et l'amour de la famille, on peut perdre son latin devant des situations aussi embrouillées que celle de ces individus débarqués de nulle part et sans destination définie.

– Vous savez, nous sommes conscients que la France est encore un eldorado pour les gens comme nous, dit Vania en levant les bras. Grâce aux personnes éduquées comme vous. Mais dans les villages, ils nous regardent d'un mauvais œil, on leur fait peur.

– Les Français ont peur d'eux-mêmes, ils savent de quoi ils sont capables... Regardez la Révolution, la nôtre, ce n'était pas joli, joli... La dénonciation et le crime sont les sports favoris du peuple...

Ils rient tristement tous les deux. De quelque côté qu'on la regarde la guerre est hideuse, et les hommes se ressemblent d'un bout du monde à l'autre. La cruauté et la fureur n'ont qu'un temps. Les peuples se tendront la main un jour, ils en sont convaincus.

Essoufflée d'avoir couru avec les garçons, Sonia entre soudain dans l'isba de Vania. Les deux hommes l'observent avec tendresse, elle est encore une enfant, il ne faut pas l'oublier. Elle a droit à ces moments d'insouciance et de jeu. La gravité de sa situation se présentera bien assez tôt.

– Charles, pensez-vous que je pourrais avoir mon cheval à La Barrère ? Il se morfond ici sans moi à La Motte, et moi sans lui... quémande Sonia.

– Pourquoi pas, répond mollement le comte. Je n'ai pas de camionnette spéciale pour le transporter, on va organiser cela avec notre maréchal-ferrand, je pense qu'il est équipé. Vous viendrez nous rendre visite un jour ? dit-il en se tournant vers Vania. Venez aux beaux jours avec vos garçons, à La Barrère il y a un bassin où l'on peut se baigner, et des écrevisses dans la rivière ! Sonia, prends tes affaires, nous allons rentrer. Nous devons atteindre Tulle avant le couvre-feu.

Les deux hommes se serrent la main, à la française, mais Sonia embrasse trois fois chacun de ses amis du domaine, à la russe, avec le sentiment qu'ils s'éloignent, qu'ils appartiennent déjà au passé.

En montant dans la Citroën de Charles, elle voit deux hirondelles, un mâle et une femelle sans doute, s'engouffrer sous le toit au dessus de la fenêtre de sa chambre.

– Le printemps arrive, dit Charles.

Vassia

Automne 1941

Le contact à Leipzig a bien fonctionné, les frères Miklachevski lui avaient donné à Paris des indications précises.

L'homme qui est en face de lui n'est pas encore celui auquel il donnera l'enveloppe épaisse qu'il serre dans son caleçon depuis huit jours, mais il approche du but, raison de plus pour redoubler de prudence.

Il ne sait pas ce qu'elle contient. Ce doit être de la plus haute importance pour qu'on la lui ait confiée, à lui, un fidèle de la première heure, un cosaque de pure souche qui a risqué sa vie à plusieurs reprises pour l'Organisation. Les membres du réseau sont fréquemment renouvelés, les services soviétiques sont affûtés, il faut ruser pour les tromper. Vassia a été recruté après plusieurs longs entretiens à Paris et à Grenoble, d'où sont émis les messages d'une radio clandestine sur ondes courtes, qui a permis à des Russes émigrés, des Tchèques, des Lituaniens, des Bulgares et même des Grecs de Macédoine et d'Albanie de communiquer. Profil commun à tous : ils sont pro-allemands, anti-bolchéviques et chrétiens.

Les deux hommes se parlent en allemand, que Vassia n'a pas oublié. Dans sa jeunesse, il a suivi une partie de ses études dans cette langue. En Podolie, les professeurs allemands étaient en charge de l'éducation et les fonctionnaires polonais, de l'administration. Ce brassage de langues et de cultures caractérisait les provinces éloignées de Moscou et leur valait une sorte d'autonomie. Les communautés coexistaient, avec leurs religions, leurs rites et usages. Elles se mélangeaient peu, les rôles étaient distribués d'avance : aux Russes les arts et l'armée, aux Turcs les pâtisseries et les bijoux, aux Juifs les métiers d'argent et de médecine, aux Allemands la science et l'architecture. Les cosaques, engagés à servir auprès de l'Empereur depuis des siècles, formaient une garde mobile dévouée. Le père de Vassia était parvenu au grade de lieutenant et avait été tué au cours d'une émeute à Saint-Pétersbourg en 1917.

Pour nouer le contact avec un autre agent de l'organisation, la règle est de glisser l'expression « symphonie inachevée », à laquelle la réponse attendue est : « sans tambour ni trompette ». Le Roumain vient de prononcer le sésame en souriant, ils peuvent se parler.

– Avant, de nombreux camarades passaient par Vienne et la Bohême. Il faudra s'organiser, Monsieur H. t'en parlera.

Ce Monsieur H. est le destinataire de l'enveloppe, mais Vassia n'en dit rien à Doru, ce garçon à cheveux longs qui n'a pas l'air bien viril.

– Que fais-tu dans la vie ? lui demande Vassia.

– Je suis comédien. Je chante aussi un peu. Tout le monde connaît mes opinions...

– Ma fille voudrait être chanteuse, elle a une voix de rossignol.

– Vous êtes en France ; vous avez de la chance. Je rêve d'aller à Paris, confesse le jeune homme.

Ils quittent le zoo où ils avaient rendez-vous devant l'enclos des phacochères et des gnous, et montent dans un autobus qui les ramène vers le centre. Le ciel plombé pèse sur leurs têtes. Vassia ne se détend pas, il surveille son accompagnateur malgré la sympathie qu'il éprouve pour ce garçon volubile et gracieux. Il vérifie machinalement que son Mauser C96 est bien accroché sous son bras dans la doublure de son manteau. Décidément leur guerre mobilise tous les types humains, chacun peut prendre sa place, son emploi. Cet agent de liaison est insoupçonnable, avec son air de chérubin inconséquent et léger.

À un arrêt de bus, ils descendent. La place est entourée d'immeubles en brique rouge, Doru prend Vassia par le bras :

– Viens, on monte dans un autre autobus.

Ils retournent sur leurs pas et reprennent la même ligne en sens inverse. Trois stations plus loin, au croisement de deux avenues grises aux larges trottoirs vides, ils entrent dans un immeuble, traversent une cour, une autre et ressortent par une arrière-cour qui débouche sur une petite rue commerçante. Ils entrent dans la boutique d'un chapelier mal éclairée. Un vieux vendeur s'approche en boitant.

– On vous attend.

Doru et Vassia se dirigent au fond du magasin vers un escalier en colimaçon qui conduit à une mezzanine encombrée de rouleaux de tissus, de feutre, de tarlatane et de dentelle. Une femme imposante est assise devant une grande table, des ciseaux pendent sur sa poitrine, attachés autour de son cou par un ruban.

– *Dobryi vietcher,* bonsoir Vassili, dit-elle. Tu ne te souviens pas de moi ?

Il a beau fouiller dans sa mémoire, Vassia ne reconnaît pas cette femme.

– Désolé, non, je ne me souviens pas.

– J'ai un peu changé, mais je suis toujours gourmande, et toujours la première en histoire…

– Helga ! ma camarade au lycée de Kiev ! Ma rivale en histoire et géographie !

Vassia avait eu un flirt avec cette élève de sa classe, Ukrainienne d'origine prussienne qui lui apportait des gâteaux aux noix et des pâtes de fruits collantes qu'ils s'amusaient à avaler pendant les cours, à l'insu de Herr Dieterling, le professeur d'histoire.

– Que fais-tu à Leipzig ? Et comment as-tu su… ?

– Monsieur H., c'est moi, je préfère ne pas dire que je suis une femme, ils se méfieraient. Pavel et son frère m'ont prévenue qu'ils t'envoyaient ici, quand ils m'ont dit ton vrai nom j'ai tout de suite pensé que cela ne pouvait être que toi. Venez mes enfants, je vais fermer le magasin, on va boire une vodka chez moi ! Doru, aide le vieux à baisser le rideau de fer.

Elle extrait son large derrière du fauteuil tournant dans lequel il était enchâssé et vient embrasser Vassia, debout, penaud devant cette apparition.

– Vingt-cinq ans, mon chéri, nous ne nous sommes pas vus depuis vingt-cinq ans, tu te rends compte. Tu es encore fringant, mais tu as l'œil triste. Où vis-tu ? Comment vis-tu ? Tu vas me raconter ça.

Helga habite l'immeuble en face, celui qu'ils ont traversé pour parvenir jusqu'à sa boutique. Un dédale de couloirs, de murs éraflés et d'ascenseurs brinquebalants les conduit à son petit appartement qui ressemble en tous points aux logements sociaux en Russie. Odeur de chou et de saucisse, ampoules faibles et meubles multi-usage, un lit sert de banquette, la table est un bureau et les étagères contiennent livres, bibelots et vaisselle mélangés. L'immanquable samovar chantonne sur une commode, au milieu des paquets de laine, des boîtes de biscuits et de photos.

– *Vassia, Vassia, giznié prohodit*, la vie passe… dit-elle en ouvrant la grosse enveloppe qu'il lui a remise.

Elle contient des liasses de francs suisses en grosses coupures.

– Tu vois, la vénalité de ces messieurs de la Guépéou et du NKVD se paye en devises. En Union soviétique, si tu veux manger quelque chose de convenable il faut aller au magasin de la Nomenklatura et payer en devises. Quelle honte. Pauvre pays ! Pauvre peuple. Nous le libérerons de ce joug.

Elle a attrapé une bouteille de vodka Stolitchnaya dans le petit garde-manger suspendu à sa fenêtre, se sert une rasade, puis sert les deux hommes dans des verres dépareillés. Ils trinquent avec une réelle émotion, au moment présent, au passé qui ressurgit et à l'espoir de jours meilleurs.

Vassia raconte une partie de sa vie, il fait l'impasse sur son veuvage et sur sa fille livrée à elle-même en France, il ne veut pas qu'on le plaigne ni qu'on en sache trop sur lui. L'important c'est l'avenir, le rendez-vous que H. doit lui procurer avec cet officier de la Wehrmacht, le plus vite possible.

Helga est plus loquace, elle raconte sa fuite aventureuse après la mort de son jeune mari, fusillé devant elle au cours d'une échauffourée sur le port d'Odessa, alors qu'ils tentaient d'embarquer sur un bateau français. Elle veut accomplir ce qu'elle a entrepris ici, en

Allemagne, pour qu'on se débarrasse des Rouges et que le monde se remette d'aplomb.

C'est avec passion que le jeune Roumain les écoute, il comprend le russe, les parcours romanesques de ces deux aînés font battre son cœur. Mais il est plus pessimiste qu'eux, la machine soviétique n'a pas fini de broyer des populations entières. Il n'ose pas leur dire qu'il est homosexuel, ça ne se fait pas, mais il espère qu'ils le comprennent et que, dans le nouveau monde auquel ils aspirent tous les trois, il y aura une place pour lui et les gens comme lui.

La soirée s'éternise, ils ont tant de choses à se raconter, ils ont besoin de parler en confiance, sereinement.

– J'ai un sac de couchage, si tu veux tu peux dormir ici, propose Helga à Vassia.

Vassia hésite, il a toujours été timide avec les femmes, mais il accepte, il y a tant de mois qu'il n'a pas dormi dans une vraie maison.

– Je te remercie Helga, du fond du cœur.

– Ça va jaser dans mon immeuble, mais tant mieux ! Ils se demandent sûrement qui sont ces hommes qui défilent dans mon appartement ! Tant qu'ils me soupçonnent d'être une femme de mauvaise vie, ils n'imaginent pas autre chose…

Doru remercie pour la soirée chaleureuse et se sauve en assurant qu'il prendra toutes les précautions habituelles.

Sonia

Novembre 1941

– Voulez-vous que nous entreprenions des recherches dans le contingent ? On finira bien par savoir où il est, dit Mme de Hauteville à Sonia, debout devant elle.

– Oh non ! s'exclame vivement la jeune fille en secouant ses deux longues tresses qui ondulent comme des orvets de chaque côté de sa tête. Ce n'est pas la peine ! Mon père a sans doute changé de nom, il a peut-être pris un nom de guerre. Ou bien…

Elle hésite un instant puis lâche :

– … ou bien il s'est engagé dans des services spéciaux et ne veut pas qu'on l'identifie. Nous lui ferions du tort en le sortant de l'anonymat.

La veuve du général de Hauteville, quinquagénaire soignée, est impressionnée par la maturité et la maîtrise de sa petite pensionnaire. Cette enfant n'est décidément pas comme les autres.

– Bien, Sonia, je respecte votre souhait, mais sachez que je peux lancer cette enquête à la minute où vous le désirerez.

Solange de Hauteville héberge cette jeune fille d'origine russe depuis la rentrée des classes à la demande de Charles de La Barrère, son cousin par sa mère. Il a proposé de lui verser une pension pour sa protégée, mais Solange a refusé, les chambres de ses enfants, tous deux actuellement à l'étranger, sont libres, elle est heureuse de partager ses repas avec quelqu'un dans la grande salle à manger aux couleurs fauves de l'acajou anglais. Elle ne s'attendait pas à trouver en sa locataire une compagnie aussi vivifiante. La jeune fille est curieuse de tout, elle pose mille questions, c'est un plaisir de voir son esprit s'ouvrir, s'enrichir. Ses propres enfants, anciens élèves brillants, Gaspard à l'École alsacienne, Émilie aux Oiseaux, n'avaient pas, au même âge, sa vivacité et son appétit de connaissances. Les origines modestes, plutôt obscures, de Sonia expliquent probablement cela. Elle absorbe tout ce qui peut la hisser au-dessus de sa condition, grâce à une intelligence hors du commun.

– Nous allons dîner, ma chérie, allez vous laver les mains et le museau, vous avez de l'encre sur le nez !

Ce soir, Sonia est confrontée à une nouveauté. Quand elle est allée aux toilettes au lycée Jean de La Fontaine où elle est inscrite depuis la rentrée, elle a vu des taches noirâtres dans sa culotte. Elle s'est inquiétée, il va bien falloir qu'elle en parle à quelqu'un. Elle passe à la cuisine où Nina se bat avec les casseroles, comme tous les soirs. Elle lui demande en russe :

– Nina, mon ventre perd du sang, que dois-je prendre ?…

Nina interrompt ce qu'elle était en train de faire et prend la jeune fille par les épaules.

– Ce n'est rien, ma fille. Tu as tes règles, à bientôt treize ans c'est normal. Tiens, prends ce vieux torchon propre, tu le couperas en quatre, ça te fera des protections. Tu les laveras dans ton lavabo, je te mettrai du savon de Marseille. Je t'expliquerai plus tard, mes oignons vont brûler.

Dans sa chambre, Sonia se précipite sur le dictionnaire. « Règles »... « règle d'or », « règles de bonne conduite », « règle d'architecte », et enfin, en tout petit en bas du paragraphe : menstruations féminines. Elle cherche le mot « menstruation », et là aussi, une mention laconique : pertes de sang mensuelles, fin de la puberté. À « puberté » elle lit une longue explication alambiquée sur la croissance des seins pour les filles et des poils au menton pour les garçons.

Donc son corps entre dans un stade irréversible, sorte d'éclosion, comme les boutons de rose s'ouvrent pour ne plus se refermer. Une douleur sourde a envahi son bas-ventre. De ses aisselles se dégage une odeur qui lui rappelle celle des brebis de La Motte quand elles mettaient bas. Moins forte, mais bien animale. L'image de sa mère lui apparaît soudain. Comme elle aurait besoin d'elle ce soir ! Elle ne peut pas se confier à Solange, malgré l'extrême gentillesse de cette femme attentionnée et distinguée. Elle regrette presque d'avoir parlé à Nina, cette brave Russo-Bulgare qu'il va falloir prier d'être discrète.

Depuis son installation à Paris, villa Michel-Ange, dans l'hôtel particulier de Solange de Hauteville, la vie de Sonia est transformée. Charles l'a accompagnée en train, il avait obtenu avec difficulté deux laissez-passer pour traverser la ligne de démarcation. Le chauffeur de sa cousine les attendait à la gare d'Austerlitz pour les conduire chez Solange. Pendant le voyage, Charles s'était assoupi tandis que Sonia s'abreuvait des paysages et des gens, des passagers du train comme des personnes attendant sur le quai, dans les nombreuses gares où le train s'arrêtait. Beaucoup de femmes, des paysannes chargées de paniers, des dames d'un certain âge encombrées de bagages, des enfants timides qui prenaient le train pour la première fois, comme elle. Pour lutter contre la chaleur étouffante en cette fin de mois d'août, elle avait ouvert la fenêtre dans le couloir et se penchait pour que l'air fouette son visage, mais les escarbilles et la fumée de la locomotive l'en avaient vite découragée.

Charles était resté une nuit à Paris, puis il avait dû repartir dans sa province, non sans multiplier les recommandations et conseils, et prier Sonia de lui écrire au moins une fois par semaine. Il était fébrile et intarissable, bien plus inquiet qu'elle. En partant, il avait glissé une enveloppe dans la main de sa protégée, contenant un billet de cinq francs, quelques timbres et sa carte de visite du tribunal.

– Écris-moi à Tulle, ça arrivera plus vite.

Sur le pas de la porte ils s'étaient embrassés sur les deux joues pour la première fois, comme si cette séparation scellait un lien de parenté entre eux, désormais entériné. Sonia avait refoulé une envie de pleurer, vite jugulée. Une nouvelle vie commençait, elle mesurait sa chance mais aussi la tâche qui l'attendait.

Au cours du dîner, Sonia sent un flot tiède se répandre entre ses cuisses. Pourvu que le bout de torchon plié soit suffisant, pourvu que ce débordement ne tache pas la tapisserie de la chaise… Elle passe discrètement sa main sous ses fesses, non, ce n'est pas mouillé, mais si ça continue, tiendra-t-elle jusqu'au dessert ?

– J'ai une bonne nouvelle pour vous, ma chère Sonia, annonce Solange, tout sourire. J'ai obtenu deux places à la Comédie-Française pour samedi, on joue *Phèdre*, mis en scène par Jean-Louis Barrault.

– Oh oui madame, je n'ai jamais été au théâtre. J'en rêvais.

– Je le sais. C'est pourquoi j'ai remué ciel et terre pour nous procurer des places ! Je crois que vous avez Racine au programme de français, n'est-ce pas ?

– Oui, mais pas cette pièce. J'ai lu *Phèdre* en Corrèze, dans une édition numérotée… Il manquait quelques pages, mais j'ai beaucoup aimé les vers en alexandrins. Je vous remercie, madame, je suis très…

– Appelez-moi Solange, je vous en prie. Madame, ça me fait prendre un coup de vieux !

Elle rit de toutes ses dents, qui ressemblent aux perles qu'elle porte autour du cou : même couleur, même rondeur.

– Permettez-vous que je me retire, m… Solange, je suis un peu fatiguée et je dois réviser ma leçon d'arithmétique, demain nous aurons une interrogation.

– Bien sûr, mon chou. Ne travaillez pas trop tard et bonne nuit.

Sonia se lève, anxieuse. Non, la chaise est nette, mais elle sent que sa jupe est atteinte. Elle sort de la salle à manger à reculons, et monte les marches de l'escalier quatre à quatre, pour se ruer dans sa chambre, au bout du couloir. Une large tache rouge s'étend sur sa jupe, comment laver ça ? À l'eau froide en tous cas, elle se souvient des instructions de Germaine à La Barrère, le sang toujours à l'eau froide. Elle parvient tant bien que mal à résorber la tache, et pose sa jupe sur le radiateur pour qu'elle sèche jusqu'à demain. Quelle aventure ! Quel désagrément ! Une corvée féminine dont il faut se débarrasser rapidement, sans faire d'histoires. Elle doit se préparer aux épreuves inévitables et aux efforts qui lui seront demandés. L'idée même d'un travail incessant lui procure un frisson d'excitation. Elle sera la première de sa classe, tout au long de son chemin. Elle aura une place éclatante dans ce pays, elle en est sûre.

Le hall d'entrée de la Comédie-Française est éclairé comme un arbre de Noël, en contraste avec les rues sombres alentour, aux becs de gaz éteints. Sonia est ébahie par tant de bon goût, les sculptures, les tapis et les rampes dorées, briquées comme les théières de Mme de Hauteville. Elle porte une robe bleu marine dans laquelle Émilie, la fille de Solange, n'entre plus, avec des socquettes blanches et des chaussures vernies, toujours piochées dans le placard d'Émilie. Elle a réuni ses longs cheveux blonds en un chignon bas qui la mûrit légèrement, elle est ravissante avec son port de tête de cavalière et ses longues jambes minces. Solange constate que les gens la regardent, surtout les officiers allemands qui se pressent au guichet pour retirer leurs billets. Elles sont très en avance, on ne peut pas encore entrer dans la salle Richelieu. Solange invite Sonia à s'asseoir au foyer, sur une banquette de velours rouge, sous un lustre aux centaines de pampilles de cristal.

Les ouvreuses ouvrent enfin l'accès à la salle, leurs places sont au balcon, au premier rang. Solange n'a pas lésiné. Sonia admire le rideau de scène, le plafond peint, le lustre gigantesque qui l'éclaire. En ces temps de restrictions, ce temple du théâtre est épargné, il brille de tous ses feux.

En se penchant sur le rebord du balcon, Sonia voit le parterre se remplir et prendre la couleur vert-de-gris des uniformes allemands alignés. Bon sang, où sont les civils, les Français ? Peut-être snobent-ils ces représentations tant prisées par l'Occupant, qui les tient pour l'émanation la plus pure de la culture française ? Peut-être vont-elles être fichées, elles deux au balcon, par des observateurs zélés, et passeront pour des collaborationnistes ? L'ambiance pesante incite à penser tout cela. Il y a des attentats. Des hommes tuent et se font tuer pour déloger l'Occupant. M. Durieux avait commencé à éveiller la conscience politique de Sonia, très prudemment, pour que son « parrain » Ivan Melnik, appelé Vania, un homme pieux et traditionaliste qui a souffert du bolchévisme, ne lui interdise pas de le fréquenter. Avant son départ du pensionnat de Tulle, Durieux était venu la voir et l'avait chargée d'un message pour un certain Raphaël, avec une enveloppe à lui remettre.

– Un garçon très bien, vous verrez, il enseigne l'histoire à Louis-le-Grand, mais il est sociologue. Parlez avec lui, ça vous intéressera beaucoup.

Il a omis de préciser que ce garçon a été un militant du Parti communiste, qu'il est actif dans un réseau de francs-tireurs et de partisans, lié à d'anciens camarades qui projettent de fonder un mouvement de résistance animé par des étrangers, la future MOI.

Le spectacle est magnifique, Sonia n'en perd pas une miette. Elle détaille le décor, les costumes et les attitudes des comédiens, un peu irréelles mais si convaincantes. Solange se penche vers elle et dit à voix basse :

– La blonde, à gauche, c'est mon amie Mary Marquet. C'est grâce à elle que nous avons eu des places.

Sonia fixe le visage maquillé de la comédienne, une beauté classique, aux traits réguliers. Mais elle trouve son jeu exagéré, une allure fabriquée que l'esprit de son personnage tragique d'Œnone, servante de Phèdre, n'élève pas au-dessus de sa frivolité d'actrice. Mais elle se tait, elle ne veut pas blesser Solange et inaugure l'art du mensonge diplomatique. Depuis le départ de son père, Sonia a appris à ne pas tout dire, à ne pas exprimer ses sentiments. Une façon à elle d'être solidaire de cet homme taiseux et volontaire qu'elle adorait. Elle se surprend à penser à lui au passé, comme si elle savait en son for intérieur qu'elle ne le reverra plus.

Le moment le plus enthousiasmant est la visite des loges, après la représentation. Solange souhaite féliciter son amie et montrer les coulisses à Sonia. Mary Marquet lui semble beaucoup plus grande que sur scène, et son minois démaquillé, banal, est presque commun. Deux officiers allemands boivent du champagne dans sa loge, Sonia se tient en retrait dans le couloir, en espérant que Mme de Hauteville ne la présente pas à tout ce monde. Mais hélas elle n'y coupe pas, Solange la pousse devant elle en clamant :

– Et voilà notre petit prodige, elle joue du piano comme une virtuose, demain je dois l'inscrire au Conservatoire. Mary, tu connais quelqu'un là-bas ?

La conversation continue sur le thème : avec un peu de bonne volonté on peut vivre très normalement à Paris, il suffit d'accueillir nos amis allemands avec courtoisie et de les remercier d'avoir ramené l'ordre dans la capitale. Oui, le Conservatoire fonctionne, les professeurs sont tous présents, les étudiants ne pouvaient pas se permettre de perdre une ou deux années, en musique comme au théâtre !

Sonia a vaguement mal au cœur, trop d'émotions, trop de sensations à digérer. À moins que ce ne soit le parfum Bourjois dont Mlle Mary Marquet s'est largement aspergée. Le coûteux flacon bleu crâne sur sa table de maquillage, à côté d'une photo d'elle avec Maurice Escande, son mari.

– Vois-tu, Sonia, les actrices sont appelées « mademoiselle » jusqu'à quatre-vingt-dix ans, c'est l'usage depuis la troupe de Molière, dont la Grande Mademoiselle, cousine germaine du roi, était la protectrice. Personne ne pouvait porter un titre supérieur ! Ainsi nous sommes toutes restées des demoiselles, pourtant bien mariées comme moi !

Elle rit d'une façon théâtrale qui fait écho à ses éclats de voix sur scène. Sonia n'éprouve aucune sympathie pour cette femme. Solange dégage une classe naturelle qui la rend séduisante et la hisse bien au-dessus de son amie.

Dans la voiture, en quittant le théâtre, Solange se penche vers Sonia et chuchote :

– Quelle diva, cette Mary Marquet. Elle ne se remet pas d'être la fille d'un saltimbanque… Rien à faire, elle n'a aucune branche. Même en toge, une fibule sur l'épaule !

Sonia regarde sa bienfaitrice, interloquée. Les deux femmes lui ont semblé tellement amies, elles n'ont cessé de se congratuler l'une l'autre, de comparer leurs montres Cartier, de se tenir par le bras ! Ce doit être ça, la bourgeoisie, faire semblant de s'aimer par-devant et se critiquer par-derrière. Dans le cœur de Sonia point l'indignation, qui sera le terreau de sa vie future.

Vania

Début de l'année 1942

Nadia se plaint constamment. Elle n'a pas de quoi nourrir correctement ses enfants, elle n'a rien à se mettre, le cordonnier a refusé de ressemeler ses chaussures trop usées, Sonia n'est plus là, elle n'a personne à qui parler, et les poules sont si maigres qu'on ne peut rien en tirer, le bouillon a un goût de fanes pourries. Tous les jours, Vania entend ses doléances, il se désespère. Est-ce sa faute si leurs moyens se sont réduits considérablement depuis que la guerre a éclaté, eux qui ne bénéficient même pas de tickets de rationnement et depuis que ses camarades s'échappent vers les villes, découragés de ne plus joindre les deux bouts. Combien de temps pourront-ils tenir eux-mêmes, la situation empire chaque jour.

– Tu pourrais vendre les chevaux de Vassia, il y a ce type qui te les achèterait, à Brive.

– Santorini ? ce Corse à la tête de bandit ! Arrête de me répéter ça. Et puis Vassia reviendra un jour, qu'est-ce que je lui dirai ?

– Tu lui diras que tu as payé pour sa fille des fortunes pour sa pension, ses vêtements et ses livres ! Plus que pour tes propres fils !

– J'avais promis à Vassia… arrête de me tourmenter ! Maintenant le comte de La Barrère s'occupe d'elle.

– Justement. Tu pourrais lui demander de te rembourser tout ce que tu as payé pour elle !

– Nadia, tais-toi ! Tu ne sais pas ce que tu dis.

– Tu es mou et lâche, moi je vais le lui demander ! On crève de faim ici et tu fais des manières, tu ne veux pas parler au comte. Si tu ne fais rien je vais lui écrire, moi !

– Nadia, je t'interdis…

Vania est pris d'une toux inextinguible, il se lève et sort de la pièce pour aller tousser dehors. Depuis quelque temps il souffre de bronchites à répétition, il n'a jamais le temps d'aller voir le docteur Poitevin. Il avale les sirops que Nadia lui procure, sans succès.

– C'est ça, réfugie-toi dans ta maladie, tu fuis tes responsabilités, comme d'habitude ! crache Nadia, fielleuse.

L'atmosphère est devenue exécrable dans cette famille, les garçons parlent mal à leurs parents, Nadia parle mal à son mari, le malheureux Vania subit ces déferlements de mauvaise humeur sans riposter. Ce n'est pas dans son caractère de se défendre, ou d'affirmer son autorité. Sa foi profonde lui suggère de tendre la joue gauche et non de rendre coup pour coup. Il est ahuri par la détérioration des rapports dans sa famille. On ne se fâche pas contre les siens, on essaye de trouver des solutions, tous ensemble, avec modestie. L'animosité de sa femme le bouleverse. Jeunes mariés, ils avaient fait le pari de cette vie frugale à la campagne, le bon air, l'espace et le paysage magnifique des contreforts corréziens leur avaient paru une aubaine, comparés à la misère des taudis mal chauffés à Paris où logeaient certains de leurs compatriotes. Mais le temps a passé, les conditions de vie se sont durcies avec la pénurie alimentaire, l'hostilité générale. Nadia n'est plus ce qu'elle était. Ses rhumatismes la rongent, les mêmes rhumatismes que ceux qui eurent raison de sa mère, décédée ici, à La Motte, il y a quelques années et enterrée clandestinement dans la forêt derrière la chapelle, auprès de Maroussia Sergueïvna et de son mari Bobik, les premiers arrivés dans le domaine.

Vania se demande ce qu'il pourrait vendre pour calmer la mauvaise humeur de sa femme. Le comte de La Barrère serait sans doute à même de le conseiller, il est magistrat, il saura déchiffrer l'acte qui leur donne la jouissance de cette terre, écrit à la plume d'oie dans un français incompréhensible et décoloré. Il garde ce vénérable document dans le tiroir du bas de son armoire, fermé à clé. Une clé introuvable qu'on cherche régulièrement dans toute la maison chaque fois qu'il faudrait ouvrir ce fichu tiroir, quelque part cachée sous une pile de draps, ah oui, on l'avait oublié. Les bois ne valent pas grand-chose, les hêtres et les chênes noirs ne poussent pas droit, ils ne conviennent pas aux scieries. Les champs sont en pente, seule la main de l'homme parvient à les exploiter. Les maisons sont sommaires, privées de tout confort. Il n'y a que les bêtes, vaches et chevaux, à être convoitées par les maquignons du marché noir. Mais sans les animaux, le domaine n'aurait plus aucun sens. Autant dire qu'on abandonne tout, qu'on cherche d'autres sources de revenus, des emplois au bas de l'échelle puisque Vania n'a aucune qualification, aucun diplôme. Et encore faut-il trouver un travail, sinon gare aux affectations automatiques dans les « groupements de travailleurs étrangers » par ordre des Allemands et par la loi du gouvernement de Vichy.

Ses pas le conduisent devant la maison de Vassia, les marches du perron sont envahies par les mauvaises herbes et la fiente d'oiseaux. Machinalement il se met à arracher les touffes de pissenlits et d'orties, ses mains durcies par le travail sont insensibles aux piqûres. Il songe qu'on peut faire une soupe avec ces plantes-là, en d'autres temps il les aurait apportées à sa femme, mais il les jette sur le côté, d'un geste las. Comme la vie a changé depuis le départ de Vassia, et maintenant celui de Sonia. La solitude s'est refermée sur lui comme un piège, il n'a plus personne à qui parler, instinctivement il se signe et marmonne une prière, n'importe laquelle, « Dieu, entends la voix d'un pauvre pécheur ». Au fond de lui il se demande où il a péché. Qu'a-t-il mal fait pour en être arrivé là ?

Quelques jours plus tard Vania voit surgir au bout du chemin le camion de ce Raoul Santorini, le marchand de bétail. Nadia le voit aussi, elle se précipite hors de la maison au-devant de l'homme ventru qui descend du camion. Pourquoi se dandine-t-elle ? Nul doute, c'est elle qui l'a appelé. Vania serre les dents, il retient sa colère, pas question que cet étranger assiste au règlement de comptes entre elle et lui.

– Bonjour, monsieur Melnik, dit l'homme jovialement en tendant la main à Vania.

– Bonjour, répond Vania sans prendre la main tendue. On vous attendait.

Nadia se tourne vers lui, surprise et heureuse que son mari têtu ne fasse pas d'esclandre.

– Voulez-vous entrer, ou on monte tout de suite à l'enclos ?

Raoul Santorini répond qu'il connaît parfaitement le cheptel des Melnik, comme celui des Vassiliev. N'ont-ils pas la garde du troupeau, n'est-ce pas, depuis que M. Vassili est parti ? Il veut bien voir les animaux.

Ils se dirigent tous les trois vers un chemin au-dessus de la maison, Vania entend Santorini haleter en grimpant le sentier creusé dans le sol jusqu'au vaste plateau clôturé où broutent les chevaux, secouant leurs crinières jamais coupées, à la manière cosaque.

– Faites attention à ne pas glisser, susurre Nadia au marchand, vous n'êtes pas chaussé pour nos terrains !..

Que lui prend-il de courtiser sans pudeur ce commerçant? se demande Vania. Elle va faire baisser les prix, cette idiote.

L'homme s'approche d'une pouliche, lui caresse le museau, lui regarde les dents d'une manière experte.

– Celle-ci n'est pas à vendre, c'est le cheval de Mlle Sonia Vassiliev. Pas plus que les deux alezans, là-bas, ce sont les chevaux de mes fils.

– Dommage, dit Raoul Santorini en retroussant la lèvre de la pouliche. C'est une jolie bête, mais elle aurait besoin de vitamines, ses dents sont jaunes. Combien en avez-vous en tout ?

Il montre le troupeau qui s'approche des visiteurs, en quête d'un croûton de pain.

– Je ne les vends pas tous, répond fermement Vania. Je ne sais pas ce que ma femme vous a dit, nous ne sommes pas pressés, il y a une grosse demande avec les pénuries de viande et le retour des fiacres dans les villes, il y a de la concurrence.

Nadia fulmine et foudroie son mari du regard. Comment ça, ils ne sont pas pressés ? Ils n'ont plus un sou et elle doit trimer à l'hospice pour payer les études des jumeaux, et le foin des bêtes, les réserves sont presque terminées et l'herbe est encore trop jeune dans les prés.

– Lesquels vendez-vous ? dit le marchand, agacé.

– Je vends les vieux, pour la boucherie. Et quelques moutons, toujours pour la viande.

Raoul Santorini semble contrarié, mais c'est probablement une technique de marchandage. Il espérait quelques chevaux de trait, pour les labours, et des plus jeunes, pour les calèches qui ont en effet repris du service dans les villes, l'essence se raréfiant de jour en jour.

– Vous savez que la préfecture peut décider de vous les prendre sans aucune contrepartie... Je suis le seul à vous proposer un bon prix.

– Nous ne sommes pas Français, nous ne voulons rien avoir à faire avec les autorités, nous les ignorons et elles nous ignorent.

– Mais vos bêtes sont sur le sol français, elles se nourrissent d'herbe française... Ces messieurs de la Commission du ravitaillement ne feront pas le détail !

Ce qu'il ne dit pas, c'est que ces messieurs sont ses principaux clients, à qui Raoul Santorini revend en général ce qu'il achète à bas prix.

Dans l'isba, les deux hommes continuent à négocier âprement, ils font mine de renoncer à la transaction à tour de rôle, suivant une dramaturgie masculine et commerciale étudiée, sous les yeux inquiets de Nadia, les joues rouges comme si elle avait pris un coup de soleil.

Enfin ils tombent d'accord sur un prix pour dix bêtes, avec la promesse d'en vendre dix autres. Vania n'arrive pas à trouver son acheteur sympathique malgré toutes les tapes dans les mains et sur l'épaule qu'il ne cesse de lui prodiguer. Dans la variété humaine ils sont deux types d'hommes aux antipodes, l'incarnation de deux façons très éloignées de vivre et de penser.

Nadia s'empresse de lui offrir de la vodka, avec un pirog au chou qu'elle a confectionné ce matin et que Raoul engloutit sans retenue.

Vania observe sa femme. Elle était jolie, autrefois, un peu ronde mais si appétissante, joyeuse et même drôle par moments. Elle n'est plus la même. Elle a gardé ses longs cheveux mais ils sont moins touffus, la natte autour de sa tête est devenue mince et grisâtre. Ses joues sont barrées de deux profondes rides d'amertume, et ses lèvres serrées ont perdu la fraîcheur propre aux bouches des femmes russes, des cerises qu'on avait envie de croquer. Ses dents encore blanches semblent vouloir mordre le premier qui s'approcherait. Sauf ce commerçant, devant lequel elle roucoule. Que lui arrive-t-il ? Elle se prosterne devant cet homme vulgaire, elle ne sait plus quoi faire pour lui plaire.

Vania ne peut s'empêcher de se sentir coupable, dans quelle vie a-t-il entraîné sa femme et ses enfants ? Ils sont écrasés par la misère, tout leur est interdit hors de La Motte, et en l'absence de leurs voisins, Vassia et sa fille, et plus encore depuis la défection de plusieurs autres familles cosaques, la vie collective a perdu sa légitimité et son charme. À l'église ils ne sont plus qu'une dizaine, le père Timothée ne vient plus, il est malade et le déplacement est devenu trop fatigant pour lui. Son assistant Helmut est parti lui aussi. La colonie s'effrite et les difficultés chassent les membres de la communauté à droite et à gauche, là où ils peuvent trouver un bout de pain. Leur belle entraide passée ne suffit plus, à présent c'est chacun pour soi et Dieu pour tous.

Dès que Santorini est parti, Vania enfile ses bottes et sort de la maison sans un mot. Il n'aura aucune discussion avec Nadia, il ne lui fera aucun reproche. Il préfère se réfugier auprès de ses bêtes, et respirer l'air de l'hiver qui se prolonge, si beau sur ces collines boisées. Les branches sans feuilles implorant le ciel comme des bras tendus lui rappellent les platanes de son enfance en Ukraine. Les Français imaginent la Russie éternellement sous la neige, couverte de sapins et de bouleaux, mais le pays est grand, dans le Sud la végétation continentale n'est pas si différente d'ici. Vania aime ce domaine, pourquoi a-t-il le cœur serré, comme s'il appréhendait des nuages plus noirs qu'à l'ordinaire ? Dans une famille l'homme doit tenir la barre sans fléchir, mais sa mauvaise toux le préoccupe, et l'arrogance impitoyable de sa femme aussi. Aucun réconfort n'est à attendre de ce côté-là. Quant à Dima et Aliocha, en pleine crise d'adolescence, ils se montrent impertinents et mécontents de tout. Vania éprouve un sentiment de solitude profonde. Mais il ne se plaint pas, il s'en remet à Dieu, qui décide pour ses fidèles.

Vania pense à Vassia, où se trouve-t-il à présent, on n'a pas de nouvelles depuis presque trois ans, on peut craindre le pire. La petite Sonia paraît solide face à ce silence, mais l'est-elle au fond d'elle-même ? Heureusement elle a trouvé un appui en ce hobereau qui l'apprécie et donne un but à sa propre vie en la secourant charitablement. Les Français ne sont pas chaleureux mais ils ont un fort sens du devoir, sont épris de justice et d'égalité. En Russie déjà, on lui disait que la France était le paradis des droits de l'homme, comme aucun autre pays. S'il avait imaginé alors qu'il serait prisonnier de ce paradis un jour !

Vassia

1942

– *Sprechen Sie deutsch ?*

– *Etwas...* répond Vassia au sergent à la nuque rasée, assis devant lui. *Ich habe deutsch in der Schule gelernt,* je l'ai appris à l'école.

– *Russischer oder französischer Akzent ?*

Vassia explique qu'il a vécu presque vingt ans en France, à l'abri dans une communauté cosaque, mais qu'il a gardé des liens avec les patriotes pendant toutes ces années. Il a même contribué à l'évasion et au transfert de dissidents de l'Armée rouge. Ces derniers temps, il a été un agent dormant en quelque sorte mais cette position ne lui suffit plus. La guerre sur le front Est a accéléré le processus, c'est un espoir de reprendre ce qui a été perdu.

L'homme en uniforme le toise avec un air pénétré. Il connaît ce profil de Russe dégoûté par le communisme, il y en a plusieurs dans leurs rangs. Ils sont fidèles, courageux au combat et infatigables mais peu malléables, ils peuvent déserter d'un jour à l'autre.

– Vous avez le certificat médical ?

Vassia tend le document qu'il a à la main. Un scrupuleux examen médical est imposé à tous ceux qui désirent rejoindre l'armée allemande ou les Waffen-SS: taille minimum, un mètre soixante-dix, poids entre soixante-quinze et quatre-vingt-dix kilos, bonnes dents, bonne vue, bonne audition, pas de maladie héréditaire, des parents aryens et aucun signe de troubles psychiques. De nombreux tests en attestent. Seuls les médecins assermentés peuvent remettre le précieux sésame.

– Vous avez rempli le formulaire de *Freiwilliger, richtig*? C'est bien ça, vous êtes volontaire ?

– Je suis cosaque, j'ai eu une formation militaire dans nos camps de *Vitiaz* en Savoie, on s'exerçait au maniement des armes.

Le sergent épluche longuement les documents, puis lève la tête et proclame, comme un cadeau :

– *Unser Obersturmführer*, le lieutenant Ballhaus, va vous recevoir.

Vassia se remémore les camps de vacances des Vitiaz – les scouts russes – où les enfants d'émigrés se retrouvaient en été. Il avait vingt ans et servait d'instructeur à ces jeunes qui perpétuaient les traditions orthodoxes. Sa fille a rechigné à y aller, honteuse d'être si pauvre et mal habillée. Et à La Motte, ils ne sont pas privés de rituels, on n'omet pas une occasion d'aller à l'église, les saints sont honorés un à un, spécialement saint Basile, que les cosaques vénèrent : Basile le Bienheureux, celui d'Elokhovo, fils de serfs et redouté par Ivan le Terrible, car on dénombre plusieurs saints Basile, le calendrier en contient une dizaine.

C'est dans cette colonie de vacances que Vassia avait rencontré Elena, sa femme, plus âgée que lui de dix ans mais fraîche comme de l'eau de source. Promise moniale, elle avait quitté le couvent où elle avait trouvé réfuge après la Révolution par amour pour lui. Elle l'avait suivi en Corrèze. Ils s'étaient mariés devant le maire du village après la naissance de Sonia. Née de parents étrangers sur le sol français, celle-ci avait reçu une carte d'identité française dont ils avaient été très fiers.

Beaucoup de jeunes gens qu'il avait côtoyés chez les Vitiaz s'étaient enrôlés dans l'armée française. D'autres sont entrés en lutte contre l'Occupation allemande, quelques-uns dans les réseaux de De Gaulle en Angleterre. Était-ce le bon choix ? Ne fallait-il pas envisager la victoire du IIIe Reich qui les libérerait du communisme et de la terreur ? Quant au Parti communiste français, bien que dissous officiellement, mais toujours actif en sourdine, Vassia sait qu'il suit Moscou aveuglément, que les idées soviétiques infusent.

Vassia est sûr de son choix personnel. Il y a pensé pendant des nuits et des nuits, à La Motte, puis à Paris dans les chambres où il a séjourné au cours des mois suivants. La décision qu'il a prise en silence est grave mais apaisée, il se présente devant ces soldats allemands avec la certitude de son engagement. Il a été élevé en Podolie dans le respect, pour ne pas dire l'admiration des capacités de travail et d'organisation des Allemands. On disait que le premier dictionnaire de la langue russe avait été rédigé par un Allemand… Quand on se rendait chez un médecin, ou un pharmacien, on veillait à ce qu'il soit juif, ou allemand. On n'avait pas confiance dans les autres. Mais on détestait leur nourriture, leurs affreux strudels compacts, leur humour pesant et leur façon d'ignorer les autres.

L'*Obersturmführer* est très jeune, un visage d'enfant. À quel âge peut-on entrer dans la SS ? Vassia se dit qu'il doit être plus autoritaire que nécessaire pour compenser son air juvénile.

– *Heil Hitler!*

– *Heil Hitler!* répond le jeune homme au sous-officier qui introduit Vassia.

Il poursuit dans un allemand saccadé et rapide, si haché que Vassia a du mal à comprendre.

– *Entschuldigung, ich habe nicht verstanden*… souffle Vassia, qui n'a pas compris.

Le petit lieutenant devient rouge et se met à hurler :

– *Nur Deutschen ! Ich brauche keinen Zigeuner !*

Il ne veut que des Allemands ! pas des gitans ! Mais déjà il ravale sa rage. Les Waffen-SS ont besoin de sang frais pour le front de l'Est, qui s'étire sur une étendue incalculable.

Vassia va rejoindre une armée hétéroclite composée de volontaires de toute l'Europe, Italiens, Serbes, Russes, Ouzbeks, Tatars, Espagnols, Wallons et même Français, fadas nostalgiques de la guerre, de toutes les guerres. Parlant le russe et l'allemand, trop âgé pour être envoyé au front en première ligne, il sera affecté à une unité de combattants Waffen-SS allemands en tant qu'éclaireur-interprète. Il est attendu au dépôt de recrutement dès ce soir.

Il va rassembler ses affaires chez Helga, et lui dire adieu. Il a vécu chez elle pendant plus d'un an, dans l'attente de ce rendez-vous tant désiré. Ils avaient fini par coucher ensemble, par unir leurs solitudes sans promesse de lendemain. Vassia n'a pas précisé ses intentions, et Helga ne l'a pas questionné. Habitués au silence, ils se comprennent sans se parler. Vassia est reconnaissant à cette femme des mois de calme et de vie domestique arrachés à la guerre. Il lui promet vaguement de lui donner des nouvelles, et de revenir sain et sauf, la victoire au bout de son fusil.

La caserne est en réalité une école réquisitionnée, les classes sont devenues des chambrées, le préau et la cour des lieux d'entraînement. Seule la salle de gymnastique a gardé sa fonction, les soldats s'exercent aux barres fixes et aux cordes à nœuds. Vassia a été rebaptisé Armin, ce sera son nom de guerre désormais, le caporal le lui a annoncé froidement dès son arrivée.

Dans le dortoir, à deux lits du sien, Vassia a repéré un homme un peu remuant qui porte une croix orthodoxe autour du cou. Un homme plus âgé que lui, secoué de tics, qui fend l'air de gestes amples et inutiles. Il s'adresse à lui en russe :

– Bonsoir. Je m'appelle Vassia, enfin maintenant Armin.

– *Maltchi !* Tais-toi ! Ici ils n'aiment pas les Slaves. Je suis Misha Tatarinoff, mais ils m'appellent Mikael. Je viens de Moscou. Et toi ?

Familier du mensonge, Vassia s'invente une identité. Il était marin en transit à Istanbul, puis à Bizerte, en Tunisie, en 1921, où quelques bâtiments de la flotte impériale avaient trouvé asile. Il n'a plus de famille.

Les deux hommes ont connu des errances différentes, ils mesurent la distance entre eux, bien qu'ils soient liés par la langue et par la foi. Ils n'afficheront pas de complicité, ici ils porteront une bannière à laquelle ils ont juré obéissance et fidélité. Néanmoins, Vassia-Armin se sent réconforté par la présence d'un compatriote. Après la guerre, chacun rentrera chez soi. « Chez soi »... il sera alors bien temps de savoir où, en Russie, dans un monde libéré des Bolcheviks.

Pour l'heure, il ne pense qu'à la destination imminente, et toujours secrète, où cette armée compétente, qui leur fait l'honneur de les accepter en son sein, les enverra demain.

Sonia

Fin de l'année 1941

Raphaël Apfelbaum. Ce nom est écrit au crayon sur l'enveloppe que M. Durieux a remise à Sonia, suivi d'un numéro de téléphone.

De retour du lycée Sonia profite d'un après-midi tranquille pour téléphoner. Solange est chez le coiffeur et Nina repasse dans la buanderie au sous-sol, le poste de radio diffuse de la musique à plein tube, elle ne l'entendra pas. Elle compose soigneusement le numéro sur le cadran à ressort. Si le doigt ne va pas jusqu'à l'arrêt, on peut se tromper de numéro.

Une voix de femme lui répond :

– Allô ? Qui demandez-vous ?

– Bonjour madame, je voudrais parler à Raphaël…

– Une minute… Raphi ! On te demande !

Sonia entend une voix lointaine qui dit : « Demande qui c'est, maman ! »

– Qui êtes-vous, mademoiselle ?

– Je suis… Sonia, il ne me connaît pas, j'appelle de la part de Casimir Durieux, de Corrèze…

« C'est de la part de Durieux, crie la dame, encore lui ! »

Sonia attend un bon moment et une voix d'homme lui parle enfin.

– Casimir vous a donné mon numéro de téléphone ?

– Oui monsieur, excusez-moi de vous déranger, j'ai une enveloppe pour vous, il m'a priée de vous la remettre.

Sonia s'aperçoit qu'elle a changé de voix pour se présenter à ce Raphaël, afin qu'il ne puisse pas savoir son âge. Elle a pris des intonations de Mme de Hauteville, carrées mais charmantes. Elle explique qu'elle a cette enveloppe depuis près de deux mois, elle était débordée par la rentrée des classes, l'emménagement à Paris, bref elle s'excuse, elle espère que ce n'était pas trop urgent...

– C'était très urgent, mademoiselle, mais tant pis, quand pouvons-nous nous rencontrer ?

Ils prennent rendez-vous pour le lendemain à la sortie du lycée Jean de La Fontaine, il y a un café juste en face sur la place d'Auteuil, il sera là avec un pull-over rouge, une veste en velours et des lunettes, elle le reconnaîtra facilement.

Sonia raccroche rapidement, un peu perturbée par ce rendez-vous quasi clandestin. Qui est ce Raphaël ? Que peut contenir l'enveloppe ? Durieux ne lui a pas tout dit, elle le sentait bien. Est-elle manipulée ? La voilà messagère, ou même agent de liaison, malgré elle. Cette éventualité ne la dérange pas, elle a beaucoup lu sur la Première Guerre mondiale et sur la révolution d'Octobre. Elle commence à voir plus clair sur ces bouleversements menés par des hommes et que les femmes subissent. Certaines ont néanmoins fait entendre leur voix, au péril de leur vie. Sonia aimerait s'inscrire dans la lignée des rebelles et des agissantes. Mais ici elle est impliquée par accident, une sensation frustrante et grisante à la fois.

Sonia rentre à pied tous les jours jusqu'à la villa Michel-Ange, Solange l'accompagnait les premiers jours mais la jeune fille est désormais autonome, la materner ne lui rendrait pas service. Quelquefois Sonia entre un instant dans l'église d'Auteuil, les après-midi l'organiste s'exerce, elle aime entendre les sons étirés du grand orgue qui proviennent de là-haut, sous la nef. Un jour elle montera voir cet instrument qui l'intrigue, un souffle céleste et grandiose. Elle ne peut s'empêcher de se signer, à l'orthodoxe évidemment, et n'ose pas s'asseoir sur les bancs en bois, habituée qu'elle est à rester debout aux offices de La Motte. Elle se demande si la musique n'est pas le premier vecteur de foi, et si sa religion ne tient pas principalement aux chants et aux litanies, très mélodieux chez les Russes. Solange ne rate pas la messe du dimanche et a proposé à Sonia de s'y joindre.

– Un jour, a promis Solange, je vous emmènerai à la messe rue Daru, dans votre cathédrale Alexandre-Nevsky. Je suis d'accord avec vous, les chants y sont bien plus beaux !

En passant devant une palissade où sont placardés les bulletins officiels, elle lit :

« Près de Voronej,
la Wehrmacht force le passage du Don gelé.

Au nord de Terek,
les blindés allemands poursuivent les Bolcheviks en déroute
et leur infligent des pertes sanglantes. »

Sonia frissonne, la poitrine serrée par ces informations troublantes. Si la Wehrmacht a passé le Don, c'est qu'elle se replie ? Mais aussi qu'elle avance au sud, vers le Caucase ? Mme de Hauteville, veuve de général, n'est pas au fait des mouvements de cette guerre. Elle n'y comprend pas grand-chose, ne cesse-t-elle d'affirmer. Elle reçoit fréquemment des militaires français en uniforme, en toute discrétion, les portes vitrées du salon fermées. Sonia ignore à quel bord ils appartiennent, pétainistes ou gaullistes. Solange évite d'aborder ces sujets avec elle, l'éducation de la bonne société française est tapissée de non-dits. Et Sonia n'est qu'une fille de cosaques, hébergée par charité. Cela ne la regarde pas.

Quatre heures et demie. Sonia sort du lycée le cœur battant. Elle a pris le temps de renouer sa longue tresse un peu défaite depuis le matin, sans miroir. Elle traverse la rue Boileau, se dirige d'un bon pas vers la place d'Auteuil en surveillant que personne ne la suive. Ses camarades de classe sont sorties avant elle et se sont éparpillées dans les rues adjacentes. De loin elle aperçoit un jeune homme blond avec un pull-over rouge sous une veste de velours côtelé qui attend, debout devant le café. Elle s'assure encore qu'aucun élève ni professeur ne soit dans les parages et se dirige vers lui.

– Bonjour Raphaël, je suis Sonia.

– Venez, Sonia, on va marcher un peu, je préfère ne pas entrer dans ce café, c'est plein d'Allemands.

Raphaël est grand, élancé, un visage clair auréolé d'une tignasse blonde bouclée. Il porte de grosses lunettes d'écaille qui ne dissimulent pas son regard éveillé et intelligent. Il ressemble à un nouvel acteur américain que Sonia avait remarqué sur une affiche du film *Philadelphia Story*, un certain James Stewart. Même sourire narquois, même nonchalance dans les épaules.

Ils marchent vers le bois de Boulogne en silence, Sonia observe que le jeune homme se retourne fréquemment, comme pour vérifier qu'ils ne sont pas suivis.

Raphaël lance enfin à cette adolescente téméraire :

– Je vois qu'il n'y a pas d'âge pour s'engager, bravo…

– Mais je ne me suis…

– Tenez, asseyons-nous sur ce banc. Vous avez l'enveloppe ?

Sonia sort de son cartable une enveloppe de papier gris, froissée par le séjour prolongé entre ses livres de classe. Raphaël l'ouvre aussitôt : ce sont trois feuillets couverts de listes de noms en colonnes avec des adresses et quelquefois des numéros de téléphone.

– Il va falloir les apprendre par cœur, heureusement j'ai une bonne mémoire, dit Raphaël en riant. Ce n'est pas pire que d'apprendre du Victor Hugo, n'est-ce pas ? Sonia… vous êtes d'origine russe ?

– Oui, acquiesce laconiquement la jeune fille.

Elle n'aime pas parler de son passé, ni de ses parents.

– *Ia isouchyl rouskii iasyik,* j'ai étudié le russe, enchaîne Raphaël pour délier la timidité de Sonia.

– Je ne le parle presque plus depuis que… mon père est parti.

Sonia s'interrompt, son visage se ferme, sa respiration s'accélère, elle remue les lèvres sans articuler un mot.

– Ça va ? dit Raphaël en voyant son extrême pâleur. Vous me disiez quelque chose sur votre père.

Sonia ne répond pas. Au bout d'un long silence, elle dit sèchement :

– Il faut que je rentre. On m'attend. Ils vont être inquiets si je tarde davantage.

– Bien sûr, je vais vous raccompagner…

– Merci, non, balbutie Sonia. Je préfère rentrer toute seule, je ne veux pas qu'on me voie avec vous.

– Je comprends. Mais je vais vous raccompagner jusqu'à la place.

Raphaël l'entoure de son bras, ils marchent jusqu'à la station de métro Michel-Ange-Molitor, Sonia sent la chaleur de la poitrine du garçon à travers son manteau, ils ne disent plus un mot et se quittent sans échanger leurs adresses.

Vania

Fin de l'automne 1942

Le départ des chevaux déchire le cœur de Vania. Il évite leurs regards apeurés, hume l'odeur inquiète de leur transpiration quand ils passent devant lui pour entrer dans la bétaillère en rechignant. Le cheval est un animal noble mais peureux. Vania essaye de les rassurer par la voix, leur caresse le cou une dernière fois. Il se sent abominablement traître, à un cheveu de tout envoyer promener et de rendre l'argent à ce marchand impavide et indifférent. Heureusement les garçons, Dima et Aliocha, sont en vacances au camp des Vitiaz à Laffrey, où ils s'occupent des quelques chevaux de promenade. Vania n'aurait pas supporté leur chagrin ni leur déception.

Déjà le transport de Kniejna, « Petite Princesse », la pouliche de Sonia jusqu'à La Barrère l'été précédent, l'avait remué comme un signal avant-coureur de la débandade générale. Mais au moins il avait exaucé le désir de Sonia, avait vu la joie sur le visage de la jeune fille, en récompense.

Ils avaient parcouru les chemins de la propriété, à califourchon ensemble sur la pouliche, frétillante de retrouver sa maîtresse et curieuse des nouveaux sols sous ses sabots. Vania avait admiré le parc bien entretenu, les grands vases Médicis plantés de géraniums retombants au coin des allées, tous de la même couleur, les pelouses tondues, les haies taillées. Une nature domestiquée, à l'opposé de la végétation brute de La Motte. Charles de La Barrère était en voyage, Sonia avait fait visiter le château et ses dépendances à Vania comme si elle était chez elle. L'étang, la rivière, les bâtiments agricoles, la maison des gardiens où ils s'étaient arrêtés pour déguster un verre de jus de raisin maison, et faire boire Kniejna à la fontaine. Vania avait tout observé avec émerveillement en pensant : voilà la France, comme c'est ordonné, logique, comme c'est beau.

Sonia avait insisté pour qu'il reste dîner avec elle. Germaine avait prévu une canette de la ferme, cuite avec des poires rôties et caramélisées. Sonia semblait parfaitement à l'aise dans la grande salle à manger lambrissée, au milieu de l'argenterie, des assiettes Sarreguemines au décor bleu, des verres à pied. Vania, lui, n'était pas parvenu à vaincre sa timidité, il avait été tenté de se lever à tout moment pour aider Germaine, qui les servait, dans son tablier blanc immaculé. Quel contraste avec la vieille blouse rapiécée de Nadia… Le repas avait été savoureux et le vin de Cahors lui était monté à la tête. Sonia avait proposé qu'il passe la nuit au château dans une chambre d'ami, il repartirait le lendemain matin, à l'heure qu'il voudrait, elle préférait qu'il ne reparte pas par la route de nuit, par les temps qui couraient. La semaine précédente, une bande d'Allemands avait pillé une ferme à quelques kilomètres. Aux soldats réguliers s'étaient mêlés des délinquants et des malfrats incontrôlables. Vania avait accepté de dormir dans des draps brodés aux armes du comte, parfumés d'un sachet de lavande glissé sous l'oreiller. Tant de raffinement l'avait presque écœuré, il avait eu hâte de s'en retourner à La Motte.

Le dernier cheval est embarqué, le vieux Bartabas qui boite un peu, son sort ne fait aucun doute. Au tour des moutons, ils sont hissés dans une autre camionnette découverte, attachés l'un à l'autre. Vania aide les hommes appointés par Raoul Santorini pour cette tâche pénible, des paysans grossiers et sans états d'âme. Il est pressé de voir tout ce monde s'en aller, pour pleurer sans témoins, Nadia est à son travail au village, il a la paix jusqu'à ce soir.

Ses pensées vont naturellement aux dernières nouvelles de la guerre. On dit que les Soviétiques pilonnent les Allemands à Stalingrad, ce pourrait être la première défaite décisive du IIIe Reich. La suprématie nazie n'est donc plus fatale. Seuls des Russes pouvaient faire reculer un si puissant ennemi. Vania se prend à admirer l'Armée rouge, après tout ce sont des compatriotes, leur bravoure n'est pas étonnante. Son père et le père de Vassia avaient fière allure sur leurs chevaux sélectionnés, entraînés à charger une foule hostile, ou un bataillon de Tatars insoumis. On leur bouchait les oreilles avec des tampons de liège et des casques de cuir, pour que les coups de feu ne les affolent pas. Le combat court dans les veines d'un cosaque, mais aussi de tous les corps d'armée russes, des marins jusqu'aux lanceurs de roquettes, des pilotes de chasse jusqu'aux officiers de la Garde, des fantassins jusqu'aux conducteurs de blindés. Le sang bout dans les artères d'un Russe, peut-être à cause de cette foi commune, héritée d'un Moyen

Âge qui perdure à travers les siècles. Les communistes ont remplacé les métropolites par Lénine, ils ont seulement déplacé leur foi exclusive, qui habitait et continue d'habiter leurs âmes. Tout compte fait, la victoire des Soviétiques ne déplaît pas à Vania. Les Russes ne sont pas des mauviettes, ils ont infligé une raclée à l'armée qui était la mieux équipée. Bien sûr, on se pose des questions sur l'issue de ce conflit, de quel côté penchera la balance ? Et combien de victimes, encore ?

Vania s'interroge sur son sort, il n'appartient à aucun groupe, aucune nationalité, aucune minorité structurée, la vie se désagrège autour de lui et personne ne peut lui venir en aide. La communauté cosaque de La Motte se délite, minée par les défections multiples. Il y a une dizaine d'années, ils devaient refuser des postulants, des déracinés de tous les pays d'Europe centrale charmés par ce havre inespéré. Aujourd'hui il se bat pour que Fedia et Petia ne jettent pas l'éponge, poussés par leurs enfants avides d'horizons plus cléments. L'exemple de Sonia est dans tous les esprits, on se réjouit pour elle mais chacun espère qu'une bonne étoile les sortira, eux aussi, de la misère.

Meurtri par sa vie personnelle qui dérape, Vania se sent affaibli et dérouté. Il n'ose aucun plan, aucune prévision. Il y a des périodes de la vie où il vaut mieux se laisser flotter, ne pas prendre de décisions, ne pas entraver la destinée. Dieu le guidera le moment venu, et lui indiquera la marche à suivre.

Dieu… Un ogre qui exige tant de lui, un morceau de toit de la chapelle s'est envolé la semaine dernière, il faut tailler des tuiles de bois pour le réparer avant l'hiver.

Vania attrape sa scie ronde et sa hache, les accroche à son épaule et s'en va d'un pas lourd vers la forêt. Les deux instruments croisés dans son dos évoquent de loin une faucille et un marteau.

Sonia

Fin décembre 1942

Souvent, Sonia se réveille au milieu de la nuit en nage, des lambeaux de rêves encore accrochés à sa mémoire. Des rêves violents, décousus, dont le protagoniste est son père sous des formes différentes, avec un corps de dinosaure, ou de félin indéfinissable, ou bien avec plusieurs têtes, plusieurs visages dos à dos. Des rêves angoissants et meurtriers. Des rêves comme des gifles, brefs, ciblés, destinés à la blesser, à lui faire mal. Tremblante, elle va boire de l'eau au robinet de son lavabo, en espérant que le gargouillement de la tuyauterie ne trahisse pas ses insomnies.

Une nuit, Solange est venue voir ce qui se passait dans la chambre de Sonia, alertée par le couinement du robinet.

– Qu'avez-vous, mon petit? Je vois bien que vous n'arrivez pas à dormir. Je suis votre amie, n'est-ce pas, dites-moi ce que vous avez sur le cœur.

Sonia fut tentée d'obéir à cette femme si bonne, si affectueuse, mais elle se retint et se mit à pleurer en avouant:

– Mes parents me manquent, madame… pardon… Solange, et ma famille cosaque aussi. Je vous suis reconnaissante de votre bonté, je suis ingrate, vous faites tant pour moi…

Solange l'avait prise dans ses bras parfumés au talc Guerlain, avait posé un baiser sur le front de la jeune fille et conseilla :

– Faites comme moi, quand je ne dors pas je lis du Proust, il n'y a pas mieux comme somnifère ! Mais vous, *À l'ombre des jeunes filles en fleurs,* ça devrait peut-être vous intéresser… Ne vous inquiétez pas, vous êtes à un âge délicat, vous devenez une femme, rien ne se passe en douceur dans ce trajet…

Sonia avait senti que Mme de Hauteville allait se lancer dans les confidences, elle est bien seule dans cette grande maison, sans homme, sans enfants, au fond elle a toujours été seule, son général de mari n'était jamais là quand elle accouchait, et pendant ses missions en Afrique il ne fermait pas la porte aux femmes qui lui tournaient autour tandis que Solange était clouée à son devoir de mère, le moindre pas de côté interdit… Mais Sonia avait brisé son élan en bâillant pour bien faire comprendre qu'elle voulait se recoucher et essayer de dormir.

Dès que Solange avait fermé sa porte, Sonia avait noté dans son carnet : « Proust. Jeunes filles en fleurs. » À demander à la bibliothèque.

Plus tard, juste avant les vacances de Noël, elle a une grande surprise : Raphaël l'attend à la sortie du lycée. Elle ressent immédiatement une bouffée de plaisir mêlée à de la gêne.

– Bonjour Raphaël, vous êtes venu…

– Oui, la coupe Raphaël, je voulais avoir de vos nouvelles. Je ne savais pas où vous joindre, sauf ici…

Je voulais m'excuser de vous avoir brusquée avec mes questions…

– C'est à moi de m'excuser ! Je ne me sentais pas bien depuis quelques jours, je n'aurais pas dû vous imposer cela. Mais ça va mieux, merci.

– Puis-je vous offrir un chocolat chaud ? Je connais un café pas loin d'ici où ils en ont encore du vrai. Demain je m'en vais. En Dordogne… avec ma mère. Peut-être définitivement, si cette guerre se prolonge. Mon père est déjà parti. Durieux nous a trouvé un logement.

– Moi j'irai en Dordogne pour les vacances de Noël, s'exclame Sonia, à La Barrère chez mon… tuteur. On pourra se voir. Peut-être.

– Nous nous appelons Pommier désormais…

Sonia se fige. Elle essaie de comprendre ce qu'il tente de lui dire.

– Pommier ?

– C'est la traduction française d'Apfelbaum. Tenez, Sonia, je vous ai apporté un cadeau, poursuit Raphaël. J'ai appris votre belle langue en lisant Tolstoï. Vous pourrez rafraîchir votre mémoire du cyrillique.

Il sort de sa poche un livre broché : *Guerre et Paix* en russe.

Sonia prend le livre, toutes ces nouvelles se bousculent dans sa tête, et instinctivement elle embrasse Raphaël sur la joue.

– Je vous remercie infiniment ! Il y a si longtemps en effet que je n'ai pas lu du russe. J'ai peut-être un peu oublié… Imaginez-vous que j'ai lu ce livre en français, une version expurgée ! ajoute-t-elle pour faire diversion, consciente de la gravité du moment.

Ils se regardent en souriant, protégés par leur jeunesse éclatante.

– Dans les jours que nous vivons, c'est une œuvre éclairante, vous verrez. Je savais que vous étiez une lectrice assidue, je vous enverrai d'autres livres, si vous voulez.

Sonia bafouille un « merci... à bientôt... et bonne chance » et se sauve, embarrassée de s'être montrée si familière.

Quelques jours plus tard, Charles vient chercher Sonia à Paris pour l'emmener à La Barrère. Il s'est procuré des sauf-conduits. Solange reçoit ses enfants à Paris pour Noël, mais elle promet de descendre pour le Nouvel An.

– On mange si mal à Paris, au moins chez toi je suis sûre d'avoir du foie gras et des perdreaux ! Vous ne vivez pas la guerre comme nous, dans vos provinces. Ici on ne trouve même pas du pain correct ! Je te confie Sonia, traite-la bien, elle est un peu fatiguée par le rythme scolaire parisien. Elle a besoin de prendre l'air, et de ne plus sentir ma présence de duègne sur ses talons ! Le son du piano a réveillé cette maison figée dans le temps, ainsi que les bavardages en russe entre Nina et Sonia.

Solange sort de moins en moins et reste avec plaisir dans le salon à regarder Sonia faire ses devoirs sur le grand bureau de son mari, pendant qu'elle tricote des chaussettes pour les prisonniers et travailleurs déplacés ou qu'elle fait des patiences. De temps en temps la jeune fille lève la tête et pose des questions telles que : « On dit : asseyez-vous ou assoyez-vous ? » ou bien : « À partir de quand Napoléon n'a-t-il plus été Napoléon Bonaparte ? » Des questions qui rappellent à Solange l'époque où elle élevait ses enfants. Cette jeune fille concentrée et studieuse l'impressionne, elle l'observe avec curiosité et expectative.

Sonia retrouve avec joie le château, sa pouliche Kniejna, Albert et Germaine, le vieux Pleyel et son lit à baldaquin au duvet qui sent la naphtaline. Charles attend une famille de parents belges pour les fêtes, avec deux enfants de six et neuf ans, qu'on logera dans une annexe. Sonia craint que son règne dans cette demeure soit écorné par la présence de ces étrangers, mais Charles sait habilement diviser les tâches et les lieux, de manière à ce que personne ne se marche sur les pieds. Les enfants sont adorables et bien élevés, on les associe aux activités de Noël, la décoration de l'arbre, la confection de la crèche, la fabrication des biscuits de pain d'épice et des sucres d'orge. Germaine a stocké des réserves de farine et de sucre, ainsi que de la graisse d'oie et des œufs qui permettent de préparer des brioches et des gâteaux dans la grande cuisine aux murs ornés de bassines et de poêlons en cuivre. On s'éclaire aux lampes à huile, comme autrefois, et Sonia ne se sent pas dépaysée, elle n'a pas connu d'autre lumière dans son enfance.

Personne ne lui pose de questions sur sa famille, Charles a sans doute avisé ses hôtes pour qu'ils ne soient pas intrusifs. Tout se déroule au mieux, jusqu'au jour où une visite inattendue perturbe cette paix de Noël : un après-midi Vania se présente au château en carriole, le visage défait. Il demande si Sonia est là, il faut absolument qu'il lui parle.

Sonia quitte le piano où elle déchiffrait une sonate de Beethoven, court à la rencontre de Vania qu'elle embrasse avec fougue. Elle est si heureuse de le voir !

– *Chto sloutchilass ?* Qu'est-ce qui t'arrive, Ivan Anatolievitch ?

Vania lui fait signe qu'il ne veut pas parler devant les autres, et ils s'écartent pour s'isoler dans l'orangerie où les mandariniers et les palmiers ont été rentrés.

– *Douchka maïa*, ma petite chérie, dit Vania visiblement avec difficulté, Nadia m'a quitté, elle ne vit plus à La Motte, elle est partie avec un autre…

Sonia est éberluée. Comment est-ce possible ? Un couple aussi uni, aussi solide ! Un exemple pour tous de fidélité et de complicité !

– Que dis-tu, Vania ? Ce n'est pas vrai !

Vania raconte que ses enfants ont trouvé un travail intéressant et sont partis en septembre, et Nadia n'a pas supporté la vie à La Motte, la solitude et la tristesse de son mari, c'est sa faute, il n'a rien fait pour lui rendre la vie agréable, elle aussi souffrait de l'absence des garçons, bref elle a accepté une place chez un marchand de bétail, et maintenant elle vit avec lui, pratiquement elle est sa concubine et sa domestique, c'est bien triste. Quant à lui, Vania, il ne peut plus vivre seul à La Motte, il songe à confier ses animaux à Petia et à tenter sa chance ailleurs, à Paris peut-être, on dit qu'on cherche des chauffeurs de taxi, ou des gardiens de square.

– Vania, *dorogoï*, mon cher, je ne peux pas te laisser faire n'importe quoi ! je vais en parler à Charles !

– Non, je t'en prie, supplie Vania. Je ne suis pas venu pour ça. Je ne veux pas qu'il croie que tu vas imposer tous tes anciens amis cosaques ! Je suis venu parce que j'ai quelque chose à te donner, quelque chose que je ne pouvais pas abandonner à La Motte, comme tout ce que je vais devoir y laisser… Viens, c'est dans une valise dans ma carriole, je le monte dans ta chambre.

Ils grimpent à l'étage avec la lourde valise de cuir qui date d'une splendeur passée, Vania l'ouvre sur le lit de Sonia. Il en sort un uniforme rouge avec les deux courroies croisées qui distinguent le poitrail d'un cosaque du Don, assorti d'un pantalon noir et de bottes à éperons. À l'encolure est épinglée une croix de Saint-Georges, la plus haute distinction militaire de l'Empire.

– C'était l'uniforme de Wladimir Sergueïevitch, ton grand-père, le père de Vassia. Ton père m'avait prié de te le remettre à ta majorité, s'il n'était pas en mesure de le faire lui-même. Je ne peux pas le garder plus longtemps. Regarde comme il était mince, tu pourrais presque porter cette redingote et cette culotte de zouave…

Comment son père avait-il pu lui cacher cette relique pendant toutes ces années ? Sonia touche le vêtement avec déférence et étonnement. Une tache brune sur une épaule dénonce le sang d'une blessure, et les boutons d'argent sont noircis par le temps.

– Je préfère que tu gardes cet uniforme ici, il y sera davantage en sécurité…

– Merci, Vania, tu as bien fait. Je te remercie. As-tu des nouvelles de mon père ?

Non, Vania n'en a pas, la dernière personne qui a vu Vassia est Mère Marie, il ira la voir bien sûr quand il sera à Paris. Pas de nouvelles, bonnes nouvelles dit-on, il tente de rassurer Sonia et d'alléger l'ambiance soudain pesante.

– J'ai rêvé de lui, Vania. Plusieurs fois. Je ne sais pas ce que cela signifie. Il y a un philosophe qui interprète les rêves, il s'appelle Jung, il est suisse. Tout ce qui nous passe par la tête a un sens, tu sais. Viens, je vais demander à Charles de t'inviter à dîner et de te donner une chambre pour ce soir. C'est Noël, catholique. Viens, on va le fêter avec eux !

Vania a beau résister, Sonia obtient qu'il partage leur table de Noël, et les Belges manifestent une grande curiosité pour les souvenirs de Russie du brave homme qui l'a pourtant quittée à quinze ans et la voit à travers ses réminiscences fantasmées. L'exotisme russe a toujours agi sur l'imaginaire des Français et des Belges. De nombreux Russes blancs se sont installés à Bruxelles, certains sont reçus dans les meilleures maisons, et même recherchés pour le récit de leurs aventures.

La détresse de Vania touche Sonia au plus profond d'elle-même, mais elle comprend qu'en bon cosaque il rejettera toute aide extérieure, son salut n'appartient qu'à lui. Il préfère mourir de faim plutôt que de se plaindre et de tendre la main.

Ce soir, en tous cas, il a rempli son estomac de bonnes choses, même s'il est un petit mangeur. Pintade aux marrons, bûche aux myrtilles, vin de Bourgogne. Et même un vieux cigare et un armagnac avec les hommes dans le fumoir. Charles déterre des trésors de sa cave, remplie par ses parents et même ses grands-parents, amateurs de grands crus. La pénurie et les réquisitions ont beau faire rage dehors, rien ne l'empêchera d'honorer les vins de France, les cognacs et les eaux-de-vie de poire. À La Barrère le temps n'existe pas, sauf celui des millésimes sur les étiquettes moisies des bouteilles pieusement conservées.

Sonia admire cet art de vivre ancestral mais ne le partage pas tout à fait. Elle pense à son père. À Raphaël qui doit être quelque part en Dordogne. Elle pense à Vania qui risque de s'enfoncer dans une misère plus grande, s'il quitte La Motte, où il a somme toute son bout de potager, ses amis et la compagnie de ses chevaux, du moins ceux qui lui restent après la vente. Les Français ne pourront jamais comprendre ce que signifie être émigré, fille d'émigrés, à jamais éloignés de leur terre, de leur langue et de leurs usages. Le niveau de civilisation ne remplacera jamais l'attachement aux racines. Comme disait Vassia, la France est belle et civilisée, mais ses habitants ne chantent pas à la fin des repas, ni ne pleurent en écoutant la lecture de poésies.

Vassia

Novembre-décembre 1943

Ils marchent depuis cinq jours. Les chars Panzer IV et les blindés devant eux, ainsi que la Première et la Septième Panzer-Divisions. Ils se dirigent à présent vers l'Ukraine. Himmler a donné ordre aux Waffen-SS de se joindre à la Wehrmacht, en vue de repousser la Soixantième Armée soviétique qui veut reprendre Kiev, occupée par les Allemands depuis deux ans. Ils ne doivent pas tarder, l'hiver approche avec la redoutable saison des boues.

Vassia-Armin a vu défiler les villages dévastés qui avaient déjà été pillés par eux-mêmes le plus souvent, selon une technique d'assèchement des ressources, une stratégie de la terre brûlée pour que les Russes trouvent un désert et ne puissent pas se ravitailler. Il a assisté à des carnages gratuits, les paysans égorgés, les femmes violées, il n'y a pas pris part, mais laisse ses camarades les plus fanatiques défouler leurs peurs et leurs colères. La colère de Vassia est froide et réfléchie. Il tâche, lui, de ne pas tirer sur les habitants, sauf s'il est attaqué à coups de couteau ou de torche imbibée de pétrole et enflammée. Il a marché sur des cadavres d'Ukrainiens, de Biélorusses et de Russes, il se referme sur lui-même, mithridatisé à tout sentiment. Il poursuit un objectif fixe, il ne s'arrêtera que lorsque la paix sera signée, chassant les Soviétiques de la surface de la terre. Les Rouges. Couleur du sang et du fer incandescent. Couleur d'un drapeau haï. Son drapeau actuel est noir, orné d'une tête de mort, mais c'est un passage, une transition nécessaire vers le drapeau à rayures blanche, bleue et rouge, serti en son cœur de l'aigle doré à deux têtes, emblème de la Russie impériale et éternelle. Le drapeau que brandissait son père avant d'être décapité par des tueurs à la solde de Lénine, des assassins sortis des prisons et des asiles de fous.

Son régiment est composé de huit cents soldats, il est sous les ordres du général de la Wehrmacht Erich von Manstein. Sur la ligne du Dniepr ils sont douze mille, mais on craint que les Soviétiques soient beaucoup plus nombreux. La force des Allemands réside dans leurs fameux Panzerkampfwagen 4, chars d'assaut qui ont une autonomie de trois cents kilomètres et une mobilité remarquable. Mais la défaite de Stalingrad en a anéanti plus de six mille et les usines ne parviennent pas à en produire assez rapidement.

La force des Russes, c'est leur courage, leur patriotisme et l'inconscience des gradés prêts à envoyer les troupes sur des fronts sacrifiés, entraînant de colossales pertes en hommes. Le Führer le sait bien, aussi espère-t-il que ces insolites bataillons de Waffen-SS étrangers, mus par un furieux désir d'en découdre avec les communistes, auront les audaces qu'il ne peut demander à ses concitoyens. Certes ces nouveaux venus sont mal entraînés, mal coordonnés, mais peu importe, on a besoin d'eux, leurs vies sont moins précieuses que celles des beaux Allemands sanglés dans leurs uniformes sur mesure. Les tailleurs de la Wehrmacht sont priés de mettre les militaires en valeur, de contribuer à leur image d'hommes supérieurs, chargés d'annexer momentanément des populations primaires avant de les transformer en bons nazis, policés et heureux.

Vassia marche la tête basse, il n'a pas dit un mot depuis deux jours. À qui pourrait-il parler? Ses camarades de rang sont Bavarois, ils parlent entre eux leur patois incompréhensible, les Russes sont réunis dans une autre unité. Tant mieux, il n'a guère envie de bavarder, de parler pour ne rien dire. Les fantassins n'échangent que sur leur vie matérielle, les douleurs aux pieds, la nourriture avariée, l'aversion pour cette *Tiefland, puszta* polonaise, interminable, qu'il faut parcourir, une glaise collante aux godillots.

Les paysages commencent à ressembler à ceux de la Podolie de son enfance. De vastes étangs, des plaines nues et plates, puis une grappe de collines basses maigrement boisées. Les habitations sont regroupées le long des rivières en villages succincts, traversés par une route principale creusée d'ornières par les impitoyables chenilles des chars et les roues des véhicules militaires. Le ciel bas des premiers jours de novembre promet des neiges prochaines, la plaie de toute armée.

Vassia se souvient de sa mère qui nommait la Russie « *niestchasnaia strana…* », sans que l'on sache s'il s'agissait de la nature indomptable ou des tyrannies successives que souffrait le « malheureux pays ». Elle rêvait d'envoyer son fils en Allemagne, ou en France, pour qu'il connaisse une vie meilleure. Elle n'aurait jamais pu imaginer dans quelles circonstances son petit

Vassia serait contraint à l'exil, elle a été emportée par le tourbillon de la Révolution, terrassée par une crise cardiaque le jour où un commissaire du peuple est entré armé dans leur appartement à Saint-Pétersbourg en exigeant qu'on lui remît argent et bijoux pour financer l'insurrection. Vassia n'avait même pas eu le temps de l'enterrer, il avait dû prendre la fuite par le premier bateau finlandais qui prenait le large. Il avait treize ans.

Une rumeur circule parmi les soldats, on dit que les Soviétiques avancent, ils ont repris Kiev. Ils vont faire tomber Jytomyr. C'est sans compter sur les forces du Reich organisées et équipées d'armements plus modernes. Les batailles qui s'annoncent seront violentes.

Vassia serre contre lui la minuscule icône qu'il porte dans la poche de sa vareuse, une Madone peinte par sa fille sur un gros bouton de nacre et bénie par le père Timothée. Les images de Corrèze défilent dans sa tête, le grand tilleul sur le parvis de la maison de Vania, son cheval noir Kniaz (*prince*) secouant sa longue crinière jamais coupée, la luge qu'il a fabriquée pour les enfants, le visage d'Elena, sa femme, souriant à son dernier soupir, la pleine lune jouant à cache-cache derrière les hauts arbres. Était-ce le bonheur ? Il faut croire que non, puisqu'il n'a pas hésité à quitter cette tranquillité, détachée de la fureur extérieure. Où est Sonia maintenant ? Comment vit-elle ? Étrangement il ne s'inquiète pas pour elle. Il n'est pas loin de penser que son absence lui est bénéfique, comme ces gens qui abandonnent leurs enfants quand ils ne se sentent pas aptes à les élever. Vassia aurait été un boulet pour elle, avec ses croyances et ses ambitions. Sonia sera française, son avenir est en France et elle doit être libre de construire sa vie dans ce pays. Que pouvait-il lui offrir de plus que cette sécurité-là, un passeport français et une éducation qui lui ouvrira des portes? Sa propre vie ne tient qu'à un fil, il en est parfaitement conscient. Tout au plus sa fille pourra s'enorgueillir des actes héroïques de son père, comprendre son engagement, mais il n'est pas sûr de cela, peu de chance que Sonia, imprégnée de l'esprit français qui diffère tant de celui de Vassia, approuve ses choix. Tant que le chaos règne en Russie, il vaut mieux que Sonia ne gaspille pas sa jeunesse et reste abritée sous la loi du cartésianisme.

Vassia chasse ces pensées douloureuses, on vient de leur donner ordre de s'arrêter pour bivouaquer dans un hameau abandonné, et de se disposer à attaquer l'ennemi dans les heures qui suivent. Les corneilles tournent au-dessus de leurs têtes en criaillant, risquant de dévoiler l'attroupement de soldats. Pas question de disperser les noires bestioles d'un coup de fusil, les vigies soviétiques localiseraient les compagnies ennemies. À un kilomètre de là, les chars sont postés en rangs de quatre, prêts à bondir à l'assaut des lignes de l'Armée rouge, exténuée par les combats de la veille. On table sur l'épuisement de ses soldats pour les vaincre par surprise. Chacun se prépare à sa manière, les uns prient, les autres liquident le schnaps de leur gourde, d'autres encore ne cessent de vérifier le chargeur de leur fusil-mitrailleur Sturmgewehr 44. Vassia se concentre en regardant le ciel, les nuages qui s'effilochent n'annoncent rien de bon. Le temps s'étire, on ne sait si l'attente l'allonge ou le raccourcit. Chaque minute égrène méthodiquement ses soixante secondes. On se rapproche du moment tant attendu et redouté, comme un acteur attend le lever de rideau pour entrer en scène, avec frayeur et délice. Mais le public en face répond avec les armes, animé de l'intention de tuer. La mort est le langage commun de tous ces guerriers, d'un côté et de l'autre du front.

Pour la première fois, Vassia réalise qu'il va tuer des Russes, des compatriotes. En 1920, les offensives du général Wrangel avaient échoué à cause de cela, la plupart des officiers de l'Armée blanche avaient refusé de le rejoindre face aux Russes de l'Armée rouge. Un sentiment fratricide avait freiné leur courage militaire. Enfant, Vassia rêvait de suivre l'exemple de son père. Le moment est arrivé. Aujourd'hui. Dans toute la violence de son évidence. Vassia est certain d'être au bon endroit, pour la bonne cause. Il se signe discrètement, afin que le croisement inversé sur la poitrine ne le trahisse pas. Il ne tient pas à ce que ses compagnons le chambrent sur sa foi orthodoxe. À l'armée, toutes les particularités sont sujettes à plaisanterie. Ils l'ont déjà surnommé « le moine noir » à cause de ses silences et de ses sourcils sombres. Rien ne l'affecte, il connaît la trivialité des soldats en campagne.

La nuit tombe, les chefs ont reçu l'ordre de lancer l'assaut le lendemain, au petit matin. Tous ont besoin de reprendre des forces, on s'organise, on attend les dernières instructions. Les feux sont interdits, il faudra se contenter des gamelles mal réchauffées sur les fourneaux à gaz, chacun son tour. Vassia renonce à faire la queue, il avale son ragoût tel que, coagulé dans la sauce brune universelle dont les Allemands assaisonnent tous les plats. Il cherche un coin abrité du vent glacial contre le mur d'une étable vide, et sort le petit carnet où il note tous les événements depuis son départ de La Motte. Son crayon est presque arrivé au bout, à force d'être taillé. Il écrit :

« Quelque part en Ukraine. 31 décembre 1943.

Les Soviétiques sont face à nous. Ces chiens ont repris Jytomyr, ils ne sont pas loin. Ma colombe, ma Sonietchka aimée, ton père touche au but : venger tous les morts inutiles dont la folie communiste a parsemé la Russie. Je sais, la vengeance est un mauvais sentiment, un bon chrétien doit pardonner. Je ne peux pas, tu dois le comprendre, accepte ton père avec ses défauts, ma poupée, ma petite fleur, mon Dieu tu dois être grande maintenant, tu as quatorze ans, bientôt quinze. Tu as la grâce de ta mère, j'espère que tu hériteras de l'obstination de ton père. Quand on veut quelque chose, il faut être patient et constant. Je veux ton bonheur, mais je veux aussi le bonheur de l'humanité. Et la paix. La paix, hélas, se gagne avec la guerre… »

Il ne voit presque plus rien dans l'obscurité de la nuit froide, sans lune, il doit s'interrompre. Il range le petit carnet et le moignon de crayon, et tente de s'allonger, enroulé dans une couverture militaire, la tête sur son paquetage. Les oiseaux se sont tus. Un calme crépusculaire plane sur le campement.

Vania

Décembre 1943

– Ils nous ont proposé de travailler au manège, comme palefreniers et aussi en tant qu'instructeurs, pour les débutants. Ce n'est pas très bien payé, mais nous serons nourris et logés… explique Dima.

– … et nous dormirons dans la même chambre, ainsi nous pourrons sous-louer la seconde à un autre employé, il est déjà d'accord, renchérit Aliocha.

Vania écoute ses fils avec attention, les deux coudes appuyés sur la table, le menton posé sur ses poings. Il s'attendait à une déclaration de ce genre, un jour ou l'autre.

– Où se trouve ce haras ? demande Vania.

– Près de Lyon, enfin pas tout près, à une quarantaine de kilomètres, mais la clientèle est principalement lyonnaise. Tu ne connais pas, c'est une région de prés, en montagne, un peu comme ici. Mais en plus beau… enfin, moins sauvage.

Dima se rend compte qu'il blesse son père, très attaché à La Motte. Vania encaisse sans ciller, il sait depuis longtemps que ses fils partiront, il déplore seulement que ce soit si loin, inaccessible sans voiture, sans moyen de transport. Il se lève et va vers le buffet, il prend la boîte en fer dans laquelle il a mis le produit de la vente des chevaux.

– Tenez, *rebiata*, les enfants, voilà de quoi vous installer. Soyez prudents, cachez bien cet argent, c'est tout ce que je peux vous donner.

Les garçons l'embrassent à tour de rôle, les larmes aux yeux. Ce ne sont pas des garçons sans cœur.

– Est-ce que votre mère est au courant ?

– Oui, on lui a dit quand elle est venue nous voir là-bas. On avait peur que tu te fâches...

Vania se racle la gorge, il leur tape dans le dos, ensemble, une main pour chacun, depuis leur naissance il fallait toujours distribuer les mêmes gestes à l'un et à l'autre, les vrais jumeaux ne supportent pas d'être traités inégalement.

– C'est bien, mes enfants, c'est très bien. Vous allez découvrir le travail, la vie avec les autres. Mais je vous en prie, essayez de continuer vos études et de vous présenter au certificat d'études. Vous aurez du temps, le soir...

– Oui, *Papechka*, on emporte tous nos livres. Mais tu sais, ce monsieur nous a parlé d'une immense hacienda qu'il est en train d'acheter en Argentine, peut-être nous enverra-t-il là-bas ? Tu te rends compte ! Galoper dans la pampa !

C'en est trop pour Vania. La pampa, maintenant. Il se lève et se mouche bruyamment pour camoufler son émotion.

– Allez, les petits, vos chevaux vous attendent. Ceux-là, on ne les a pas touchés. Ils vont être heureux de vous retrouver.

Les garçons ne se le font pas dire deux fois, ils sortent de la bicoque dont la porte grince et ne ferme toujours pas complètement, retenue par un crochet sommaire. Ils fuient ce moment difficile avec leur père, au fond ça ne s'est pas si mal passé, ils s'attendaient à pire.

De loin, Vania les regarde aller à la rencontre de leurs chevaux après cinq mois d'absence, les reconquérir, se faire pardonner l'abandon. La réconciliation est rapide, les chevaux ont la mémoire longue. Pourront-ils les emmener avec eux ? Vania ne peut plus les monter aussi régulièrement, son dos commence à se plaindre de ces cavalcades. Il vaudrait mieux que les garçons les prennent en charge. Le paddock se vide là-haut, les chevaux de Vassia sont presque devenus sauvages à force de ne plus être montés, entretenus, bouchonnés, peignés. Vania n'arrive plus à les approcher, il les nourrit en hiver, les soigne quand ils sont malades, mais cela ne pourra pas durer éternellement. Ils vieillissent et sont dangereux pour des cavaliers du dimanche, Vania ne peut pas les louer ni les dresser, il a déjà bien trop à faire dans la propriété. Vassia montait comme un Tatar, à cru quelquefois. Vania a grossi, il est trop lourd pour ces pur-sang au tempérament ombrageux. Il est tombé plusieurs fois, il a peur d'eux maintenant. Quand on a peur d'un cheval, il le sent aussitôt et s'ingénie à se débarrasser de son cavalier fébrile. Vania aurait bien vendu ces trente chevaux de caractère, mais il a donné sa parole à Vassia, quand il reviendra il retrouvera son écurie intacte.

Autrefois, une monture indiquait la qualité du cavalier, plus l'animal était noble plus son maître paraissait courageux. On les sacrifiait au combat. Il était temps que ce carnage finisse, mais les chevaux ont gardé la nostalgie de leur importance dans la vie des hommes, et sombrent parfois dans la neurasthénie et la mauvaise humeur. Tant de panache, tant d'importance pour finir à tourner en rond dans des manèges comme des prisonniers dans une cour de pénitencier ! Vania se sent très proche d'eux, en fait ils sont semblables, comme eux il ne sert plus à rien, non, décidément, il doit quitter La Motte lui aussi, il n'a plus de place dans le monde, et son modèle de vie n'a plus cours. Le dernier des Mohicans. Il se souvient de ce livre qui avait marqué sa jeunesse, il n'est pas moins solitaire qu'eux, ni moins abandonné.

Soudain Vania entend le glas de leur petite chapelle. Que se passe-t-il ? Quelqu'un est mort ? Il met son béret en vitesse et sort de la maison pour monter là-haut.

Varvara est en pleurs, son mari est décédé, il est tombé de cheval et s'est brisé la colonne vertébrale, il est mort sur le coup. Effondré, Vania la prend dans ses bras. Le pauvre Fedia avait beaucoup vieilli ces derniers temps, avant l'été il avait confié les chevaux de Vassia à Vania. Il s'avouait incapable de les surveiller, ces pursang s'échappaient souvent de leur enclos, les rattraper dans la forêt était au-dessus de ses forces.

Petia a fabriqué un cercueil de fortune, on va vite enterrer Fedia dans le petit cimetière clandestin derrière la chapelle, avant que les autorités ne s'en mêlent. Ces hommes ne sont pas déclarés à la mairie, personne ne reconnaît leur existence ni leur identité fantôme. Mais les commerçants bavardent et les gendarmes mettent leur nez partout.

Pas le temps de prévenir le suppléant du père Timothée, qui est souffrant et ne peut plus se déplacer, on l'appellera pour la *panihida*, la messe des morts du quarantième jour. Pour l'instant, l'heure est à la douleur et à la prière, entre eux.

Vania aide à creuser le trou qui sera la dernière demeure de Fedia, plus tard on plantera sur sa tombe une croix orthodoxe, on sculptera dans le bois le nom complet de Fedia, sa date de naissance présumée (ses papiers avaient flambé avec tout son village) et celle de sa mort. Un compagnon yougoslave qui était menuisier dans une autre vie le fera. Puis l'herbe poussera sur ce tumulus, comme sur les autres tombes autour.

Vania les compte : six tombes, déjà, avec Fedia cela fera sept. Il redresse la croix de l'une d'entre elles qui s'était affaissée, se signe et soupire profondément, le cœur gros.

On a mis en berne le drapeau impérial et le drapeau cosaque rouge, jaune et bleu qui flottent ensemble à la hauteur des arbres.

On se réunit autour du cercueil, posé dans la chapelle sur deux tréteaux, et on chante, éperdument.

Vassia

31 décembre 1943

Les Soviétiques reculent.

On leur a repris la petite ville de Broussilov, non sans mal. Ce fut une bataille de chars sans pitié, car les T 34 de l'Armée rouge se sont révélés plus redoutables qu'on ne le pensait.

Les troupes ont été épargnées pour le moment à l'arrière par le choc entre ces monstres de fer et de feu. Vassia suit les combats de près, il a été placé auprès du radio, qu'il protège et accompagne au cas où on intercepterait des ordres en russe à traduire.

On se dirige à nouveau vers Jytomyr. Les blindés ont attaqué à l'aube, comme hier. Ils avancent par étapes de deux cents mètres, selon une tactique de propagation en éventail, chère à la stratégie de la Wehrmacht. L'air est déchiré par les sifflements stridents des tirs de roquette, la steppe s'embrase autour d'eux, violée par les mâchoires impitoyables des chenilles. Les Panzer IV dévalent les talus, traversent les ruisseaux, ces machines gigantesques semblent des animaux préhistoriques encombrés par leurs longs cous et leurs ventres amphibies.

L'artillerie est déployée en soutien, bientôt ils seront en première ligne. Vassia arme son fusil mitrailleur, la sangle qui retient le lourd engin blesse sa nuque. Il ne sent rien, galvanisé par l'ivresse du combat bien connue des soldats, qui l'étourdit et le délivre de toute peur, de toute réflexion. Il serre les dents, son faciès se contracte, la peau de ses joues et de son front colle à l'ossature de ses pommettes, accentuant les lointaines racines asiatiques qui dorment dans les gènes de tous les Russes.

Soudain il est projeté en l'air dans un éclat de flammes et de poussière. Il retombe à plusieurs mètres du point de guet où il se trouvait et roule dans le cratère boueux creusé par la bombe. Deux hommes sont précipités, comme lui, au fond de cette fosse, recouverts par des tombereaux de terre gluante. Vassia roule, roule, sa tête cogne le sol à chaque cabriole, le sang coule dans sa bouche. Il roule sans fin, son dos craque, ses oreilles n'entendent plus, ses yeux écarquillés distinguent le ciel qui alterne avec la terre, un visage apparaît, celui de sa fille, elle lui sourit, elle est assise sur un banc à côté d'un beau garçon blond, elle lui parle mais Vassia ne saisit pas ses paroles, le visage de Sonia devient de plus en plus grand, ses yeux s'élargissent, ils occupent tout son champ visuel, ils sont si grands que Vassia peut se noyer en eux comme dans la rivière de Tchernowitz où son père l'avait poussé, quand il avait huit ans, il avait eu la peur de sa vie mais avait réussi à flotter, à rejoindre la berge, vomissant l'eau ingurgitée en contenant ses pleurs et sa rage, pour ne pas décevoir son père, debout en uniforme rouge de cosaque, qui lui tendait la main en riant et l'aida à sortir de l'eau. Il revoit le reflet des saules penchés sur le fleuve, la couleur de l'eau, un bleu changeant tirant sur le vert comme les yeux de Sonia, avec des paillettes de soleil et de lune.

Il roule, il roule, sa tête ballotte et rebondit sur les parois de ce trou immense. Son corps se dissout, puis son esprit s'échappe, il ferme les yeux, et tout s'arrête.

Sonia

31 décembre 1943

Sonia rentre à pied du lycée quand soudain elle est saisie d'une vision qui la cloue sur place. Elle laisse tomber son cartable et se met à balayer l'air devant elle, comme si elle voulait chasser une image. Elle hoquète, hébétée, des mots russes sortent de sa gorge, inartculés. Son visage se couvre de transpiration.

Un passant qui assiste à la scène s'approche d'elle :

– Puis-je vous aider, mademoiselle ? Vous ne vous sentez pas bien ?…

Sonia ne répond pas, secouée par une sorte de transe.

Le passant regarde autour de lui, pas une voiture, pas un commerçant proche, pas un policier, pas un banc où faire asseoir la jeune fille. Il la prend par les épaules délicatement.

– Où allez-vous ? Puis-je vous accompagner ? Voulez-vous qu'on cherche un médecin ?

Sonia fait non de la tête, elle reprend ses esprits.

Elle ramasse son cartable, chancelante.

– Merci monsieur, merci. Vous êtes très aimable. Ça va mieux, merci…

Elle reprend son chemin lentement. L'homme la suit des yeux.

Arrivée villa Michel-Ange, elle monte dans sa chambre en s'appuyant à la rampe, se jette sur son lit et se met à sangloter.

Sur la photo accrochée au-dessus de son bureau, son père la regarde.

Vania

Début de l'année 1944

Paris est désert. Aux heures où Vania circule avec son taxi, il n'y a personne dans les rues. D'ailleurs les taxis sont rares, il n'en reste plus qu'une centaine, les autres ont tous été réquisitionnés, soit par les Allemands, soit par les autorités françaises. Il a obtenu ce précieux boulot grâce à un ami russe, un ancien officier de la Marine impériale qui cédait sa place, l'homme était atteint d'une maladie dégénérative paralysante. On a attribué à Vania des horaires dont les autres chauffeurs plus chevronnés ne veulent pas. Les clients sont peu nombreux. Quelques fêtards à la sortie de chez Maxim's, des ivrognes chassés des tavernes autour des Halles, des Allemands matinaux, des vieilles insomniaques qui vont promener leurs chiens au bois de Boulogne. La population parisienne a singulièrement diminué depuis l'exode, des quartiers entiers se sont vidés, autour de la Bourse, dans le Marais, aux Batignolles. Plusieurs lycées ont fermé leurs portes et les universités sont sous le contrôle des autorités de Vichy. Certains jeunes ont abandonné leurs études et la ville pour s'engager dans la Résistance.

L'âge moyen des Parisiens s'est beaucoup élevé, ceux qui n'ont pas quitté la capitale infestée d'Allemands sont soit les sympathisants, soit les pauvres gens qui n'ont pas pu faire autrement. Ou des célébrités qui jouissent d'un traitement particulier, dit-on, Mme Colette, Jean Cocteau, Coco Chanel, Maurice Chevalier. Joséphine Baker n'a jamais interrompu sa revue, Édith Piaf non plus. Vania a chargé quelques-uns d'entre eux dans son taxi, ils se livrent volontiers comme si la neutralité d'une voiture anonyme les mettait à l'abri des oreilles indiscrètes, à une époque où tous se méfient de tous.

– Vous êtes russe ? lui demande son passager, enveloppé dans une houppelande sous un grand chapeau.

– Eh oui, monsieur, ça se voit tellement ?

– Non, ça s'entend. Moi, je ne suis pas russe mais je m'appelle Sacha. Je suis né à Saint-Pétersbourg.

Vania scrute son rétroviseur. Mais oui, ce monsieur est Sacha Guitry !

– Votre père connaissait le mien, cosaque de la Garde impériale. *Gospodin* Lucien Guitry... il lui a emprunté son uniforme de parade un jour pour une fête costumée !

– Votre père était cosaque ? s'étonne Guitry. De la Garde du Tsar ? Je vous félicite. C'était un corps d'élite. Je suppose qu'il n'est plus de ce monde ?

– Non, après la Révolution nous nous sommes enfuis par la Roumanie. Il est mort ici, en France. Il est enterré avec quelques camarades au cimetière de Sainte-Geneviève-des-Bois. De fiers combattants, en effet.

– Tenez, mon bon, vous y déposerez des fleurs de ma part.

Sacha Guitry passe un billet de cinquante francs à Vania, qui ne veut pas les accepter.

– Je vous en prie, cela me fait plaisir. On m'accuse d'être avare, vous pourrez dire autour de vous que ce n'est pas vrai ! Laissez-moi au coin, à l'entrée de service.

Il sort du taxi derrière son hôtel particulier de l'avenue Élisée-Reclus et s'enroule théâtralement dans les pans de sa cape en cachant son visage comme le ferait un Vénitien masqué un jour de carnaval. Il se penche à la vitre de Vania et ajoute :

– Et si vous conduisez ma femme un jour, ne lui dites pas que je rentre à de si petites heures…

Vania cache le billet de cinquante francs dans la poche interne de sa vareuse. Les patrons ne le lui prendront pas, ils contrôlent même les pourboires qui sont collectés dans un pot commun, puis redistribués à égalité entre les conducteurs, moins un coquet pourcentage prélevé par l'entreprise. Les autres chauffeurs pratiquent la resquille et ne déclarent pas tout ce qu'ils reçoivent. Vania ne l'a pas fait jusqu'à maintenant, mais cette grosse somme lui sera précieuse, il est endetté auprès de sa logeuse, il pourra payer les mois de retard.

Pâques approche, décalés de plusieurs jours par rapport à la Pâque catholique, il se rendra à Sainte-Geneviève-des-Bois. Une heure de train, sans contrôle allemand, puis une belle trotte à pied jusqu'au cimetière qui abrite une large section orthodoxe et une petite église édifiée par les Russes de l'émigration, sur le modèle d'un monastère de Zagorsk. Il déposera une bougie, un pain bénit et une rose sur la tombe de son père, avant la messe de minuit et la procession par les allées du cimetière, les prêtres déambulant de tombe en tombe, leurs chants résonnant au loin, portés par la brise printanière. Il y a tant d'années que Vania, retenu à La Motte par les animaux et la pauvreté, n'a pas pu se recueillir dans cette petite enclave russe, dissimulée au creux de la grande banlieue parisienne.

D'un caractère facile, Vania trouve des avantages à chaque situation, là où d'autres se lamenteraient. Sa nouvelle vie solitaire l'a libéré de nombreuses obligations, il l'apprécie et remercie le Seigneur de l'avoir gratifié d'une santé convenable, nécessaire à ce dur métier, instable mais émaillé de rencontres comme celle d'aujourd'hui, avec le grand dramaturge et cinéaste Sacha Guitry. Il aurait aimé parler un peu plus avec lui mais il se dit qu'il a eu de la chance, peu de personnes peuvent se vanter du privilège d'avoir conversé en tête à tête avec cet homme célèbre, le temps d'une course à travers Paris, dans l'intimité des premières lueurs du matin.

Vania se met à aimer cette ville sacrifiée, humiliée par la défaite et l'Occupation. Une ville qu'il sillonne avec curiosité, découvrant ses quartiers et ses habitants, les riches dans un coin, les pauvres dans un autre, les artistes à Montparnasse et les filous derrière la Madeleine avec les prostituées et les marchands de bijoux volés. Les hauts fonctionnaires se pressent dans les restaurants autour du Palais-Bourbon, les soldats allemands en permission à la tour Eiffel et au Sacré-Cœur, les deux monuments les moins gracieux de la capitale. Il charge des clients allemands dans toute la ville, mais surtout aux abords des anciens hôtels Lutetia et Meurice, et à l'Opéra, les soirs de spectacle. Vania frémit chaque fois qu'un Allemand monte dans son taxi. En uniforme ou pas, ils arborent tous cette allure martiale qu'il admirait autrefois mais qu'il trouve un tantinet ridicule maintenant. Leurs gestes transpirent la suffisance et le conformisme. Tout pour l'obéissance collective à une idée, partiale et obstinée. Pas très différents des Bolcheviks, pense Vania, ils sont si persuadés de détenir la clé du bien qu'ils en deviennent absurdes et inhumains. Nul n'a jamais la certitude de procurer le bonheur à ses proches, alors à l'humanité entière...

Vania traverse la Seine par le pont Alexandre III et ne peut s'empêcher de songer avec fierté : nous, les Russes, vous avons offert ce pont, le plus beau de Paris quand l'aube violette chasse la nuit derrière les réverbères encore allumés. Le tsar Alexandre III l'avait commandé à la fonderie Spie Batignolles, un cadeau destiné à sceller l'alliance franco-russe à l'occasion de l'Exposition universelle de 1900. Il en fut si satisfait qu'il voulut le même pour enjamber la Néva à Saint-Pétersbourg. Deux fois plus grand, cela va sans dire, la Seine est un ruisseau à côté des fleuves russes...

Vania a offert ses services à Sonia, il l'accompagne au Conservatoire national de musique rue de Madrid quand le chauffeur de Mme de Hauteville est occupé. Il la fait monter devant et savoure ces moments de bavardage avec sa filleule. La jeune fille lui raconte la terreur que lui inspire une certaine Nadia Boulanger en classe de composition, une Russe qui ne parle pas le russe, une vestale de la musique, le front haut et des yeux perçants qui ne sourient jamais. En revanche, elle adore sa professeure de piano Lucette Descaves qui lui parle d'Yves Nat et de Marguerite Long, qui fut autrefois son enseignante. C'est une pédagogue rigoureuse mais douce et généreuse, elle donne des cours en cachette à des élèves juifs en dehors de l'établissement où ils ne sont plus acceptés depuis 1940.

– En Russie tous les musiciens étaient juifs, Yascha Heifetz, Arthur Rubinstein, Misha Elman, Vladimir Horowitz, tous ! Ils sont nés avec la musique dans les veines, affirme Vania.

– Pourtant les Russes n'aiment pas beaucoup les Juifs… objecte Sonia.

– Oui, mais la musique c'est sacré chez nous. Quand on a du talent on rejoint les archanges, on est intouchable ! Est-ce que tu chantes encore ?

– Non. Presque plus. Quelquefois, à l'église.

– En latin ? Chez les catholiques ?

– Non, rue Daru. Solange m'y conduit, elle a adopté le rite orthodoxe, elle achète des cierges pour les présentoirs devant les icônes, s'agenouille et se prosterne comme nos Vieux-Ritualistes !

– Elle est un peu exaltée, non ?

– Elle est seule. Elle manque de chaleur humaine.

– Elle a bien de la chance de t'avoir chez elle.

– Non, Vania, c'est moi qui ai de la chance.

Vania se rembrunit, vexé par la remarque de cette jeune fille trop mature.

– Moi, je vais à l'église de Clamart, c'est plus près de chez moi.

– Quelles nouvelles de Dima et d'Aliocha ? enchaîne Sonia pour changer de conversation.

– Ils vont bien, je crois. L'écriture n'est pas leur fort, leur dernière lettre date d'un mois. J'irai les voir dans leur haras en Franche-Comté cet été, si je peux. Si j'obtiens un laissez-passer, si cette guerre se termine…

– Elle finira, Vania, les Américains vont chercher à entrer en France, tu verras.

– Tu en sais des choses ! *Sbogom!* Que Dieu nous aide… S'il faut compter sur les Français…

Aucun des deux n'évoque Vassia, muselés par un accord tacite qui leur interdit d'aborder ce sujet douloureux. Vania remarque seulement que Sonia porte autour du cou une chaînette où sont accrochés sa croix de baptême et un bouton en argent de la fameuse redingote rouge, frappé de l'aigle à deux têtes.

Sonia

Mars 1944

Le maréchal Pétain a réduit le nombre de lycées de filles à Paris. Les filles sont invitées à suivre des cours de couture, de puériculture et de cuisine, mais la plupart des autres matières sont réservées aux garçons.

Sonia est révulsée par cette obstruction, un sentiment de violente injustice la transperce. Ses professeurs sont désolés, ils ont bien vu en elle un élément prometteur, mais ils n'y peuvent rien, elle doit quitter le lycée.

Cette exclusion s'avère une chance pour elle. Solange de Hauteville, indignée par ces mesures sexistes, décide que sa protégée poursuivra ses études à la maison, avec le répétiteur qui avait secondé ses enfants lors de leurs examens de fin d'année. M. Petrolacci sert de nègre à plusieurs écrivains, il est journaliste à ses heures sous le pseudonyme « La plume doit » et il se consacre depuis des années à un vaste ouvrage historique sur la naissance du syndicalisme et des mouvements insurrectionnels. Il gagne sa vie comme préparateur d'étudiants d'un certain niveau, généralement en classe de philo. Il exige une consultation préliminaire avant de s'engager.

La rencontre avec Sonia a lieu lors d'un déjeuner villa Michel-Ange, sous les yeux amusés de Solange.

L'interrogatoire est réciproque, Sonia pose autant de questions qu'elle ne répond à celles de Valentin Petrolacci, ils se sondent l'un l'autre avec précision, aussi bien sur leurs connaissances que sur leur caractère.

On peut le dire : ce fut un coup de foudre entre eux. Il était soufflé par la maturité et l'esprit aiguisé de Sonia, et à l'inverse elle était séduite et impressionnée par la clarté et la richesse des analyses de cet homme incisif et savant.

Sonia sentit immédiatement qu'il prendrait une place importante dans sa vie. Elle espéra de toutes ses forces qu'il accepte de la préparer aux deux baccalauréats, et qui sait, plus loin, aux concours d'entrée des grandes écoles. Car elle sait déjà, à bientôt quinze ans, qu'elle galopera vers de hautes études, elle piaffait dans sa classe de troisième dont les cours lui semblaient lents et superficiels.

Solange, ravie, a négocié les modalités de ce suivi, et Sonia a salué son futur précepteur d'une poignée de main résolue.

À partir de ce moment, Sonia ne sortit plus de la maison, sauf pour les cours hebdomadaires au Conservatoire de musique. Elle y passait des après-midi enchanteurs, mais elle comprend qu'elle ne pourrait pas travailler son piano plusieurs heures par jour et qu'elle est contrainte de choisir entre la musique et les études. Mlle Nadia Boulanger, avant de partir pour les États-Unis, l'avait réprimandée :

– Vous ne travaillez pas assez, mademoiselle. Vous ne méritez pas d'occuper une place précieuse dans cette maison.

Sonia avait été profondément blessée de cet oukase, car cette même Nadia Boulanger l'avait remarquée et semblait fonder un espoir en elle. Lucette Descaves, sa professeur de piano, avait tenté de la consoler :

– Ne vous chagrinez pas, mon petit, Mlle Boulanger ne supporte pas qu'on ne sacrifie pas tout à la musique !

– J'aime la musique, madame, dit Sonia au bord des larmes, mais j'ai tant de choses à apprendre !

Elle assimile vite, et Valentin propose qu'elle étudie deux années en une seule, pour pouvoir se présenter au bac dès l'année suivante. De passage à Paris, en mission au tribunal, Charles a approuvé ce programme, un peu agacé tout de même qu'on prenne des décisions au sujet de Sonia sans le consulter. Il se considérait responsable de l'avenir de la jeune fille, il en a été le découvreur, somme toute, il peut prétendre à une exclusivité sur les choix de son éducation. Solange, fine diplomate, le tranquillise en lui promettant de le tenir au courant ponctuellement de l'évolution de l'enseignement prodigué à Sonia afin de calmer sa jalousie de provincial évincé.

Les aptitudes de Sonia ne cessent d'étonner Valentin, qui voit éclore une personnalité presque effrayante. La seule compagnie de sa brillante élève sont les livres, du matin au soir, sa seule distraction la cuisson de confitures et de pâtisseries avec la cuisinière. Cet hiver, par grand froid, elle a patiné sur le lac du bois de Boulogne gelé, mais elle s'est vite lassée, l'exercice physique n'est pas pour elle. Quand il ne pleut pas elle fait parfois de longues marches avec Solange au bord de la Seine, et c'est tout.

– Il faut que tu respires, ma fille, lui serine Solange. Tu ne peux pas rester dans ta chambre sans jamais sortir !

– J'ai beaucoup de travail en retard, Solange. Valentin m'apporte au moins trois livres par semaine, souvent des pavés ! Je viens de finir un recueil de Balzac, j'attaque Zola.

– Ce Valentin te prend pour George Sand, ma parole, qui avait tout lu !

– J'aime beaucoup *Histoire de ma vie*, mieux que son théâtre qui est un peu lourd et démodé. Cet été, je lirai *La Petite Fadette* et *Lélia*, je les ai vus dans la bibliothèque de La Barrère. Mais où serons-nous, cet été ? Serons-nous débarrassés de ces odieux Allemands ? Je n'en peux plus d'entendre leurs chants et leurs vociférations dans les jardins publics et les cafés.

– Soyons patients, ma chérie, le général de Gaulle nous sauvera, sois-en sûre.

C'est la première fois que Mme de Hauteville se prononce sur l'actualité. Son art du consensus l'a retenue de toute prise de position, à moins qu'elle ne cachât son jeu, en prudente femme de militaire. Depuis quelque temps les allées et venues d'officiers se sont intensifiées villa Michel-Ange. Après avoir raccompagné ces messieurs à la porte, quelquefois à celle de l'escalier de service, Solange reste songeuse de longues heures dans son fauteuil au salon. La discrétion semble de rigueur, et Sonia se garde bien de poser des questions.

Le 11 mars 1944, Sonia a quinze ans.

– Ma chère Sonia, nous avons la même initiale. Je veux que tu portes cette broche, lui déclare Solange en lui tendant une petite boîte, que mes parents m'avaient offerte pour mes dix-huit ans. Elle sera très jolie au col de tes chemisiers.

Sonia contemple, ébahie, le bijou en or serti de petits rubis qui forment la lettre S.

– Oh, c'est trop, Solange ! Je n'oserai jamais porter ça…

– J'y tiens, tu le mérites. Il faudra seulement le faire avaler à Charles, il sera jaloux comme un tigre. Il t'offrira une bague de sa grand-mère, tu verras !

Elles rient de bon cœur toutes les deux, et Sonia embrasse Solange. Au fond, le sort a recréé une famille de substitution autour d'elle, Charles en papa et Solange en maman. Comme dans les camps de déportation en Sibérie. Une bouffée de nostalgie la saisit, l'espoir de revoir son père lui tord les entrailles, elle doit s'excuser et monter dans sa chambre sans avoir goûté au gâteau d'anniversaire, la bouche sèche.

L'émotion, pense Solange, très indulgente à l'égard de cette jeune fille déroutante, dont le passé compliqué pèse par moments sur son humeur.

Nina entre dans la salle à manger, un pli à la main :

– Un monsieur est venu déposer cette lettre pour Sonia. Il n'a pas voulu attendre, il est reparti aussitôt, dit-elle en roulant les « r » avec son accent slave.

Solange regarde l'enveloppe, aucune adresse, aucun expéditeur, juste un nom : Mademoiselle Sonia.

– Montez-la, mademoiselle est dans sa chambre.

Sonia regarde cette lettre, perplexe, et décide de ne pas l'ouvrir tout de suite. Elle ne reconnaît pas l'écriture, ce n'est ni Charles, ni un de ses professeurs, ni Vania, ni Durieux. Elle va se laver les dents, les yeux toujours tournés vers l'enveloppe qui la nargue, gonflée de mystère. Elle se déshabille, pose soigneusement ses vêtements sur la chaise, enfile sa chemise de nuit et s'approche enfin du pli, hésitante, comme si elle pouvait se brûler. Elle décolle l'enveloppe de vilain papier jaune sans la déchirer et sort un feuillet à lignes d'écriture préimprimées où elle lit :

« Sonia, j'ai besoin de vous.

Pouvez-vous vous rendre 25, rue d'Aboukir ? Sous le porche vous verrez des boîtes à lettres, la troisième dans la rangée du haut est aux initiales R.R.P. La clé est cachée derrière les tuyaux d'eau au coin du porche à gauche.

Prenez ce que vous trouverez dans la boîte et rapportez-le chez vous.

Quelqu'un viendra le chercher. Il s'annoncera au nom de Pascal.

Vous sauverez quelques vies.

Je vous embrasse.

Raphaël. »

Sonia tremble comme une feuille, ses mains sont froides et son cou rougit. Quel étrange anniversaire ! Elle ira. Bien sûr, qu'elle ira. Elle a souvent pensé à ce garçon dont elle n'a plus eu de nouvelles. Pourtant ce pourrait être un piège. Elle ne pourra en parler à personne, elle le sait. Comment s'assurer de l'authenticité de cette lettre ?

Raphaël. Elle se souvient qu'il lui avait écrit quelques mots en russe dans *Guerre et Paix*. Elle se précipite vers les rayonnages de sa bibliothèque et retrouve l'ouvrage sans peine, il est rangé entre les volumes du *Lagarde et Michard*. Sur la page de garde, il est écrit en cyrillique :

« Eto moï podarok dlia Soniou crassivouiou dievotchkou.
Raphaël »

« Ceci est mon cadeau à Sonia, jolie jeune fille. Raphaël »

Et en dessous, fort heureusement en français :

Pardon pour mon russe trébuchant… Votre chevalier-garde d'un jour, Raphaël.

Sonia compare les deux écritures, celle de l'enveloppe, celle de la dédicace. Mêmes P et R majuscules, même rondeur des « a » et des « o », pas de doute, elles sont de la même main.

Elle plie la lettre religieusement et la glisse dans son cartable, abandonné par terre contre le mur, au pied de son bureau. Personne n'ira fouiller là.

Elle se passe un peu d'eau sur le visage et va se coucher, en emportant au lit le roman de Tolstoï qu'elle se promettait de lire un jour tranquille. Ce jour arrivera-t-il jamais ?

Vania

Mars 1944

Un jeune Allemand en uniforme monte dans le taxi de Vania. Il a les yeux bleus, d'un bleu qui rappelle quelque chose à Vania. Ou quelqu'un.

– Quatre-vingt-deux avenue Foch, s'il vous plaît, dit le jeune homme avec un fort accent.

Vania connaît bien cette adresse, ce sont les immeubles qui hébergent la Gestapo. Du 82 au 86. Il observe longuement le visage impassible de son passager, et tout d'un coup il se souvient de lui :

– Helmut ! Vous êtes Helmut !

Le jeune Allemand se raidit, se penche pour regarder son chauffeur de profil et dit :

– Qui êtes-vous ?

– Vania ! Vania Melnik, de La Motte. Vous êtes venu avec le père Timothée pour la messe de Noël ! C'était en 1939.

Helmut ne semble pas ravi d'avoir été reconnu, mais il ne nie pas.

– Ah oui, je m'en rappelle. Nous avons réveillonné chez vous. Vous n'êtes plus là-bas ?

– Non, répond Vania tristement, c'était devenu trop difficile. Mes fils sont allés travailler du côté de Lyon, ma femme ailleurs… J'ai dû me résoudre à changer de vie moi aussi. Mais je vois que vous avez réalisé vos ambitions, continue-t-il en russe.

Helmut lui coupe la parole :

– Ici on parle allemand, ou français, s'il vous plaît.

Il a un ton sévère qui fait taire Vania immédiatement.

– Vous ne direz à personne que vous m'avez vu, n'est-ce pas ? Je suis en mission spéciale.

Après un long silence, Vania tente une question :

– Vous vous souvenez de Vassili Vassiliev ? Il est parti, après vous avoir entendu…

– Je sais. Nous nous sommes vus à Paris.

Un silence.

– Avez-vous des nouvelles de lui ?

– Oui. Il s'est courageusement enrôlé à nos côtés. Il a été envoyé sur le front de l'Est, mais je ne sais pas où. Excusez-moi, nous sommes arrivés, je suis pressé.

Le gestapiste sort promptement de la voiture, en oubliant de payer Vania. Un tribut à la bonne cause, aura-t-il pensé, maugrée Vania.

Cette nouvelle le remue énormément. Alors c'était bien vrai. Vassia a basculé du côté des nazis. Vania s'en veut, il aurait dû monter à Paris il y a quatre ans, le dissuader de cette grande bêtise avant qu'il ne s'engage. Il était le seul que Vassia écoutait, avec lequel il échangeait, des soirées entières. Il n'avait jamais accepté sa condition de réfugié, son amour-propre le tiraillait, le torturait. Mais Vania aurait peut-être pu le retenir. Peut-être.

Il s'arrête sur les Champs-Élysées et entre dans un café pour boire une chope. Il en a bien besoin.

Comment dire à Sonia ce qu'il vient d'entendre ? Faut-il le lui dire ? Toutes ces pensées chavirent le pauvre homme et perturbent sa conscience. Pour la première fois il ne se tourne pas vers le Ciel pour implorer assistance et compassion. Sa foi a subi la violence des coups qu'on lui a portés, comme un chêne auquel on coupe les branches finit par tomber. Deux de ses compagnons chauffeurs de taxi, lituaniens et russophones comme lui, veulent l'entraîner dans un groupe d'antifascistes à la couleur politique indéfinie, des laïques et des Juifs, il n'a pas bien compris. Vania est trop fragilisé par ses malheurs pour se lancer dans quelque direction que ce soit. Il va à l'église le dimanche, chante et prie, mais il commence à redouter les rencontres avec ses compatriotes plus misérables que lui qui ne manquent pas de lui demander de l'aide, « lui qui a un travail bien payé ». Ils tendent la main sans pudeur. Il ira peut-être rue Daru, tiens, là-bas il ne connaît personne, ce sera plus agréable. Et il entendra la jolie voix de Sonia, quand elle chante dans le chœur.

Justement elle lui a laissé un message à la centrale, elle veut le voir au plus vite. Vania regarde l'heure à sa vieille montre Omega à gousset, il est onze heures, une bonne heure pour passer villa Michel-Ange avant la fin du service, il a commencé à trois heures du matin.

Nina n'éprouve pas une grande sympathie pour ce Russe hirsute qui vient rendre visite à Sonia de temps en temps. Elle l'introduit sans entrain et le fait attendre dans le vestibule.

– Je vais prévenir mademoiselle.

Quelques minutes plus tard, Sonia dévale l'escalier intérieur et vient embrasser Vania. Elle le fait entrer dans le salon, ferme la porte et dit en russe :

– Madame Solange n'est pas là, elle déjeune dehors. Vania, j'ai besoin de toi. Je voudrais que tu m'accompagnes quelque part dans Paris, dès que tu pourras.

– Où ça dans Paris ?

– ... C'est urgent.

– Veux-tu qu'on y aille tout de suite ?

Sonia hésite un peu, puis elle acquiesce.

– Oui, très bien. Je prends mon manteau.

En passant devant la cuisine elle lance à Nina :

– Ne m'attends pas pour déjeuner, je sors avec Vania !

La voix de Nina du fond de la cuisine répond :

– Madame est prévenue ? Elle sait que tu sors ?

– Ne t'inquiète pas, Nina, je lui dirai ce soir.

Nina fait le gendarme alors qu'elle n'y a pas été invitée. Tout pour briller auprès de Madame.

Devant le 25 rue d'Aboukir, Sonia prie Vania de l'attendre, elle n'en a pas pour longtemps. Il se gare à moitié sur le trottoir dans cette rue étroite du Sentier. Il n'a pas obtenu un mot d'explication de Sonia sur le but de cette course. Avec qui a-t-elle rendez-vous ? Un nouveau professeur ? Un musicien avec lequel elle doit jouer ? Une camarade de classe ?

Sonia suit les instructions de Raphaël et retire une grosse enveloppe de la boîte à lettres qu'elle prend soin de refermer avec la clé qu'elle redépose là où elle l'a dénichée, en s'assurant que personne ne la voit. Elle enfourne l'enveloppe dans son cartable et sort du porche d'un air anodin, puis remonte dans le taxi comme si de rien n'était. Intérieurement elle se félicite de l'aisance avec laquelle elle a accompli ces gestes périlleux, elle en retire une réelle fierté.

Vania la regarde, interrogatif.

– Merci, Vania, on rentre à la maison.

Il renonce à s'inquiéter des agissements mystérieux de Sonia, et se dit qu'elle est assez grande pour savoir ce qu'elle fait, elle a bien le droit d'avoir des petits secrets, un amoureux, qui sait ?

Il la raccompagne villa Michel-Ange. À l'air malicieux de sa filleule, il n'a pas le courage de compromettre sa bonne humeur en lui racontant ce qu'il a appris sur Vassia ce matin.

Ils s'embrassent affectueusement devant la porte. Vania a bâillé plusieurs fois, Sonia lui conseille d'aller se reposer.

– Vas-tu rue Daru dimanche ? demande Vania.

– Peut-être. Tu veux venir ?

– Je vais voir. Si je ne travaille pas. Ils m'ont proposé une petite prime si je travaille le dimanche.

– Tu sais, il suffit que tu arrives pour la communion. Avant, la lecture des Évangiles est interminable !

Ils s'embrassent à nouveau, trois fois, comme autrefois.

Sonia

Mars 1944

L'enveloppe de la rue d'Aboukir est à moitié décollée, Sonia ne résiste pas au désir de l'entrouvrir davantage. Elle contient un lot de passeports, de couleurs différentes et donc de pays différents. Sonia la referme rapidement et la planque à nouveau dans son cartable. Pas de meilleure cachette, Nina passe partout avec son chiffon à poussière, elle n'aura pas idée d'inspecter le contenu de son cartable nonchalamment abandonné au sol. Partout ailleurs la zélée Bulgare met son nez, et Sonia sait qu'elle n'a aucune intimité dans cette maison. Elle en parlera peut-être à Solange, elle aimerait faire le ménage elle-même dans sa chambre et ranger son placard à sa guise. Elle a sa pudeur, elle n'est plus une enfant.

Les jours passent et personne ne se présente au nom de Pascal. Un jeudi, quelqu'un vient sonner à la porte, qui s'enquiert de la domiciliation de Mlle Sonia Vassiliev, à cette adresse, mais c'est un simple contrôle à la suite d'inscriptions aux différents lycées et au Conservatoire. Par ailleurs Charles s'occupe des papiers de Sonia et de leur validité, il a entrepris des démarches pour clarifier sa situation et obtenir une bourse ou une aide quelconque de l'État. Sonia s'émerveille toujours de la capacité des Français à faire valoir leurs droits. Cette vigilance est étrangère à l'esprit russe. Enfant, Sonia s'irritait de la légèreté de ses parents en la matière. Les documents administratifs les terrorisaient, signe d'un blocage vis-à-vis d'une identité trop imprécise pour convenir à un homme orgueilleux et volontaire comme Vassia. Ils considéraient les mentions écrites comme des cases les enfermant, officialisant une vision d'eux incomplète et déviée, ne reflétant pas la réalité. Beaucoup de ceux qui n'avaient plus de papiers du tout s'étaient inventé des âges et des lieux de naissance attestés par des témoins de complaisance. Si bien que la crédibilité de ces papiers était douteuse. Les intéressés savaient quoi en penser, pas les administrations qui les leur délivraient. La France est un pays de droit, un papier est un papier, il vous poursuit jusqu'à la mort. Il faut bien mettre un matricule sur la tête de chacun.

Valentin se plaint de l'inattention de son élève. Elle est distraite ces derniers temps.

– Qu'avez-vous, Sonia, quelque chose vous tourmente ? J'ai dit quelque chose qui vous a déplu ? Parlez-moi, vous savez que je peux tout entendre.

– Non, monsieur, je suis un peu fatiguée en effet. Le printemps qui approche, peut-être ?

– Le printemps est la saison des examens. Il faudra vous blinder à l'avenir ! Mangez-vous suffisamment ?

– Oh oui, Solange me gâte, elle me trouve de la viande ou du poisson au moins une fois par semaine avec ses cartes de rationnement. De ce côté je n'ai pas à me plaindre.

– De ce côté?... Quelque doléance par ailleurs? Sommes-nous trop exigeants avec vous?

– Parfois j'ai peur de ne pas être à la hauteur de vos attentes. En classe je pouvais me comparer à mes camarades, les écarts me stimulaient ou me désolaient, je n'étais pas seule face à la masse immense de connaissances que vous programmez de m'inculquer...

– Je comprends. Vous vous sentez isolée, la stimulation a du bon en effet, je vais y réfléchir. Je pourrais vous associer à d'autres élèves, créer un groupe de travail... Je vais en parler à Mme de Hauteville.

Sonia est soulagée d'avoir déplacé le problème, afin que Valentin ne soupçonne rien de sa vie parallèle qui la perturbe inévitablement.

Un matin, une femme d'une quarantaine d'années se présente villa Michel-Ange et demande Sonia.

– Je suis Pascale. Vous avez quelque chose pour moi.

Elle est habillée strictement, ne porte aucun bijou, juste une petite montre-bracelet.

Sonia la dévisage, quelque chose lui déplaît chez cette femme.

– Excusez-moi un instant, dit-elle en priant cette dame de s'asseoir sur la banquette du vestibule.

Elle monte les marches du grand escalier intérieur quatre à quatre et se précipite dans sa chambre. Elle sort la lettre de Raphaël de son cartable et la relit attentivement:

... *Quelqu'un viendra le chercher. Il s'annoncera au nom de Pascal...*

Il n'y a pas de « e » à Pascal, c'est clair et net. Sonia range vite la lettre et redescend.

– Nous n'attendons aucune Pascale, madame, je suis désolée...

Elle prononce ces mots dans une sorte de vertige impérieux et raccompagne la dame, visiblement contrariée, à la porte d'entrée.

Sonia remonte dans sa chambre, le cœur à l'envers. Pourquoi a-t-elle chassé cette femme ? Et si Raphaël s'était trompé, avait oublié le « e » en écrivant sa lettre ? *Il s'annoncera au nom de Pascal…* Il disait bien : *il* s'annoncera… Les pensées de Sonia bataillent dans sa tête. Comment reprendre contact avec Raphaël ? Comment faire part de ses hésitations, de ses doutes sur cette femme ? Elle va à la fenêtre qui donne sur la villa, écarte un coin du voilage et voit, au fond de l'allée, la dénommée Pascale en train de parler avec un homme vêtu d'un manteau de cuir et d'un chapeau assorti. Ils s'éloignent ensemble, passent la grille d'entrée et se dirigent vers une voiture noire. Un chauffeur leur ouvre la porte arrière et ils s'engouffrent tous les deux dans l'automobile.

Sonia baisse vite le rideau, tremblante. Son intuition a-t-elle été juste ? Ces personnages louches ne peuvent pas appartenir à la Résistance… Une fuite dans l'opération de récupération des passeports ? Quelqu'un a-t-il parlé ? À présent elle devra se méfier de tout. Que doit-elle faire ?

Elle prend un livre mais n'arrive pas à se concentrer, les lignes dansent devant ses yeux, elle ne peut remiser les images de tout ce qu'elle vient de vivre. Le regard froid de cette dame. Son chemisier blanc de bonne sœur. Le type en manteau long. La Citroën noire garée au loin.

Sonia passe quelques jours affreux. Elle ne dort pas, ou se réveille en sursaut, le cœur battant. Quelles conséquences aura sa réaction face à cette femme ? Qui en pâtira ? Quelle sera la suite ? Il lui faut absolument trouver une manière d'informer Raphaël de ce qui s'est passé. Elle pense à Durieux, mais il doit sûrement être encore plus surveillé que les autres, s'il est toujours en France, en Corrèze. Aux dernières nouvelles il partait pour Londres. Une petite annonce dans *Combat* ? Il lui en avait fait lire quelques-unes, humoristiques, qui étaient en réalité des messages codés. Un courrier rue d'Aboukir ? Tout lui semble improbable et dangereux. Elle se sent empêtrée dans un mauvais roman d'espionnage mais se demande où elle pourrait cacher la précieuse enveloppe en cas de perquisition. Elle songe à la niche du chien mort depuis longtemps, dans le petit jardin bétonné devant le garage. Mais les enquêteurs sont malins, ils devinent les stratagèmes de ceux qu'ils espionnent. Elle a une idée réjouissante : elle va la déposer dans son pupitre à la chorale de l'église russe, là où elle entrepose les partitions. Le meuble ferme à clé, elle se débrouillera pour ne pas rendre la clé au bedeau qui la garde accrochée à un panneau dans la sacristie.

Le jeudi suivant, à dix heures précises, tandis qu'elle va à la boulangerie avec sa carte de pain, cent grammes par personne d'une vilaine miche noirâtre au son, un jeune homme affublé d'une casquette écossaise, à l'accent anglais, l'aborde :

– Je suis William, un ami de Raphi. Il m'a prié de vous dire que vous avez été géniale, il va se manifester prochainement.

Il tourne les talons, et s'éloigne.

Sonia demeure interdite, puis entre dans la boulangerie en le suivant des yeux à travers la vitrine.

Vania

Avril 1944

Les nuits de Vania ne sont guère confortables. Il est inquiet au sujet de Vassia et de sa fille. A-t-il le droit de garder pour lui une information aussi importante sans la livrer à la première intéressée : Sonia ? En bon père de famille, il mesure les effets de toutes les éventualités : s'il parle, Sonia sera tentée de rechercher ce Helmut, de l'interroger davantage. Et si on découvre que son père combat les Alliés dans un bataillon allemand, ce sera encore pire. Faut-il alourdir le quotidien de cette fille infortunée avec un secret plus grand qu'elle ? Sera-t-elle capable de se taire, et de se protéger de la honte, dans ce pays où les humeurs exacerbées déclenchent des rancœurs et des cabales ? Au sein même de sa maison d'accueil, seront-ils aussi indulgents ? En contrepartie, le vide qu'a laissé Vassia n'est-il pas plus douloureux encore ? Ne pas savoir est-il mieux que de savoir ? Sonia n'a-t-elle pas le droit de porter un jugement sur son père, et de décider de le condamner ou de le comprendre ?

Toutes ces questions morales ébranlent la conscience de Vania, mais ne pas faire souffrir cette enfant est la priorité. Il ne dira rien, donc, et cèlera cette nouvelle de plomb au fond de sa mémoire. Il ne la notera pas dans le journal de bord qu'il tient depuis qu'il est à Paris, il n'y aura aucune trace de cela, aucun risque que cette information vienne au jour.

Vania secoue sa tête encombrée, la fatigue et les mauvaises nouvelles lui pèsent. Ses cheveux en bataille sont maintenant grisonnants, presque blancs. Qui peut les lui couper? Autrefois Nadia s'en chargeait tant bien que mal, avec les gros ciseaux de cuisine. Il y a un barbier turc à Clamart, il va lui demander ses tarifs.

L'argent lui manque cruellement, il continue à en envoyer à Petia qui est resté à La Motte et entretient le domaine pratiquement tout seul. Combien de temps cet arrangement durera-t-il? Rien ne se conclura avant la fin de la guerre, qu'on dit proche. Combien de morts encore? Combien de délits, de trahisons? Les vaincus enragés se débattront, encore plus féroces avant la reddition, et les vainqueurs abuseront de leur victoire et se vengeront indignement. Vania a déjà vu ça. Les humains profitent de toutes les occasions pour défouler leur cruauté. On ne sait plus de quel côté est le bien, ni le mal. La hargne est partout, injuste et aveugle.

Ce dimanche il travaille à partir de douze heures, il peut se rendre rue Daru avant, et suivre l'office des Rameaux qui annonce la Semaine sainte. Il a été chercher son taxi au dépôt, porte de Clignancourt et se dirige vers la place des Ternes. Place Clichy, un client le hèle en levant sa canne. Il fait signe qu'il n'est pas en service, montre son compteur extérieur, emmailloté de sa housse de cuir noire, mais il regarde mieux cet homme courbé, vivace bien qu'assez âgé, il le reconnaît, c'est un ancien camarade de son père, un cosaque égaré en France lui aussi après avoir bourlingué de la Chine à la Malaisie, en passant par la Grèce et enfin Paris. Vania freine et s'arrête :

– *Serioja ! Eto ty ! Kak diela ?* Serge, c'est toi ? Comment ça va ?

L'homme s'approche de la voiture en claudiquant.

– Vania ! Ça alors ! Qu'est-ce que tu fais là ? Tu es taxi maintenant ?

– Eh oui, comme tu vois. On fait ce qu'on peut. Viens, monte !

L'homme prend place à l'avant du taxi, embarrassé par sa canne.

– Je vais rue Daru, tu m'emmènes ?

– Ça tombe bien, moi aussi j'y allais. *Skagi mniè*, dis-moi, tu travailles toujours pour le cinéma ?

– Je suis figurant aux studios Albatros, quelquefois on me donne un petit rôle. C'est payé une misère mais ils nous fournissent un déjeuner. Le soir je joue du piano dans un cabaret, j'accompagne une chanteuse tzigane, les Allemands adorent les tziganes. Ils les mettent dans les camps mais ils aiment leur musique ! Et toi ? Où as-tu mis tes chevaux ?

– Pour l'instant un associé s'en occupe. Dès que la guerre sera finie, je verrai…

Il ne lui raconte rien de ses déboires conjugaux, ni de sa faillite. Cet homme n'est pas un intime, son père disait que c'était un *trafikant*, qu'il avait mangé à tous les râteliers, qu'il ne lui inspirait pas confiance.

– Je vends des icônes également, poursuit Serioja, j'achète et je vends. Si tu en as… ?

– Non, Serioja, j'ai déjà tout vendu, je n'ai plus rien.

Ils arrivent près de la cathédrale Alexandre-Nevsky, gracieuse avec ses petits bulbes dorés en haut des clochers. Vania laisse Serioja descendre devant la grille d'entrée. Il va se garer plus loin.

L'église est pleine, Vania se faufile entre les fidèles pour atteindre le chœur. Sonia est là, on entend sa voix claire par-dessus les autres. Ils se font signe et Vania se place discrètement devant une icône de saint Jean, son patron. De là, à l'avant de l'église, il voit l'assistance de face. Tous se connaissent, ils échangent des saluts muets, une bougie à la main, comme les jours des grands offices. Tous logés à la même enseigne du déracinement et de la nostalgie. Les moins démunis se fondent dans la foule des miséreux. Pahlen, Menchikov et le docteur Tolstoï, petit-fils de l'écrivain, dominent par leur prestance. Vania voit Serioja, son passager de tout à l'heure, se rapprocher d'eux servilement. Sans doute a-t-il une affaire à leur fourguer, dès que la messe sera finie, quand les sacristains seront passés dans les rangs pour la quête, trois paniers, un pour les pauvres, un pour le culte, un pour la réfection de l'église.

Vania reconnaît devant lui une dame élégante dans un astrakan élimé et un chapeau à voilette : c'est une princesse Troubetzkoy dont on dit qu'elle a sous-loué son appartement et vit dans la chambre de bonne, avec son mari, qui somnole là-bas, au fond de l'abside, assis sur une de ces chaises réservées aux personnes qui ne peuvent pas rester debout. Sa pâleur donne à penser qu'elle ne mange pas à sa faim. Son visage empreint de tristesse ressemble aux photos des actrices du cinéma muet, une bouche ronde maquillée en grenat et un teint d'une blancheur de clown. Elle se tient droite, le menton légèrement relevé, avec la dignité aristocratique d'une époque révolue. Vania la salue mais elle ne semble pas le remettre, peut-être flotte-t-elle déjà dans une autre dimension, plus près de Dieu en ce jour de pardon.

Le chœur chante le Hosannah qui célèbre l'entrée de Jésus dans Jérusalem, Vania l'entonne avec eux. Chanter lui fait du bien, il oublie les soucis qui le minent depuis des jours et des jours, rien ne peut l'atteindre, il est sous la protection de cette musique, de cette langue, de cette coupole enfumée par les encens et les cierges nombreux. Sa poitrine se gonfle, il respire plus fortement, demain sera un autre jour, le Christ va ressusciter et revenir d'entre les morts, tous les morts.

Vania pense à Fedia, à son père, à Elena, la mère de Sonia, et à Vassia… Où est-il en ce moment, aura-t-il la possibilité de se recueillir dans une petite église orthodoxe en cette semaine de Pâques, quelque part en Ukraine ou en Moldavie où les combats font rage, lui qui est si pieux, si attaché aux rites ?

Vania prie pour lui, et pour la jeune Sonia, radieuse à son pupitre, ses cheveux blonds nattés sur le côté qui lui donnent une allure de modèle des tableaux du XIXe siècle. Non, pour rien au monde il ne briserait ce sourire rempli d'espoir et de confiance. Sonia ne saura rien, jamais.

Sonia

Avril 1944

– Je ne supporte plus mes cheveux qui se prennent dans les portes, j'en ai assez de renouer constamment ces nattes que mes camarades de classe me tiraient sans arrêt. Les laver est une opération titanesque, et nécessite deux fois plus de shampoing. Il est si rare. Vous me le procurez miraculeusement grâce à vos amis à l'ambassade américaine. Je veux les couper, Solange.

– Tu es sûre, ma chérie ? C'est un grand changement ! Tu n'auras plus ton allure de jeune fille russe, tu ressembleras à toutes les filles de ton âge. Regarde-les dans la rue, elles n'ont aucune classe avec leurs franges et leurs nuques à l'air !

– Je ne veux pas qu'on me remarque, justement. Je suis une fille comme les autres. Je suis sûre de vouloir les couper.

– C'est entendu, Sonia, la prochaine fois que je vais chez le coiffeur, je t'emmène avec moi. Mais réfléchis bien. Tes cheveux ont accompagné toute ta vie, ton enfance, ton entrée dans le monde adulte, puisque tu ne les as jamais coupés.

– Je dois me détacher de mon enfance un jour ou l'autre, Solange.

Solange s'incline devant les raisonnements limpides de cette jeune fille sage, et admire sa détermination. Depuis quelque temps Sonia s'affirme et son vocabulaire enrichi par ses lectures brille de précision et de pertinence. Deviendra-t-elle écrivain ? Ou comédienne ? Ou avocate ? Comme c'est grisant d'imaginer la vie future d'une débutante, les possibilités augmentent pour les femmes aujourd'hui, mais on exige d'elles l'excellence et la supériorité. Quand elle avait l'âge de Sonia, dans sa famille rigoriste et classique, les filles n'avaient pas d'autre choix que de décrocher un « beau mariage », comme on disait, de faire des enfants, de les élever et de supporter les infidélités de l'homme dont elles portaient le nom. La chance de Sonia est précisément de n'avoir aucune obligation familiale, aucun ancêtre tyrannique qui gouverne la lignée de ses descendants. Solange aimerait le dire à cette jeune fille prometteuse, sans la blesser. La disparition de son père est encore fraîche, et l'espoir de son retour toujours vivant. Pourvu que la fin de la guerre n'apporte pas de triste nouvelle, bien que savoir soit préférable à ne pas savoir.

– Valentin voudrait associer à tes leçons deux de ses bons élèves plus âgés. En es-tu d'accord ? Veux-tu faire leur connaissance avant ?

– Cela m'est égal, Solange. Valentin se plaint de mon ralentissement, je ne sais pas à quoi il est dû, j'ai peut-être besoin de vacances. J'aimerais aller quelques jours à La Barrère, pensez-vous que ce serait possible ? Il n'y a plus besoin d'*Ausweis*. Les trains marchent à nouveau, je crois.

– Je vais me renseigner, je vais envoyer Philibert à la gare.

Philibert est le chauffeur de Madame, un drôle de type indolent qui dort tout le temps à la table de la cuisine, la tête posée sur ses bras croisés. Sonia n'a pas de relation avec lui, elle ne cerne pas sa personnalité et il n'est pas assez curieux des autres pour s'intéresser au cas Sonia.

Le lendemain Philibert se présente fièrement villa Michel-Ange, deux billets des chemins de fer à la main pour le samedi suivant. Il s'est battu à la gare d'Austerlitz, dit-il, pour obtenir ces deux Paris-Tulle, aller et retour en deuxième classe.

– Bravo, Philibert, je vous rapporterai du confit et des noix, je sais que vous les aimez.

Solange accompagnera Sonia à La Barrère, elle aussi a besoin de prendre l'air.

– Nous irons me faire couper les cheveux avant, n'est-ce pas ? rappelle Sonia.

– Oh là là, Charles aura un choc ! Il va encore me gronder. Tout ce qui te concerne est chasse gardée !

Sonia fomente un plan. Peu de chance que Raphaël puisse monter à Paris. En Dordogne, elle trouvera où il s'est réfugié avec sa famille, elle emportera la précieuse enveloppe avec elle et la lui remettra. Elle va commencer par écrire une lettre à Durieux pour lui dire qu'elle descend en Corrèze et qu'elle aimerait bien le voir, une lettre anodine d'ancienne élève à son professeur. Une bouteille à la mer si Durieux est au Maquis, mais quelqu'un l'ouvrira peut-être. Elle dira qu'elle a des livres à lui remettre, qu'il lui avait demandés. En langage « résistance », ce sera peut-être compris. Sinon à La Barrère, Albert et Germaine connaissent des partisans, ils pourront suggérer une piste, un contact fiable. Au pire elle déposera l'enveloppe dans un lieu caché qu'elle révélera à l'émissaire de Raphaël, s'il se présente.

Mais l'histoire en décide autrement. En sortant du Conservatoire de musique, Sonia est abordée par un jeune élève :

– J'ai un message pour vous. De la part de Raphaël.

– … Raphaël ? Vous voulez dire Raphaël Apfelbaum ?

– Raphaël Pommier maintenant, mademoiselle. Il est chez moi. Incognito. Il voudrait vous voir.

Sonia est estomaquée. Raphaël est en fuite dans son propre pays. Il doit cacher son identité. Ils sont à la même enseigne, tous les deux, elle sait bien qu'elle doit taire ses origines cosaques par moments. Elle jette un coup d'œil au coin de l'avenue où Vania l'attend comme d'habitude, oui, il est bien là.

– Vous rentrez chez vous ? Venez, dit Sonia, je vous y emmène.

Elle entraîne le jeune homme un peu boutonneux vers le taxi.

– Je suis Samuel, élève de Mme Descaves…

– Ah oui, elle m'a parlé de vous. Elle vous prend en exemple quand je n'ai pas assez travaillé ! Vania, je te présente Samuel, un camarade pianiste. Nous allons le raccompagner chez lui.

Vania regarde le jeune homme d'un œil interrogatif, non, ce ne peut pas être l'amoureux de Sonia, il est trop moche, et trop jeune.

Samuel loge avenue Henri-Martin, dans le XVIe arrondissement. Pendant le trajet, Sonia lui fait discrètement signe de ne rien dire, ils ne parlent que de musique et de leur professeur Mme Descaves.

– Peux-tu m'attendre, Vania, j'accompagne ce garçon chez ses parents.

– Pas trop longtemps, Sonietchka, je dois reprendre le service, j'ai déjà perdu beaucoup de temps.

Ils montent en ascenseur au troisième étage de cet immeuble cossu, l'émotion serre la gorge de Sonia. Elle tient son cartable devant elle comme un bouclier. Samuel sort sa clé et ouvre la lourde porte de l'appartement.

– Mes parents sont au bureau, soyez tranquille. Ils travaillent dans la production cinématographique, nous aussi nous avons changé de nom.

Le parquet crisse sous les pas de Sonia dans la vaste entrée de cet appartement bourgeois.

– Raphi ! appelle Samuel. Viens, j'ai une surprise.

Au bout du couloir apparaît Raphaël, toujours aussi blond, un peu amaigri, les lunettes sur le nez.

– Sonia !

Ils ne peuvent s'empêcher de se jeter dans les bras l'un de l'autre, comme s'ils se connaissaient depuis longtemps. Raphaël prend la tête de Sonia entre ses mains et l'embrasse plusieurs fois.

– Vous êtes une magicienne. La fille la plus intelligente que j'aie jamais rencontrée !

– Oh Raphaël, n'exagérez pas. Je n'ai rien fait de spécial…

– Comment ça, rien de spécial ! Vous avez déjoué les plans du contre-espionnage, à vous toute seule !

Il lui raconte qu'en effet un maillon de la chaîne avait lâché, que les plans avaient été dévoilés, mais que ces flics sont des crétins, Pascal était une Pascale pour eux, par chance Sonia s'était méfiée, bravo.

– Je suis monté dans un camion citerne qui venait livrer du vin au restaurant La Tour d'Argent, je redescends ce soir même avec son chauffeur. Je voulais vous recontacter. Je savais qu'une Sonia suivait les cours de piano au Conservatoire, Samuel vous a décrite et j'ai compris que c'était vous. Voilà.

– Vous n'êtes pas mal dans le genre Sherlock Holmes, vous non plus !

Ils rient, armés de leur insouciance, mais pas d'inconscience. Leur condition respective d'enfants de bannis leur confère une acuité jumelle, un réalisme responsable et sans illusions. Mais ils sont jeunes, on ne leur volera pas leur jeunesse.

– Venez vite, mon parrain Vania Melnik m'attend avec son taxi, on va récupérer ce que vous savez.

Ils se regardent avec complicité, presque amusement. Dans l'action on ne mesure pas le danger.

Vania piaffe d'impatience, debout à côté de son taxi :

– Sonia, je ne peux plus attendre ! Tu vas me mettre en difficulté. Si un confrère me voit, je suis cuit. Je n'ai pas le droit de me servir de la voiture en dehors du travail !

– *Nié bespokoï, Vanietchka.* Ne t'inquiète pas. Je dirai à Solange de te payer la course. Nous devons aller rue Daru, tout de suite.

– Rue Daru ? Tu vas aux vêpres maintenant ?

– Je te présente Raphaël, il vient avec nous.

Cette fois-ci, Vania est intrigué. D'où sort-elle ce beau jeune homme blond ? Qui est-ce ?

Mais il garde ses questions pour plus tard, ils montent tous les trois dans la Renault et il démarre. Il ne peut rien refuser à Sonia.

L'église est moins éclairée que lors des offices du dimanche, il y règne une paix envoûtante dans la lumière chaude des cierges allumés devant les icônes et l'odeur stagnante de l'encens. Le chœur est réduit à trois prêtres qui psalmodient avec leurs voix profondes et sonores. Sonia traverse l'église vide, suivie timidement de Raphaël. Elle va jusqu'au chœur, s'approche de son pupitre, l'ouvre avec la clé qu'elle a gardée sur elle et sort délicatement la grosse enveloppe, la fourre dans son cartable en veillant à ce qu'aucun des diacres ou des vieilles bonnes sœurs qui remplacent les bougies finissantes ne la voie.

Sonia et Raphaël se tiennent debout devant le chœur, immobiles et émus. Les flammes des bougies se reflètent faiblement dans les lunettes de Raphaël et dorent les longs cheveux de Sonia. Ils ne peuvent pas s'éclipser brutalement, ce serait suspect. Ils restent un long temps en silence, comme s'ils suivaient la messe, dans cette église ronde qui semble plus petite quand elle est dépeuplée. Les rares fidèles embrassent les images saintes sous verre et s'agenouillent humblement. Quelques mendiants attendent l'obole comme dans les tableaux de Répine. La Russie éternelle est là, prégnante. Sonia se signe et Raphaël l'imite en souriant.

Soudain il lui prend la main et lui dit à voix basse :

– Je ne savais pas que les anges existaient. Et je vous ai trouvée.

Sonia reprend sa main doucement :

– Venez, sortons maintenant, Vania nous attend.

Dans le taxi, Sonia remet l'enveloppe à Raphaël. Il se penche vers elle et hasarde un baiser beaucoup plus intime que ceux de tout à l'heure.

– Je serai en Dordogne la semaine prochaine, vous savez où… murmure Sonia. Je ne vous emmènerai plus à l'église, je vous le promets !

Vania bougonne, sa journée de travail est fichue. Dans le rétroviseur, il regarde les deux jeunes gens d'un œil attendri.

Charles

Avril 1944

Sonia ne se reconnaît pas dans les miroirs de La Barrère où elle avait l'habitude de se mirer, celui du salon au-dessus de la cheminée, et surtout celui de sa chambre sur la commode. Un sentiment de liberté et de légèreté domine en elle, elle n'éprouve aucun regret pour sa chevelure d'avant. Seul Vania a versé quelques larmes quand il l'a vue le matin de leur départ, il était passé l'embrasser et lui remettre quelques œufs de Pâques peints selon la tradition russe, à offrir à Charles. Elle l'a consolé en lui disant en russe qu'elle était toujours la même, en mieux, en plus parisienne, plus à la mode. Arguments qui n'ont pas convaincu son traditionaliste de parrain cosaque, mais qui ont rassuré le brave homme sur la volonté affirmée de Sonia. Elle sait ce qu'elle fait, elle sait où elle va et se donne les moyens de son ambition.

La visite inattendue de Sonia au château, en compagnie de sa duègne Solange, enchante Charles de La Barrère. Il prévoyait précisément de monter à Paris pour leur parler. Le soir, quand ils sont installés autour de la table pour le dîner, le comte s'adresse à Sonia :

– J'ai consulté mon notaire de famille, ensemble nous avons étudié les différentes procédures qui me permettraient de te donner mon nom. Tu es de mère décédée et de père… évaporé dans la nature. On ne peut pas adopter un enfant qui a encore ses parents. L'adoption plénière n'est pas possible, tant que ton père est vivant. On ne peut rien sans son autorisation. Tu es mineure, ta situation civile est plus qu'embrouillée, avec le passeport Nansen dont on ne retrouve pas la trace, celui de Vassili Vassiliev.

Sonia demeure muette face à cette avalanche d'informations.

– Maître Anselme Claverie m'a suggéré une solution rapide et radicale. Tenez-vous bien, ça va vous faire rire, dit Charles en resservant du cahors à Solange. Sonia, veux-tu encore du clafoutis ?

– Non merci Charles, je vous écoute.

Charles se racle la gorge et s'appuie sur le dossier de sa chaise Louis XIII :

– La meilleure formule serait que je t'épouse.

Un silence de stupeur envahit la grande salle à manger.

– … Tu porterais mon nom et serais mon héritière. Ce serait peut-être plus simple à l'avenir pour t'inscrire au concours des grandes écoles…

Sonia se raidit.

– Mon nom est très bien, je ne vois pas…

– C'était juste une suggestion… Mais nous irons voir le notaire ensemble, il t'expliquera…

– Sacrebleu, et si elle veut se marier pour de bon avec quelqu'un, plus tard ? intervient Solange. Il faudra qu'elle divorce de toi ?

– Bien sûr, mais à mon décès elle gardera ses droits… plaisante-t-il pour alléger l'atmosphère. On en reparlera, pour l'instant dégustons ce dessert. Vous vous êtes surpassée, ma bonne Germaine, dit-il à la cuisinière qui vient d'entrer, les griottes sont de chez nous ?

– Bien sûr, monsieur le comte, je les cueille chaque année.

Sonia garde un visage de pierre. Elle tente de masquer la tempête qui bouillonne dans sa tête. Elle comprend que ces projets fous émanent du désir de Charles de la lier à lui. Elle lui adresse un sourire gêné.

– Allez, reprends-en, comtesse ! dit Solange en rigolant.

– Je t'en prie, Solange, ravale ton humour lourdingue ! N'en parlons plus. Alors, ma chère Sonia, tu as offert tes cheveux à un perruquier ?

Solange s'empresse de répondre :

– Mon coiffeur nous a dit qu'il pouvait les vendre à un fabricant de postiches, c'est exact. Les vrais cheveux européens sont très demandés ! Ce sera le premier argent que tu gagnes, n'est-ce pas Sonia ?

La désapprobation que les deux femmes redoutaient de la part de Charles n'a pas eu lieu, il trouve Sonia ravissante avec ses cheveux courts, et montre un portrait de sa mère en 1920 qui portait la même coiffure.

– Les femmes se libèrent de tout, des chignons, des corsets, de leur réserve quand les hommes parlent. Maintenant elles prennent la parole, elles ont des idées ! Tant mieux, nous, faibles bonshommes, pourrons nous reposer à l'avenir.

La conversation embraye sur les derniers événements. On dit que les Américains s'apprêtent à débarquer, mais où ? En mer du Nord ? En Vendée ? Sur la Côte basque ? On dit qu'ils auront bientôt fini de libérer l'Italie, mais on dit tant de choses. En Algérie on a été surpris de constater que les soldats américains étaient presque tous noirs, ils sont en première ligne tandis que les gradés sont blancs et se la coulent douce au quartier général ! Ils inondent les populations de *corned beef*, de cigarettes et de *peanut butter*, il va y avoir encore plein d'enfants métisses après la guerre…

Solange écoute son cousin avec tendresse. Ce vieux garçon bien-pensant et cultivé n'aura plus sa place dans le nouveau monde qui s'annonce.

– Imagine-toi que Madeleine Forcier, tu te souviens d'elle, Charles, elle s'appelait Champi, elle était au collège avec moi, eh bien, elle a plaqué son mari et ses enfants pour un obscur résistant, elle a pris le maquis avec lui ! Elle a toujours été un peu fofolle, mais plus bourgeois que son colonel de mari, on ne pouvait pas ! Peut-être qu'elle n'en pouvait plus, que la vie est ailleurs maintenant…

– Je la comprends, il faut que l'ordre des choses change, on ne supportera plus ces messieurs ventripotents et compassés au pouvoir. Il faut du sang neuf, des équilibres nouveaux. Nous ici, à la campagne, on est moins pervertis. La terre dicte sa loi, on en est tous tributaires, paysans, propriétaires, vendeurs, tous liés. Mais je sens les revendications poindre, les socialistes contaminent les esprits et gagnent du terrain. Je me demande jusqu'où ça ira.

– Toi, tu es à l'abri, avec mille trois cent cinquante hectares de cultures diversifiées, tu peux t'en sortir, non ? dit Solange.

– J'avais huit employés il y a cinq ans, je n'en ai plus que trois, avec Albert… Je ne peux pas m'en permettre davantage.

Sonia s'est enfermée dans un silence inhabituel.

– Sonia, j'imagine que nos conversations d'agriculteurs te barbent, je ne t'en veux pas ! Va te coucher, tu as une petite mine, tu as besoin de sommeil.

Sonia

Avril 1944

Le soleil brille en ce matin de printemps précoce, les arbres fruitiers bourgeonnent et bientôt on pourra sortir Kniejna. Albert s'est bien occupé d'elle, son poil est luisant et son nez froid témoigne de sa bonne santé. Sonia calcule en douce par quels chemins elle pourrait se rendre à cheval jusqu'à la maison de Durieux, pour lui demander où habite Raphaël. Ils ont été imprudents, ils auraient dû prendre un rendez-vous précis, au village ou chez quelqu'un, Raphaël connaît sûrement plein de gens dans la région, sociable comme il est. Mais elle se ravise : elle oublie qu'il se cache, il est hébergé par des personnes qui ont pris le risque de loger des Juifs, il ne s'affiche surtout pas. Cela rend leur rencontre improbable, mais loin de décourager Sonia, cette pensée ravive davantage encore son désir de le revoir. Il lui manque un ami, quelqu'un à qui elle pourrait se confier, et les quelques échanges qu'elle a eus avec lui prouvent qu'il tiendrait ce rôle sans effort, ils se comprennent, ils s'entendent et se plaisent peut-être. Somme toute, ils sont dans la même galère, chacun à sa manière.

Sonia revoit son visage à l'église, rue Daru, dans la semi-obscurité du soir tombant, éclairé par les flammèches dansantes des cierges. Elle l'observait découvrant un monde inconnu avec des yeux émerveillés. Sonia avait chanté de sa voix de soprano quelques « Amen » à la fin des homélies du diacre, et Raphaël en avait été manifestement bouleversé.

« Je ne savais pas que les anges existaient... » avait-il dit. Sonia ne peut pas oublier cette phrase. Personne ne lui avait jamais dit une chose pareille, avec autant de sincérité, d'urgence et de douceur. On la complimente souvent sur son intelligence et son sérieux, jamais sur sa féminité. S'il cherche à la séduire, elle se laissera séduire. Après tout, quel mal à cela ? Ils n'ont rien à s'offrir et rien à se prendre.

Ils se construiront une vie, dès que la guerre sera finie, elle en est persuadée. Chacun de leur côté d'abord, puis ensemble, qui sait ?

Bref, Sonia est amoureuse.

À quinze ans, baignée de toutes les vies d'héroïnes de romans qu'elle a fréquentées, Anna Karénine, Mme Bovary, Gina del Dongo, l'ingénue libertine de Colette et Scarlett O'Hara, elle n'est pas dépaysée. Elle a étudié le cœur des femmes au scalpel. Mais soudain la voilà plongée dans les mêmes dilemmes, elle éprouve à la première personne ce que les grands auteurs ont si méticuleusement décrit.

Comment ne pas froisser Charles qui l'a en quelque sorte demandée en mariage, tel Arnolphe prépare Agnès à ses fins dans *L'École des femmes* ? Embarrassante proposition qu'il faudra finement écarter. Ou pas ? On ne veut que son bien, après tout. Sonia devrait remercier cet homme de ce qu'il a fait pour elle jusqu'ici, d'une manière désintéressée et noble.

– Bonjour, dit Sonia à Albert qui vient d'entrer dans le box. Elle est belle ! Vous l'avez montée un peu ?

– Pas moi, je suis trop lourd ! Mon neveu, quand il vient nous rendre visite. C'est un excellent cavalier.

– Combien de temps pensez-vous qu'elle peut trotter par jour ? Combien de kilomètres ?

– Vous voulez rentrer à Paris avec elle ? dit Albert en riant. Je ne sais pas. Elle n'est pas très entraînée encore… Une belle balade de trois quatre heures, c'est envisageable. Attention tout de même, il y a des Allemands dans le coin. Je ne voudrais pas qu'ils vous la prennent…

– Me la prendre ?

– Rien ne les arrête. Ils sentent que la défaite se profile, ils sont enragés.

Sonia frissonne. Se trouver face à face avec des soldats allemands la terrorise. Ils sont cruels et sans pitié. Avoir un ennemi clairement défini rend la vie plus simple, comme de proclamer sans hésiter où résident le bien et le mal, le vrai et le faux, le bon et le méchant. Sonia est déjà trop enfarinée de grande littérature pour accepter une vision aussi simpliste du monde. Mais en temps de guerre, les notions se polarisent, on est d'un côté ou de l'autre, dedans ou dehors, avec la France ou contre la France.

Sonia est préoccupée de son avenir proche. Plus que jamais elle aspire à retrouver Raphaël dans les jours qui viennent. Le localiser et le rejoindre. La poste n'est pas fiable, les services sont surveillés par les Allemands, et la rapidité légendaire des facteurs français n'est plus au rendez-vous. Elle n'a qu'un recours : Durieux. Il est le seul lien, le seul contact possible. Donc elle devra se rendre chez lui, sans alerter Charles sur le motif de son déplacement. Elle se demande si elle pourrait mettre Solange dans la confidence, de façon à avoir une alliée, mais elle y renonce, il faudrait dévoiler des informations sensibles qu'elle s'est engagée à garder pour elle.

Le seul espoir est le jour du marché à Brive, si Albert veut bien y aller avec sa carriole et emmener Sonia.

– Le marché de Brive est toujours le samedi ? lui demande-t-elle l'air de rien.

– Oui, c'est le seul de la région qui échappe vaguement aux Allemands, les exposants sont des petits producteurs, des maraîchers de potagers individuels, et des éleveurs « domestiques ». Chacun vend ses trois canards et ses deux lapins, et des œufs. Au marché noir, bien sûr.

– Je voudrais y aller, je dois remettre à mon précepteur un compte rendu de la vie rurale actuelle, en temps de guerre. Vous m'y conduisez ?

– Il faut la journée, ma cocotte, ce n'est pas la porte à côté. Demandez à monsieur le comte, moi je ne peux pas m'absenter sans son autorisation.

– Je m'en charge, Albert, préparez votre attelage, on y va samedi.

Durieux habite dans les environs de Brive, Sonia saura habilement demander à Albert de passer par cette route. Pourvu que Charles ou Solange ne veuillent pas se joindre à eux… La carriole est inconfortable et n'a que deux places. Elle espère que cet argument suffira.

Au cours du dîner, elle attend le moment propice pour lancer :

– Charles, je voudrais aller au marché de Brive, j'ai promis à Valentin de lui rapporter un récit détaillé de la vie rurale. Albert propose de m'y accompagner en carriole, ça m'amuse beaucoup.

– C'est assez loin, ma chérie, tu auras le dos brisé ! Et vous risquez d'être arrêtés à des postes de contrôle allemands. Est-ce bien raisonnable ? Ne peux-tu interroger nos paysans ici au village ?

– C'est le marché qui m'intéresse, voir ce qui se vend, à quels prix, et je voudrais faire quelques photos, si vous voulez bien me prêter votre appareil Kodak…

Charles est contrarié, mais il ne peut rien refuser à sa protégée.

– Soyez prudents, tout de même. Rebroussez chemin s'il se passe quoi que ce soit.

– Merci, Charles, je vous rapporterai du miel si on en trouve encore. J'en profiterai pour rendre visite à mon ancien professeur, M. Durieux. C'est grâce à lui, au fond, que j'ai joué du piano chez Mlle Baraduc, où vous m'avez vue…

Elle sait exploiter la corde sensible de son protecteur, qui apprécie la fidélité de Sonia à son passé corrézien. Ce Durieux ne dit rien à Charles, mais il a le mérite d'avoir extirpé la jeune fille de son marigot cosaque.

– Revenez avant la nuit, je vous en prie. Les routes ne sont pas très sûres. Je donnerai de l'argent à Albert pour qu'il fasse quelques achats, nous avons besoin de lames pour la faucheuse, et de semences pour le potager. Espérons qu'il en trouve.

– Merci, Charles. Merci beaucoup. Nous serons prudents et Albert cache toujours son fusil sous le siège de sa charrette…

Solange souffre d'une indigestion, elle n'est pas d'humeur à participer à la conversation, elle cuve le cahors de la veille. Tant mieux, Sonia redoutait que cette femme curieuse de tout ne veuille s'associer au voyage.

Le matin du départ, elle s'aperçoit qu'elle n'a que sa sempiternelle jupe à carreaux écossais, un chemisier blanc, un cardigan bleu et des socquettes blanches dans ses chaussures plates. Il faudra qu'elle renouvelle sa garde-robe dans le placard d'Émilie, la fille de Solange. Elle a grandi, mais sa ligne est inchangée, sa poitrine arrondie reste menue. Cette tenue n'est pas adaptée à ses cheveux courts qui appellent des robes à collerette et ceinturées à la taille. Sonia n'est pas coquette, elle s'accommode de ses vêtements fonctionnels, elle s'en fiche un peu. Au lycée, bijoux, dentelles et chaussures à talon étaient interdits. Les manteaux devaient être bleu marine, bien qu'aucun uniforme n'eût été exigé. Le béret était masculin.

Elle ose cependant se parfumer à l'eau de Cologne 4711 de Farina que lui a offerte Solange. Un classique, produit à Cologne, tout ce que fabriquent les Allemands n'est pas infamant. Les cosmétiques de Ron Lauder n'ont pas de concurrent. Et le shampoing que Solange croit américain est fabriqué à Düsseldorf, Sonia l'a lu sur la bouteille.

Un souvenir fugace de ses parents lui revient, ils vantaient la qualité des productions allemandes. Cette guerre stupide a gommé les mérites de chaque pays, on doit se haïr en bloc pour mieux se combattre.

Par bonheur la journée est clémente, il ne pleut pas et le soleil apparaît entre les nuages. Sonia, perchée sur la banquette de la carriole à côté d'Albert, respire l'air de la campagne à pleins poumons. L'odeur végétale du crottin de Balthazar, le percheron gris pommelé d'Albert, ne détonne pas parmi les parfums agricoles, la terre retournée, les premiers cerisiers en fleurs, l'herbe fraîche sur les talus. Le printemps explose, et avec lui l'humeur de Sonia, en attente d'événements exceptionnels. Dans son cartable elle a glissé le gros appareil Kodak de Charles chargé du seul rouleau de pellicule noir et blanc qu'il possédait depuis 1939. Pourvu qu'il ne soit pas voilé. Elle a pris son *Ausweis* qui lui a été octroyé la dernière fois, on ne sait jamais, il fera office de pièce d'identité. Et son carnet scolaire dans lequel elle a glissé une petite photo de son père à La Motte, sur son cheval. Elle voudrait la montrer à Raphaël. Charles ne l'a jamais vue.

Le percheron trotte sur les petites routes défoncées par l'hiver et les passages de troupeaux, les paysages se succèdent, attachants, avec les châteaux agrippés aux collines surplombant les berges de la Dordogne. Ils croisent peu de véhicules, quelques automobiles et un autobus poussif, plein à craquer, qui dodeline dangereusement dans les virages. Sonia sort le Kodak et tente une photo, mais la carriole bouge trop, le cliché sera flou. Une paix relative se dégage de ces scènes bucoliques, on ne croirait jamais que des bombardements frappent à des centaines de kilomètres. Un convoi allemand de camions vient rappeler la présence de la Wehrmacht, mais il disparaît rapidement des yeux et des pensées.

La maison de Durieux se trouve dans un village à la sortie de Brive. Sonia sait y aller les yeux fermés. Quand il l'accompagnait à ses cours de chant et de piano, ils s'arrêtaient parfois chez lui pour boire un verre de cidre que servait sa mère. C'était la maison de sa mère d'ailleurs, et de ses grands-parents. Une vilaine bâtisse au crépi décollé, le long de la route, sans barrière.

Sonia saute de la carriole et dit à Albert :

– Attendez-moi ici, si vous voulez faire boire Balthazar il y a un bassin juste derrière. Je n'en ai pas pour longtemps.

Elle frappe à la porte dont la peinture s'écaille, non sans un frisson.

Un petit garçon âgé d'une dizaine d'années lui ouvre, il dévisage Sonia avec étonnement, comme si personne n'avait sonné à cette porte depuis longtemps.

– Mamie, c'est une dame ! dit-il en se retournant vers l'intérieur. À Sonia : Elle n'entend pas bien… vous êtes qui ?

– Je suis une amie de Casimir Durieux, une ancienne élève.

– C'est pour Casimir ! crie-t-il.

Une voix chevrotante répond : « Casimir ! Mais il n'est pas là ! »

Sonia entre timidement dans la pièce sombre.

– Vous êtes sa mère ? Je suis Sonia. Sonia, son élève de La Motte. Vous vous souvenez de moi ?

– Qui ça ?

Sonia s'approche du fauteuil où est assise la vieille femme, une couverture sur les jambes.

Elle a du mal à reconnaître la femme énergique qui houspillait son fils quand il ne posait pas son manteau au bon endroit.

– Sonia ? On ne connaît pas de Sonia.

– Il y a un certain temps, c'est vrai. Avant la guerre. Votre fils m'accompagnait à Tulle, une fois par mois, vous vous souvenez ?

L'œil vide de la vieille dame laisse deviner qu'elle ne se souvient plus de rien. Sonia insiste :

– Où est votre fils ? Il vit avec vous ? Il est en France ?

Le petit garçon répond à sa place.

– Non, mon oncle Casimir est parti il y a plusieurs mois. On ne sait pas où il est.

Sonia soupire, déçue. Puis elle demande à l'enfant :

– Sais-tu où habitent ses amis, les Pommier ? Ils sont arrivés l'année dernière.

– Les Pommier ? Une femme de la ville et un garçon blond qui joue au foot avec nous ? Ils sont dans la bergerie au-dessus du stade, une petite maison recouverte de vigne vierge.

Sonia s'illumine. Durieux les a donc casés dans son patelin même, pas vraiment un village, un regroupement de maisons à la périphérie de la ville. Elle embrasse l'enfant, salue la vieille dame d'un geste respectueux et sort en courant.

La maison est bien visible, en surplomb du terrain de foot improvisé dans un grand champ désherbé par les pieds des joueurs qui ont creusé deux aires sablonneuses devant les buts, deux simples arcs métalliques tordus. Un chemin grimpe le long du remblai et conduit à cette petite maison.

Sonia monte posément. Elle monte comme on gravit les marches d'un temple où quelque chose l'attend, une vision plus large du monde, une révélation peut-être. Il est là-haut, elle le sait. Il va la prendre dans ses bras. Il va l'embrasser. Elle l'embrassera aussi. Elle le sait. Ils seront ensemble. Seuls au monde.

À la porte de la maison apparaît une femme aux cheveux poivre et sel. Elle regarde Sonia d'un regard doux et dit, en se tournant vers l'intérieur de la maison :

– Raphaël, il y a quelqu'un pour toi.

Le garçon surgit sur le pas de la porte.

– Sonia !

Ils s'avancent l'un vers l'autre en silence, les yeux dans les yeux.

– Je savais que tu viendrais.

Ils se prennent les mains. Se sourient. Subjugués par leur bonheur. Ils s'aiment. C'est une évidence limpide.

– Que tu es jolie avec tes cheveux courts. Viens, je te présente maman.

Esther Apfelbaum-Pommier est une belle femme au visage triste. Elle tend sa longue main de pianiste.

– Vous étudiez le piano au Conservatoire, n'est-ce pas ? J'ai été l'élève de Cortot, j'enseignais à l'École normale.

– Oui madame, mais je ne suis pas très persévérante. Mes études prennent tout mon temps.

– Voulez-vous déjeuner avec nous ?

– Je ne peux pas, le cocher de Charles…, mon tuteur, m'attend pour aller au marché de Brive.

– Dis-lui d'y aller sans toi, et qu'il revienne te chercher plus tard, insiste Raphaël.

Sonia dévale le sentier pentu et va vers Albert, patiemment assis sur une borne à côté de la carriole, les brides à la main.

– Albert, j'aimerais rester déjeuner avec mes amis. Voulez-vous aller faire les achats que vous a demandés le comte, vous passerez me chercher après. Il y a du bon cassoulet au marché si ça n'a pas changé…

Albert ne paraît pas enchanté, mais Sonia a déjà tourné les talons et elle remonte là-haut en bondissant comme un chevreuil.

Esther a préparé une garbure, qu'ils mangent assis l'un en face de l'autre, en ne se quittant pas des yeux.

– Nous avons enfin un bateau à Lisbonne, la semaine prochaine. Nous allons rejoindre mon mari et ma fille à New York.

Sonia blêmit.

– Nous venons de l'apprendre, balbutie Raphaël. Ça n'a pas été facile… La frontière est très surveillée. C'est un navire portugais.

– Vous partez définitivement ?

– On ne sait pas. Sans doute, dit Esther. Nous devons refaire notre vie.

Sonia repose sa fourchette et dit calmement :

– Raphaël, j'ai quelque chose à te dire. Viens dehors avec moi.

Dans le jardin, Raphaël la prend dans ses bras. Les larmes coulent sur le visage de Sonia.

Ils s'étreignent un long moment sans dire un mot, puis elle contourne la maison, loin des regards. Plus haut, la colline est couronnée par un bosquet de chênes-lièges. Ils montent côte à côte, jusqu'à un grand arbre sous lequel Sonia s'allonge.

– Aime-moi, dit-elle.

Raphaël se couche près d'elle, il pose ses lèvres sur sa bouche, sur ses cheveux, sur son cou.

– Sonia, mon amour, je ne peux pas. Je ne dois pas. Je t'aime mais je ne dois pas.

– Je te le demande. Je veux que tu sois le premier. Je ne te demande rien d'autre.

Ils s'embrassent fougueusement, désespérément. Rien ne les séparera en cet instant béni.

Sonia se déshabille lentement, elle s'offre sans crainte, et Raphaël la prend dans une joie indicible.

DEUXIÈME PARTIE

L'hirondelle d'après-guerre

Vania

Août 1944

Les rues de Paris ne se ressemblent plus. On s'est empressés d'arracher toutes les inscriptions en allemand, les panneaux, drapeaux et affiches indiquant la présence de l'Occupant. La foule a surgi des maisons, des caves, des sous-sols, des arrière-boutiques et des bureaux. Les Parisiens sont là, où se cachaient-ils avant ? Les filles se pavanent dans leurs robes d'été et libèrent leurs cheveux en boucles insoumises. Un air de fête flotte sur les Champs-Élysées, les jardins des Tuileries et les quais de la Seine. Les amoureux s'embrassent publiquement et les fleuristes sont dévalisés. Les Allemands sont partis ! On ne verra plus leurs sinistres dégaines, leurs bottes martiales et leurs voitures plaquées de croix gammées. Les plans fous ont échoué.

Vania se réjouit de cette liesse, tout en gardant sa méfiance. À quels débordements doit-on s'attendre ? Les Français passent pour un peuple raisonnable, mais ils sont humains comme les autres, ils se repayeront des rancœurs et des frustrations. Trop d'humiliation à avaler, aux yeux du monde et à leurs propres yeux. Sauvés par les Américains ! On sera donc éternellement la petite Europe qui a besoin du grand frère ? On connaît la musique. Le siècle a déjà vu ça. Il n'y a pas si longtemps…

En Russie tout a basculé après la Première Guerre mondiale, Vania l'a vécu dans sa chair. Comme les Russes errants qu'il rencontre ici et là, et qui ne reconnaîtraient pas leur pays. Les nouvelles d'URSS sont faussées par la propagande soviétique, les uns parlent de paradis, les autres d'enfer. La vérité doit être entre les deux, selon la place qu'on occupe. Les chefs vivent bien, les esclaves sont plus esclaves que jamais. Le servage a été aboli il y a quatre-vingts ans par Alexandre II, le « Tsar libérateur », mais il coule encore dans les veines des Russes. La peur du chef demeure. Curieux peuple russe, servile et audacieux, peureux et héroïque, sauvage et avant-gardiste, oriental et occidental. Tout en même temps. Un peuple ingouvernable, sauf par la terreur.

En France ils ne plaisantaient pas non plus, en 1793… On coupait les têtes comme des bottes de radis. Les peuples ont-ils besoin de voir le sang pour croire en eux-mêmes ? Ont-ils la mémoire courte ? L'horreur se répétera donc à l'infini ?

Vania redoute cette explosion de règlements de comptes, les griefs vrais ou supposés remonteront à la surface, comme une nouvelle liberté. Ce mot magnifique est sur toutes les lèvres, mais autorise aussi les exactions et les violences. En Russie, après la Révolution, les partisans faisaient justice eux-mêmes, n'obéissaient pas aux ordres, instauraient la terreur. Il ne restait aux autres que la fuite, devant tant d'incompréhension, tant de vindicte. Son père et lui avaient pris le dernier train bondé qui roulait encore vers la frontière roumaine, la mort dans l'âme. Pourtant ils avaient été tentés de rejoindre l'Armée rouge, quand Lénine la créa avec Trotski. Par amour pour la Russie nouvelle qui semblait naître. Mais on ne voulut pas d'eux, lui trop jeune et son père trop marqué du sceau de la Garde impériale. Ils durent s'en aller, humiliés et persécutés.

Que se passera-t-il ici, dans le fameux pays des Droits de l'homme ? Comment se comporteront les Français qui ont accepté le joug de l'Occupation ? Et ceux qui ne l'ont pas accepté ? Et les libérateurs ? Vania est pessimiste, on peut s'attendre à tout. Dans cette confusion annoncée, il dépose son espérance dans le destin de Sonia, qui grandit et s'épanouit d'une façon étonnante. Pourvu que ses protecteurs ne se soient compromis dans aucune faction. Quand les classes sociales s'affrontent, mieux vaut faire le dos rond, se rendre invisible. Les communistes français pourraient prendre le pouvoir, face à une armée absente, un gouvernement provisoire et une bourgeoisie complice. Les jeunes et les intellectuels s'emballent, le temps du changement est arrivé. Le général de Gaulle va sauver l'honneur, mais il a été contraint à une alliance avec ces ultras qui ont participé activement à la Résistance.

Vania a été approché plusieurs fois par des FTP-MOI pour lutter contre l'Occupant. Échaudé par ses souvenirs d'enfance, il a préféré se tenir à l'écart. Sa mission est de protéger Sonia, autant que possible. De lui rappeler ses origines, et qu'elle n'est pas abandonnée, son bon vieux parrain cosaque veille sur elle.

Ces pensées tourbillonnent sous le crâne de Vania, en désordre. La joie jouxte l'inquiétude, l'espoir côtoie la crainte. Son seul soulagement se nomme Sonia. N'attendant plus rien de sa propre vie, il projette le meilleur pour sa filleule, qui le surprend chaque jour.

Depuis quelques mois elle s'est transformée en une jeune femme lumineuse et attirante. Bientôt les garçons lui tourneront autour, si ce n'est pas déjà le cas. Elle détient le secret du charme slave : elle éclate de féminité mais elle n'en joue pas, elle maintient une réserve, une modestie qui lui assurent une noblesse naturelle. On ne se retourne pas sur elle dans la rue, mais quand ses yeux se posent sur vous ils agissent comme un philtre d'amour : on est piégé, charmé, désarmé.

Quelques jours avant la Libération, elle présentait l'épreuve de français du baccalauréat. Non seulement elle a obtenu la meilleure note, mais le professeur qui a corrigé sa copie a souhaité la féliciter en personne, il est venu villa Michel-Ange puisque cette élève se présentait en candidate libre, non inscrite dans les listes d'un lycée. Vania se trouvait là par hasard, il aidait Nina à battre des tapis dans la cour, et il entendit, à sa stupéfaction :

– Mademoiselle, vous avez un talent d'écriture indéniable, j'espère que vous poursuivrez dans cette direction. L'École normale vous attend, si vous avez besoin d'une recommandation, vous pouvez compter sur moi.

Ce professeur de lettres émérite s'est dérangé pour connaître cette fille prodige, qui écrit un français impeccable alors que ses parents ne le lisaient pas ! Naturellement on ne le lui dira pas, à l'école Sonia Vassiliev endurait les quolibets sur son nom de famille jugé imprononçable, ridiculisé en Vaselineff et Vasylèche. Elle en souffrait en silence et sa mère timorée n'osait pas s'en plaindre à l'institutrice. Quelle vengeance ! Quelle envolée dans l'estime et la reconnaissance françaises ! Vania se sent fier et récompensé d'avoir posé ses valises dans ce pays, après ses tribulations à travers la Turquie, les Balkans, la Transylvanie et finalement la Corrèze, par ce concours de circonstances qui leur a permis de s'installer à La Motte. Un pincement de tristesse le ramène aux jours heureux avec ses compagnons, au souvenir de ce petit monde caché qu'ils avaient réussi à créer.

Pour combattre les effluves de nostalgie, Vania se console en se disant que Sonia doit sa solidité mentale au socle d'usages et de convictions de son enfance, et au bilinguisme qui lui a ouvert l'esprit. Le russe est une langue difficile, riche en vocabulaire, en règles de syntaxe variées et truffées d'exceptions. Les Russes eux-mêmes s'emmêlent dans la jungle des déclinaisons, des verbes réguliers et irréguliers, du perfectif et de l'imperfectif, des signes durs et des signes mous. À partir de cette langue, toutes les autres sont faciles, et le gosier d'un Russe, habitué à émettre des sons d'origine grecque, allemande, finno-ougrienne, tatare, suédoise, chinoise, latine et arabe, peut aborder n'importe quelle prononciation. Sans compter le goût de la musique qui développe l'oreille et les cordes vocales. À part le russe, Sonia se débrouille en anglais et en allemand.

Mais son intelligence lui est bien personnelle. Dès la prime enfance elle s'intéressait à tout, posait des questions et vérifiait les réponses qu'on lui donnait. Très tôt elle a pensé que la vérité se forge sur une somme de données, et que d'ailleurs la vérité n'existe pas, elle est toujours relative. Elle adorait ses parents qui étaient beaux, originaux, flamboyants, mais elle les observait avec objectivité, sa lecture du monde née à l'école de la République la protégeait de la partialité des sentiments.

Follement amoureux l'un de l'autre, les parents de Sonia s'étaient créé une bulle, un empire clos où ils partageaient les mêmes idées, la même foi, les mêmes goûts. Ils se ressemblaient physiquement, grands, élancés, les gestes nerveux et secs. À Hollywood ils auraient conquis les écrans, Vassia ressemblait à Henry Fonda, et Elena avait l'allure de Katharine Hepburn, même si la vie rurale avait passablement abîmé sa beauté. Sonia tient des deux son port de tête et sa taille, mais n'a pas hérité de la fureur mystique qui les unissait si fortement, un sanctuaire où elle ne parvenait pas à entrer. Elle tentait sans doute de se procurer un espace bien à elle, dans le pays cartésien où elle était née. Ils étaient russes exilés, elle est française d'origine russe. Un fossé les séparait. Certains la trouvaient froide, mais ce n'était que du recul et de la clairvoyance. Vania la défendait mordicus, il clamait qu'elle sortait du lot et qu'elle susciterait vite des jalousies.

Quand Vassia avait perdu sa femme, outre le chagrin, il prit conscience de sa solitude : il n'aurait pas avec sa fille la complicité qu'il avait avec Elena. En partant il libérait sa fille de ses rêves irréalisables. Il lui laissait le champ libre. Égoïsme d'homme brisé ? Sublime marque d'amour ? Enlever le poids de ce père qui ne serait plus jamais heureux ? Mais un père peut-il abandonner sa fille, démissionner de son rôle de père ?

Vania a beau aimer Sonia comme un père, elle ne l'aimera jamais comme elle vénère son père absent. Il se surprend à penser à Vassia au passé. Que sait-on de lui ? Il est peut-être vivant, et reviendra tel Ulysse après son long voyage. Sonia l'a placé dans l'Olympe, parmi les Dieux, quel héros deviendrait-il alors ? Un héros fatigué, mais immense et imbattable. Vania n'est qu'un lamentable chauffeur de taxi sans panache et sans avenir, il ne fait rêver personne. Il n'a que sa bonté à offrir, Sonia l'apprécie, mais elle ne l'admire pas. Elle l'aime bien, elle a besoin de lui affectivement et matériellement, il est son serviteur et le restera à jamais. Les rapports de force s'établissent à l'insu des gens, rien à faire, Sonia est la plus forte, Vania la suivra et lui obéira pour toujours.

Récemment un événement a perturbé le quotidien de Vania : l'Union des Cosaques, fédérée en association avant la guerre, lui a demandé d'en devenir le président, en tant que survivant de la grande époque. Beaucoup d'entre eux vivent à Montargis, qui est devenue une ville cosaque : le boucher, le garagiste, le pépiniériste et les ouvriers de l'usine Hutchinson sont cosaques ou enfants de cosaques. Vania a pris brusquement conscience de son âge, et des années qui ont dévalé si rapidement le cours de sa vie. Les honneurs ne l'ont jamais attiré, mais la reconnaissance de ses pairs et de leurs descendants le touche. La prime qui l'accompagne aussi. Il pourra enfin s'acheter un costume convenable et faire retoucher son uniforme de jeunesse, dans lequel il n'entre plus. L'insigne est celui du régiment où il est inscrit.

La première réunion et son intronisation auront lieu au Cercle Interallié, enfin rendu à ses membres, après quelques années sombres pendant l'Occupation. Vania tient à inviter Mme de Hauteville, et Sonia, bien entendu. Mais sa timidité endémique le ronge, prononcer un discours lui donne des sueurs froides.

– Sonia, ma colombe, peux-tu me l'écrire ? J'en suis incapable. Il me le faut dans les deux langues, en russe et en français, ce sera ton premier job ! Je te rémunérerai !

– Oncle Vania, je suis débordée en ce moment, j'ai maths et physique la semaine prochaine, mais je te le rédigerai, ne t'inquiète pas. Tu m'offriras une médaille en chocolat. Que veux-tu qu'on raconte ?

– Que nous avons souffert mais que la France a été grande et nous a accueillis généreusement, il y aura des officiels et des militaires français auxquels j'ai compris qu'on va demander de l'aide pour nos vieux et nos veuves. Si ça te tente, tu peux parler de ton grand-père, que tu n'as jamais connu, mais qui était un grand soldat. Ou de ton père, dont nous espérons avoir des nouvelles bientôt…

Pour la première fois il nommait Vassia, en l'associant à la distinction dont il allait être honoré. Ils étaient fils de cosaques tous les deux, Vassia aurait mérité ce titre de président plus que lui. En d'autres temps, Vassia aurait certainement eu la priorité, d'autant qu'il avait toujours entretenu des liens avec l'Union des Cosaques. La vie collective, les groupes et les clubs ne sont pas du goût de Vania. Par nonchalance, par distraction, paresse ou indépendance, il ne répondait jamais aux vœux annuels, ni ne cotisait d'aucune manière. Il n'en avait tout simplement pas les moyens. La distance, pendant les années de La Motte, pouvait le justifier, mais depuis qu'il séjournait à Clamart, il était repérable et ne pouvait échapper aux appels des confrères. Peu d'entre eux roulaient sur l'or, si bien que cette ligue s'apparentait à une sorte d'Armée du Salut, charitable aux plus nécessiteux.

Mais la gloire des ancêtres obligeait ces anciens combattants à un certain brio, et les soirées ne manquaient pas de style. Ils se présentaient vêtus de leurs uniformes, les chachkas à la taille, ces sabres courbés traditionnels qu'ils accrochaient clandestinement au dernier moment, quand ils refermaient sur eux les portes du salon loué pour la circonstance. À la fin des réunions la vodka coulait à flots et quelques balalaïkas jaillissaient de leurs étuis.

Les femmes étaient strictement indésirables, sauf occasion particulière, une remise de bourse, ou un hommage à un disparu en présence de sa veuve. L'assemblée plénière où Vania serait adoubé était ouverte à tous, première séance depuis le début de la guerre. On déplorait plusieurs absents, décédés de mort naturelle, de maladie ou au front. Une relève était nécessaire, parmi les plus jeunes et, pourquoi pas, les femmes. Un débat s'annonçait à ce sujet, et un vote. Les caciques s'indignaient d'avance de la perspective corrompue d'introduire les femmes dans leurs discussions, mais ils étaient désormais en minorité, les mœurs changeaient même au sein de cette organisation ultra conservatrice.

– Aimerais-tu siéger un jour à notre conseil, Sonia ? Pas tout de suite, mais dans quelques années, quand tu seras majeure ?

Elle répondit sans hésiter :

– Oh non, *diadia* Vania, ces vieux croûtons ne m'intéressent pas du tout, excuse-moi... Je ne veux pas perdre mon temps avec eux !

– Je te comprends, *goloubtchik*, tu as raison, ta vie est ailleurs. Mais ils sont pittoresques, c'est amusant de les voir bomber le torse et chanter leur hymne la larme à l'œil. Leur décalage avec la vie de tous les jours est tel qu'on se croirait dans une opérette !

Vania est parfaitement conscient du désuet de ces personnages, mais il éprouve de la tendresse envers eux, et ne veut pas les blesser. Sonia se situe à des années-lumière de leurs préoccupations, ils sont le passé, elle est l'avenir. Mais elle viendra à la cérémonie, elle l'a promis.

Sonia

1947

Sonia a dix-huit ans. Elle a brillamment passé ses bachots, et prépare avec Valentin le concours d'entrée à Sciences Po pour les années préparatoires à la toute nouvelle École nationale d'administration, l'ENA, accessible aux femmes. La presse s'est fait des gorges chaudes de l'entrée dans l'École de la première élève, Yvette Chassagne. Si elle est recalée, dans deux ans, elle se présentera à d'autres grandes écoles. Mais Valentin est optimiste, l'après-guerre a du bon, les cadres manquent, on accélère la formation des meilleurs étudiants aux responsabilités.

Les aptitudes de Sonia se confirment d'année en année, rien ne la détourne de ses études, sauf le cinéma de temps en temps. Elle a adoré *Le Diable au corps* de Claude Autant-Lara avec Gérard Philipe et Micheline Presle, et *Monsieur Verdoux* de Charlie Chaplin, elle ne rate pas un de ses films précédents comme *Les Temps modernes.* Solange l'a changée de chambre, elle occupe désormais celle de son fils avec un petit salon attenant, une salle de bains et une grande bibliothèque. Les livres débordaient de sa chambrette. À l'occasion d'une vilaine pneumonie de Solange l'hiver dernier, on y a logé une aide-soignante. Sonia s'était montrée extrêmement attentionnée envers sa « marraine » et efficace dans la gestion de la maison pendant sa maladie.

Au cours de l'été 1947, Charles est revenu à la charge avec son histoire d'adoption-mariage.

– Crois-moi, Sonia, il n'y a pas de meilleur système pour que tu portes mon nom. D'ailleurs il n'y en a pas d'autre, puisque le décès de ton père n'est pas déclaré… Et puis tu sais, le droit français est conçu de telle manière que le mariage est la seule institution indiscutable et inébranlable. Elle chapeaute toutes les formules, et favorise la transmission des biens comme nulle autre. C'est pour cela que les femmes tiennent tant à se faire épouser !

– Charles, je n'y tiens pas particulièrement, vous le savez…

– Je comprends, mais ton cas est spécial…

– Votre cas, Charles… Moi je ne demande rien.

– C'est vrai, concède confusément Charles. C'est mon désir de t'assurer une situation, un avenir…

– Mon avenir sera déterminé par mon travail. Je vous remercie, vous et Solange, de m'avoir permis de poursuivre des études, je vous en serai éternellement reconnaissante, mais je compte trouver un travail au plus vite et ne plus peser sur…

– Tu ne pèses pas, tu le sais. Tu as éclairé ma pitoyable vie de vieux garçon, et celle de ma cousine, qui se morfondait dans son train-train de veuve. Et je ne veux pas que tu prennes n'importe quel travail, Solange me dit qu'on t'a proposé un boulot de serveuse dans un restaurant russe…

– Pas de serveuse, de chanteuse.

– Je t'en prie, je vais augmenter ton argent de poche, et t'ouvrir un compte en banque. Garde ton temps, et ton énergie, pour tes examens.

Comment refuser un traitement aussi altruiste, aussi magnanime ? Sonia sera redevable à ces deux Français de noble extraction toute sa vie. Elle n'oublie pas sa chance, elle, la fille d'un cosaque désargenté. Sonia se sent presque honteuse de tant de bonne fortune. Elle ne raconte rien à personne, sauf à Vania qui lui a trouvé ce boulot au Raspoutine, une boîte à la mode. Elle est tentée par cette expérience au cœur du monde de la nuit, une coupure dans son existence austère et sédentaire. Mais ce ne sera pas facile à faire accepter de ses vigilants protecteurs, elle commencera en cachette et planquera le « sarafane », le « kokochnik » et les bottes rouges qu'elle devra porter au cabaret.

Depuis le départ de Raphaël aux États-Unis, elle n'a jamais eu de nouvelles de lui. Il lui a écrit une lettre bouleversante sur le pont du bateau qui les emmenait vers le Nouveau Monde, la missive a mis un mois à lui parvenir. Il disait qu'elle était la femme de sa vie, qu'il ne l'oublierait jamais, et qu'il viendrait la chercher quand il aurait un job et une maison. Pour l'instant sa mère et lui logeraient chez des cousins lointains à Brooklyn, et son père économiste espérait obtenir une place de professeur dans une université à Boston. Mais rien n'était sûr, ils auraient à traverser des temps de vaches maigres. Il avait joint à sa lettre un dessin représentant Sonia idéalisée, un visage séraphique pas ressemblant du tout, une silhouette de nymphe nue sous des fleurs éparses. Une image très kitsch de la part de ce jeune sociologue marxiste-léniniste qui la fit sourire. Il ne donnait aucune adresse où elle pourrait répondre, mais finissait sa lettre avec ces mots :

J'ai une confiance absolue en toi, tu auras un grand destin, ne te laisse détourner par rien ni personne, suis ton chemin et crois en nous. Je t'aime pour la vie. R.

Cette lettre est dans le carnet de textes de Sonia, elle la relit sans fin, la feuille est usée aux pliures et jaunie des baisers qu'elle y pose. Elle se sent liée à ce garçon, quoi qu'il arrive.

Quelques jours plus tard, contre toute attente, Sonia s'entend dire :

– Faisons ces papiers, Charles, je suis d'accord. Vous irez au paradis, il doit y avoir un quartier pour les anges gardiens…

Sonia sent bien qu'elle sortira définitivement de la précarité et qu'elle s'assurera une place.

– Sonia, je te félicite de ta sagesse. Et de la mienne ! Je te prie de me tutoyer, s'il te plaît.

Charles rayonne de satisfaction, sa joie fait plaisir à voir. Quel homme solide et résolu, pense-t-elle. Sonia doit admettre qu'elle est dans de bonnes mains.

– Si tu le permets, nous fêterons ça tous les deux, en tête à tête, j'ouvrirai un gevrey-chambertin 29, l'année de ta naissance !

– Charles, je t'en prie, réagit vivement Sonia, pas de fête, pas de réjouissance particulière. Ce sera notre secret pour l'instant.

– Il va falloir te trouver un tuteur légal, car tu es mineure. Je pensais que Vania…

– Très bien, Vania sera sûrement d'accord, je le lui demanderai.

– Et il faudra publier les bans, tout de même, on ne peut pas y échapper.

– On peut demander au notaire de les inscrire dans un coin de la mairie où personne ne passe ? Ça se fait pour les personnalités, pour les acteurs célèbres qui ne veulent pas être importunés par la presse. Vu ta notoriété dans la région, tu peux prétendre à cette exception.

– Tu es drôlement renseignée, ma puce, je vois que tu agis en connaissance de cause. Cela ne m'étonne pas de toi. Je m'incline, on fera tout ce que tu demandes.

De retour à Paris, quinze jours plus tard, Sonia reçoit un appel de Charles au téléphone :

– Ça y est, tout est fixé, la date est choisie, ce sera le 3 septembre. À l'étude de maître Anselme Claverie pour le contrat. Il faudra que tu descendes. Avec M. Melnik.

Sonia ne peut réprimer un hoquet de gêne, mais elle dit :

– Très bien, Charles, je serai là. On ne dit rien à Solange pour le moment. Je viendrai avec Vania, il sera mon tuteur et mon témoin.

Aussitôt raccroché, Sonia pense à Raphaël. La traversée du désert qu'ils affrontent d'un côté et de l'autre de l'Atlantique renforcera leur union future. Sonia se sera assuré une position en France et pourra, qui sait, être utile à Raphaël, le monde des élites est petit, on se retrouve certainement, par-delà les océans. Elle pense aussi à son père, elle ne peut se résoudre à sa disparition totale, il se cache sans doute quelque part en Russie, ou en Ukraine, la guerre froide va encore creuser la distance avec l'Union soviétique, difficile de communiquer à travers le Rideau de fer. Sonia a décidé de poser une pierre sur son cœur, et de l'attendre, comme Pénélope dans son île d'Ithaque.

Les Américains font payer cher le fait d'être venus au secours de la France, les cinémas doivent projeter leurs films en priorité et les produits en vente pour les privilégiés dans les magasins PX des bases militaires façonnent le goût des Français lassés des privations. Les barbecues et le ketchup font leur entrée dans la cuisine populaire. Les bas nylon et les maillots de bain deux-pièces deviennent le nec plus ultra, les femmes se les arrachent à prix d'or. Sonia observe tous ces phénomènes avec une distance d'adulte, et la force d'une femme confiante en sa beauté hors du commun qui traversera les modes. Elle est vouée au long terme, à la longévité et aux valeurs durables inculquées par la philosophie cosaque. Son amour pour Raphaël s'inscrit dans une prévision à long terme. En France il aurait eu le service militaire à accomplir, il aurait été absent pour deux interminables années. Ils n'auraient pu entamer aucun projet immédiat. Sonia s'embarque dans ce tunnel de solitude sans acrimonie, sans impatience. Elle a un chemin d'envergure à parcourir toute seule, au fond ce n'est pas plus mal. À elle de mettre à profit cette parenthèse, en exploitant chaque instant pour son éducation.

Quand elle a beaucoup travaillé, la grande littérature la fatigue, elle se plonge de préférence dans *La Madone des sleepings* ou *Lune de miel à Shanghaï* de Maurice Dekobra, assise sur un banc public en léchant un cornet de glace, le comble du luxe de l'après-guerre.

Valentin s'absente souvent, et Sonia le suspecte de mener de front diverses activités, plus ou moins déclarées. Les syndicats se sont reformés, la lutte ouvrière se structure énergiquement. Les socialistes consolident la SFIO, en rupture avec la stalinisation des communistes. La vie politique est en pleine ébullition. Sonia comprend que Valentin ne veut sans doute pas la mêler à ses autres vies, il la considère forcément éloignée des remous de la société française. Un jour elle le coincera et le fera parler, elle est contrariée qu'il l'associe à l'insouciance du milieu bourgeois où elle est réfugiée, villa Michel-Ange.

Elle lui a rarement parlé d'elle, de ses origines russes, il en connaît les grandes lignes mais, pour lui, elle est une orpheline sous l'aile protectrice de bienfaiteurs qui ont les moyens de l'élever. Il n'a jamais approfondi la conscience politique embryonnaire de Sonia, il ne prendrait pas le risque de perdre la place juteuse qu'il tient auprès de son élève, par la bonne grâce de Mme de Hauteville. Commentant ses lectures, Sonia a montré un jugement ferme et impartial sur les thèmes sociaux tracés par Zola, Hugo ou Maupassant. Sans jamais s'identifier à un personnage ou une situation. Mais tout dans l'histoire de Sonia la pousse à refuser les massacres et les morts inutiles. Morts obscures et oubliées.

Le 3 septembre, Sonia prend un train pour Tulle tôt le matin avec Vania, rasé, gominé et endimanché comme s'il était le marié. Charles les attendra à la gare et ils iront directement à l'étude de maître Claverie pour signer les documents nécessaires au mariage qui aura lieu le lendemain à la mairie du village de La Barrère, dans la plus stricte intimité. Le maire est dans la confidence, impossible de faire autrement, ainsi qu'Albert et Germaine qui seront les témoins de Charles.

Dans le train Sonia se remémore les voyages hasardeux qu'elle a vécus pendant la guerre, et surtout celui qui la conduisit dans les bras de Raphaël. Elle prévoyait leurs retrouvailles d'avance, elle s'en figurait presque les détails. L'odeur de l'herbe, les mains de Raphaël sur elle, le goût de ses lèvres, leur crainte et leur impudeur mêlées. Elle savait. Elle était allée chercher cela, comme attirée par un aimant. Elle se souvient de chaque étreinte, de chaque morsure, de chaque mot soufflé à ses oreilles libérées de ses cheveux de petite fille. On dit que la perte de la virginité est un traumatisme, pour elle ce fut une délivrance, une accession à la vie de femme, un laissez-passer pour l'âge adulte.

Les yeux perdus au loin à travers la vitre de son compartiment, elle voit défiler les villages redevenus eux-mêmes, les murs des maisons peints de publicités Dubonnet, les femmes à vélo aux jupes courtes et aux lèvres badigeonnées de Rouge Baiser. Un jour elle écrira cette histoire, son histoire, quand elle en connaîtra l'épilogue.

Pour l'instant, elle obéit au sort qui la pousse vers cette nouvelle étape rocambolesque. Elle a bien exigé du notaire qu'un document séparé stipule qu'elle reprendra sa liberté à sa majorité, dûment signé par le comte, conservé dans un coffre-fort à l'étude. Un contrat selon lequel le divorce serait prononcé le 11 mars 1950, précisant que Mme Sonia Vassiliev, épouse La Barrère, serait autorisée à continuer à porter ce nom et que, sauf remariage de M. Charles Ignacio de

La Barrère, elle « demeurerait l'héritière du monsieur sus-nommé ».

Vania somnole en face d'elle, il n'a vu que les bons côtés de cette affaire, Sonia sera à l'abri du besoin pour toujours. Après tout Charles est un parti enviable, même s'il a trente-cinq ans de plus que Sonia. Elle n'est pas amoureuse de lui, mais combien de femmes se sont mariées sans être amoureuses de leur mari. Elle y viendra peut-être, l'amour joue des tours inattendus.

Sonia n'a rien raconté de sa rencontre avec Raphaël. Vania avait seulement noté son changement physique après ces fameuses vacances de Pâques, il pensait naïvement que le grand air et les cavalcades à dos de Kniejna en étaient responsables. Les jeunes filles se transforment si vite à cet âge-là. Sonia était racée comme sa pouliche, et les bonnes manières apprises chez Solange complétaient sa grâce. Elle ne dépareillerait pas son titre de comtesse, même si elle jurait qu'elle ne le porterait pas.

Tout s'est passé dans les formes et la discrétion, et bien sûr Charles ouvrit dans le bureau du maire un magnum de champagne Ruinart millésimé, sorti des trésors de sa cave. Tous trinquèrent à la longue vie des époux. Charles s'approcha de Sonia, l'œil humide, chercha ses lèvres, mais Sonia se détourna et l'embrassa sur les deux joues. Vania n'avait pas pu retenir une larme lui non plus quand Sonia prononça le « oui » de rigueur, il signa le registre en caractères cyrilliques. Par scrupule, le maire l'obligea à écrire son nom à côté, en caractères latins.

De retour au château, ils se régalèrent du poulet aux morilles, le plat préféré de Sonia cuisiné par Germaine, et d'une tarte aux myrtilles. Charles, soulagé que la lignée soit ainsi prolongée, ouvrit un grand bourgogne et en but plus qu'il n'en faut. Ce 3 septembre était une date importante, oui ou non.

Sonia ne tarda pas à monter dans sa chambre, et enfila la chemise de nuit de pilou qu'elle laissait toujours à La Barrère. Ce dîner, si semblable à ceux qu'elle avait déjà vécus ici, marquait une nouvelle frontière. Elle était désormais Sonia de La Barrère, maîtresse des lieux. Rien n'avait changé, Charles demeurait son heureux protecteur, elle entrait par la grande porte dans la bonne société française grâce à son dévouement. Elle entendit le bruit des clés fermant la grosse porte d'entrée, puis les pas des hommes montant dans leurs chambres par l'escalier de pierre, et le silence retomba sur le vieux château. Elle sourit malgré elle, se coucha sans toucher aucun livre, et s'endormit, épuisée.

Au milieu de la nuit, la porte de sa chambre s'ouvrit brusquement et Charles apparut, entièrement nu. Il s'approcha du lit de Sonia en titubant et dit :

– Tu es ma femme, ma femme, j'ai le droit…

Sa bouche dégageait une forte odeur d'eau-de-vie de poire, et la transpiration nimbait son poitrail. Il avança, l'œil égrillard et vitreux, et s'abattit sur le lit de Sonia qui eut à peine le temps de se glisser de l'autre côté du baldaquin.

– Tu es à moi, tu es ma femme ! grogna Charles en tentant d'attraper Sonia.

Mais il se cogna au montant du lit, trébucha et retomba à genoux sur le sol.

Sonia hurla :

– Charles, tu es fou ! Malhonnête et fou !

– Je suis peut-être fou mais tu es ma femme, tu me dois…

Il tenta de se relever en s'accrochant aux draps mais glissa sur le tapis et s'écroula, ivre mort.

Sonia fit le tour du lit et courut à la porte, puis grimpa à la chambre de Vania au deuxième étage, le réveilla et dit en sanglotant :

– Il m'a trahie, il prétend qu'il a le droit… Je veux partir, je ne veux plus le voir !

Lorsque Vania descendit dans la chambre de Sonia, Charles était encore affalé sur le tapis, enroulé dans les draps. Vania l'aida à se relever, et le traîna jusqu'à sa chambre, au bout du couloir. Sonia assistait à l'opération, de loin.

– Va lui faire un café bien fort, il en a besoin.

Elle esquissa un geste de refus, puis elle se reprit et descendit à la cuisine mettre la cafetière sur le feu.

Charles s'endormit aussitôt allongé sur son lit et se mit à ronfler bruyamment.

Vania et Sonia restèrent un long moment attablés en silence à la large table de cuisine en marbre, à boire le café qui n'avait pas servi. Vania posa sa main sur la tête baissée de la jeune fille qui pleurait sans bruit :

– Il t'aime, que veux-tu. Il a perdu la tête. Il s'en voudra, tu verras, il ne saura pas comment s'excuser.

– Et s'il recommence ?

– Il ne recommencera pas. Il tient trop à toi.

– Je vais être obligée de le quitter, et de quitter la villa Michel-Ange. C'était trop beau, ça ne pouvait pas durer.

– Mais non, attends un peu, vous vous expliquerez, et s'il est goujat à ce point, tu pourras te séparer de lui. Mais réfléchis bien avant.

Le conte de fées se referme sur Sonia. Entrer dans la bonne société française, elle, la fille d'un cosaque, égarée et démunie ? Charles abusait de sa faiblesse, mais elle-même n'avait-elle pas prêté le flanc à ce rêve fou ?

Sonia était confrontée à un problème qu'elle n'avait pas envisagé, elle était fâchée contre elle-même, contre son calcul imprévoyant, sa naïveté. Et contre les hommes, en général, un père qui l'abandonne, un amoureux qui va faire sa vie ailleurs, un tuteur qui veut la violer, que penser des hommes ? Sa confiance chancelait, ses attentes étaient écrabouillées, elle se sentait plus seule que jamais. Et le fidèle Vania, avec ses yeux de chien battu, n'y comprenait rien lui-même, il était dépassé, anéanti.

– Que dois-je faire, Vania ? Où vais-je aller maintenant ?

Vania se gratta la tête, embarrassé. Qui aurait pu imaginer un pareil retournement ? Charles de La Barrère, comte de La Barrère, si gentleman, si honnête ! Roulé en boule, par terre comme un animal ! Depuis combien de temps mijotait-il ce scénario, cette agression ? Toute sa générosité pour aboutir à cette petitesse de mâle en rut ? Vania n'en revenait pas, il ne savait que dire à Sonia.

– Va te coucher, *goloubtchik*, il n'est plus un danger, dans l'état où il est. Ferme ta porte à clé et demain nous partirons à l'heure que tu veux.

Le lendemain, Sonia était en train de boucler sa valise dans laquelle elle avait plié l'uniforme de cosaque de son grand-père quand un petit frottement attira son attention vers le sol : on glissait une enveloppe sous sa porte. Charles lui présentait ses excuses dans une longue lettre, la suppliait d'oublier cet épisode, il ne savait pas ce qui l'avait pris, trop d'émotion et trop d'alcool avaient produit ce cocktail de folie et de grossièreté, il était navré et honteux, il l'aimait plus que tout et la protégerait comme un père, etc. En post-scriptum il ajoutait :

Je te prie de ne rien dire à Solange. Elle ne me pardonnerait pas.

Sonia remit la lettre dans son enveloppe, et la déposa dans le tiroir d'une petite commode.

Un silence sépulcral régnait sur La Barrère, et Sonia se demanda si elle reviendrait jamais dans ce château.

Vania

Été 1947-1949

– *Otchi tchorniye, otchi strasniye…*

Vania regarde Sonia chanter *Les Yeux noirs* avec deux compères tziganes, elle agite son tambourin avec ardeur, on dirait qu'elle a fait ça toute sa vie. Elle tient un coin de son sarafane en se balançant en rythme.

Un spectateur la suit avec une particulière attention, c'est Joseph Kessel, un habitué. Il dresse son verre de vodka vers Sonia et boit à sa santé.

– *Rouskaia krassata !* s'exclame-t-il avec enthousiasme pour saluer sa « beauté russe ».

La femme qui est à sa table applaudit poliment, et tend ostensiblement un humiliant billet à la chanteuse. Sonia le prend et le met dans une soucoupe posée sur le pupitre des musiciens avant de quitter le podium sous les applaudissements.

Kessel s'amuse de la scène et se tasse plus profondément dans son siège. Cette nouvelle chanteuse lui plaît. Mais le patron du Raspoutine l'a déjà prévenu, elle est intouchable, elle quitte le cabaret dès qu'elle a terminé son numéro.

– Chasse gardée ? grommelle Kessel.

– Non, c'est une jeune fille de bonne famille, je crois qu'elle se produit à l'insu de ses parents. Un type la surveille, il est là-bas à l'entrée, il travaille pour nous de temps en temps.

– Dommage, je lui aurais bien offert une coupe de champagne.

À sa grande surprise, le rideau au fond de la scène se soulève et Sonia apparaît, un livre à la main. Elle s'approche de la table de l'écrivain et demande :

– Je vous admire beaucoup, monsieur Kessel, voudriez-vous me signer ce livre ?

Elle lui tend *L'Armée des ombres* dont toutes les pages ont été coupées.

– Volontiers, mon petit. Votre jolie voix le mérite. D'habitude je ne signe jamais mes livres. Mais asseyez-vous un instant. *Atkouda vy ?* Vous êtes d'où ? dit-il en russe.

– *Ia radilass vo franzii,* en Corrèze, continue-t-elle en français.

– Vous êtes née en Corrèze ?! sourit Kessel. Les Russes sont comme le persil, ils sont partout ! Il y avait un réseau de Résistance très important dans cette région, vous qui vous intéressez à la guerre.

– Je m'intéresse à votre talent d'écrivain, monsieur, quel que soit votre sujet.

– Merci mademoiselle, et moi j'aime votre talent musical. Vous étudiez le chant ou c'est naturel, comme j'en ai l'impression ?

– Je chante à la chorale de la rue Daru, ce n'est pas le même répertoire… Mais je fais des études de lettres, Sciences Po et du droit. Enfin, je démarre…

Kessel dévisage cette étrange jeune fille au profil inhabituel. Certes, elle n'a pas vraiment sa place dans ce cabaret.

– Vous gagnez un peu d'argent ici, c'est ça ?

– Oui, je veux prendre part à la vie parisienne. Je suis une provinciale…

L'accompagnatrice de Kessel montre des signes d'impatience, le deuxième numéro va commencer, les conversations doivent cesser…

Sonia se lève en serrant la main que lui tend l'écrivain, mais il la tire vers lui et parvient à lui coller un baiser de sa grosse bouche charnue.

– *Molodietz !* Bravo ! Continuez tout, la Sorbonne et le Raspoutine !

Vania a suivi la scène de loin, prêt à intervenir comme un véritable garde du corps. Sonia est retournée en coulisses pour se changer, au bout de quelques minutes elle sort discrètement, en tenue de ville. Elle serre le livre de Kessel contre son cœur.

– Tu te rends compte, Vania ! J'ai la signature de Joseph Kessel ! Un des plus grands écrivains contemporains !

– La semaine dernière, Romain Gary dînait ici avec Henri Troyat. Tu en aurais eu deux d'un coup !

La boîte est fréquentée par le Tout-Paris, on dit qu'il n'y a pas d'autre endroit pour s'amuser, les Russes ont le brevet de la fête et de l'oubli de la guerre. Le prince Youssoupoff a sa table, le marquis de Cuevas y donne ses réceptions. Le caviar vient de chez Petrossian, la vodka et les substances opiacées de Pologne et d'Iran, quant aux « blini », ils sont faits maison par une authentique baba moscovite dont on entend parfois les hurlements montant des cuisines. L'ambiance est « russe pour étrangers », mais les Français ne voient pas la différence et espèrent casser des verres chaque soir.

– Viens, Cendrillon, je te ramène à la maison, il est minuit passé…

Solange a accepté que Sonia chante dans cet endroit mal famé à condition que Vania l'accompagne et la ramène avant minuit.

Le premier soir, Madame s'est invitée afin de voir le lieu de ses yeux, et elle passa une excellente soirée entre Hélène Rochas et Marie Bell qu'elle connaissait. Vania s'était débrouillé pour qu'elles soient placées à des tables voisines.

Un air de liberté et de polissonnerie flotte sur Paris, après toutes ces années de torpeur et de répression. Solange se laisse entraîner, en rabattant sa rigueur exemplaire de grande bourgeoise. Au fond, elle aimerait bien se distraire elle aussi. Piloter Sonia est un prétexte pour suivre la jeunesse et le spectacle de la liberté retrouvée. La France qui se profile a des aspects qu'elle réprouve, mais elle ne veut pas louper le coche. Ses tentatives de se mettre au goût du jour sont touchantes, elle s'est mise à tutoyer Nina et Vania, elle a rangé son immuable collier de perles, elle a acheté un canapé de cuir et des lampes design Bloomingville. Bref, elle essaye de ne pas paraître ringarde, une « dame d'avant-guerre ». Les règlements de compte inévitables après la Libération l'ont obligée à faire du tri dans ses relations, nombreuses, plusieurs de ses amies sont passées à la trappe, leurs fréquentations allemandes les ont mises au ban de la société. Justes ou injustes, ces accusations ont contraint certaines d'entre elles à s'expatrier, en Amérique ou dans des pays où la notion de « collabo » est floue. Il faudra quelques années avant que le désir de vengeance s'apaise, mais en ce qui concerne les Juifs, la chasse aux bourreaux ne fait que commencer. Chaque jour révèle de nouveaux récits d'horreurs et d'impensables cruautés. Les dénonciations vont bon train et les procès de Nuremberg ont dévoilé des crimes insensés. Toutes les consciences s'en trouvent remuées, la réparation semble hors de portée.

Sans en parler à Sonia, Vania a lancé une recherche de Vassia auprès du Bureau des Soldats étrangers, un organisme créé pour recenser les disparus et remettre des croix de guerre aux héros, morts ou vivants. Un Vassiliev lui a été signalé, mais il était serbe et se prénommait Ghiorghi Dimitrievitch. Mort dans les Ardennes en 1943. Personne n'avait réclamé sa dépouille, il était enterré dans un cimetière militaire du nord de la France. Vania n'ose pas creuser du côté allemand, pour ne pas attirer l'attention sur Vassia, d'autant qu'un avis de recherche a été émis par le notaire de Charles, au moment du mariage, sans succès. Aucun témoin, aucun fonctionnaire de l'administration française ni infirmière d'hôpital militaire n'a répondu à l'appel. Vania pense qu'il vaut mieux ne pas remuer les eaux. Sonia est concentrée sur ses examens, pas question de la déstabiliser maintenant.

Un beau matin, la femme de Vania est montée à Paris pour le voir. Elle a besoin de divorcer pour pouvoir se remarier avec son Raoul Santorini. Leur mariage avait été prononcé en Roumanie, une difficulté de plus pour l'état civil. Mais Nadia veut davantage. Elle prétend à sa part de La Motte, dont le droit de propriété est plus que confus. Son futur mari voudrait racheter les parts de Vania et de leurs enfants, afin d'y installer un élevage de chevaux de course et peut-être un manège.

– Nadia, je ne suis pas encore mort, que je sache. Cette propriété est au nom d'un escadron de cosaques, en indivision. Ce ne sera jamais vendable, tant que nous sommes tous en vie… Et tant que Vassia n'est pas de retour…

– Vassia ! *Vassia nié verniotsia !* Vassia ne reviendra pas. Il est mort quelque part, c'est ce qu'il voulait, il nous l'a dit tant de fois !

– Tu as la preuve de sa mort ? Non. Alors tais-toi. Et il a une héritière, sa fille. Je doute que Sonia veuille vendre La Motte…

– Sonia n'a plus besoin de rien, elle a renié son nom et possède un château maintenant ! siffle Nadia.

– Qu'est-ce que tu racontes ? Sonia a été choisie par Charles de La Barrère pour lui succéder, mais elle ne possède rien, elle lui a rendu service, elle aura la charge d'une baraque vétuste et d'une exploitation déficitaire ! Tu dis n'importe quoi !

Vania imaginait bien que les informations fuiteraient et qu'elles seraient déformées. Mais il ne s'attendait pas à ce que sa propre femme les lui serve. La fréquentation de ce marchand de bétail ne lui réussit pas, elle est devenue plus intéressée et grossière que lui. Vania en est blessé et affligé.

– Dima et Aliocha viendront travailler pour nous, annonce Nadia, en enfonçant le clou. Tu ne vas pas empêcher tes propres fils de gagner leur vie ?

– Ce n'est pas bien ce que tu fais. Tu veux monter les garçons contre moi ?

– Pour ce que tu t'en occupes… Tu es tout le temps dans les jupes de cette Sonia, et à eux tu ne leur envoies jamais rien !

– Va-t'en, Nadia, on ne peut pas parler avec toi. Je te donne tous les divorces que tu veux, mais fiche-moi la paix.

Les liens de Vania avec Sonia se renforcèrent encore, après la visite de cette harpie malveillante. Il espérait que les relations entre Charles et elle se rétablissent, et qu'ils pourraient retourner à La Barrère prochainement. Vania demanderait à Charles d'étudier la situation juridique de La Motte, et de le conseiller. Une entité comme un bataillon peut-elle vendre un bien qui a été mis à son nom ? Quelle part reviendrait à chacun des membres de cette entité ? Il doit bien y avoir des dispositions dans le droit français pour ce type de propriété. On n'est pas en URSS où la propriété privée a été abolie, ici elle est sacrée, elle demeure le fondement de la continuité et de la transmission des biens. Tous les réfugiés du monde convoitent la France pour cette raison-là. Un pays où un contrat est un contrat, un acte notarié une garantie absolue.

Sonia poursuit ses études à Sciences Po et à la faculté de Droit, trop tôt encore pour qu'elle soit de bon conseil.

Par goût de l'écriture, elle s'est aussi inscrite à la Sorbonne, mais elle vise les grandes écoles, elle dit que les étudiants en lettres sont des rigolos, ils viennent flirter avec les jolies filles qui sont de plus en plus nombreuses sur les bancs des amphis.

Après le regrettable épisode de La Barrère, elle s'est repliée sur elle-même, et en dehors de ses prestations au Raspoutine, elle se montre morose et renfermée. Valentin la couvre d'ouvrages à lire et à étudier, il ne semble pas s'apercevoir de la tristesse de son élève. Ces intellectuels sont sans cœur, il charge la mule jusqu'à ce qu'elle s'écroule, Vania l'aurait admonesté plusieurs fois si Sonia ne le lui avait pas interdit.

– C'est pour mon bien, Vania, je suis à l'âge où le cerveau emmagasine les connaissances, c'est maintenant que je dois avancer à marche forcée. Tous ceux qui font des études poussées le savent et l'acceptent, sinon ils sont éliminés de la compétition pour les premières places. Tu ne peux pas comprendre...

Évidemment, il ne peut pas comprendre, lui qui a interrompu l'école à quatorze ans, dans la tourmente de leur fuite de la Russie, après la Révolution, Sonia le lui rappelle cruellement. Mais il sait quand elle est sereine ou pas, quand elle a bonne mine ou quand elle promène son petit visage pâle et tendu. Il voudrait tant la soulager de ses peines, il donnerait sa vie pour qu'elle soit heureuse, Nadia a raison en cela, le sort de Sonia est sa première préoccupation. Ses fils ne lui ont pas écrit depuis un an, et la dernière fois qu'ils se sont vus, juste après la fin de la guerre, ils se sont moqués de lui, chauffeur de taxi, la honte pour un cosaque. Vania avait économisé pour leur donner un peu d'argent, ils se sont plaints que la somme était minable et qu'ils ne pouvaient rien acheter avec ça, ni la selle dont ils avaient besoin, ni même les bottes pour remplacer les vieilles, éculées. L'amour filial semblait enfui de leurs bouches, ils lui parlaient comme à un étranger. Ils ne se soucièrent pas de sa santé, pourtant pas fameuse, la position assise en voiture toute la journée ne convient pas à son dos. Quant à ses poumons, ils aimeraient qu'il arrête de fumer, mais il ne s'en sent pas capable, la cigarette est sa seule compagnie, le soir surtout, dans son logement à Clamart. Mme de Hauteville lui a proposé de dormir dans la petite chambre à côté de la buanderie, les jours où il doit accompagner Sonia quelque part, mais il a décliné l'offre, il tient à son indépendance et il n'oserait pas montrer son pyjama délavé.

Un beau matin Sonia a appelé Vania chez sa logeuse qui a divisé son appartement pour lui en céder un bout, une chambre, une douche et une cuisine de fortune. Cette dame n'aime pas qu'on la dérange au téléphone, mais cette fois-ci c'était urgent.

Vania s'arrête dans un café pour rappeler Sonia villa Michel-Ange. C'est Solange qui répond :

– Je vous passe Sonia. Elle a une grande nouvelle à vous annoncer!

Sonia s'empare du téléphone et dit en russe :

– Vania, *dorogoï*, ça y est. Je suis reçue à l'ENA ! Nous ne sommes que deux filles dans toute la promotion !

Les larmes de joie de Vania coulent sur le combiné du téléphone public.

– Viens ce soir après ton travail, Solange veut nous offrir une coupe de champagne !

Le dernier champagne que Vania a bu était le magnum Ruinart que Charles avait ouvert chez le maire, le jour du mariage, il y a deux ans déjà. Champagne qui a laissé un goût amer. Les Français célèbrent leurs jours de fête avec cette boisson pétillante, il ne reste rien dans la bouche quand on l'a bu, comme si elle n'avait pas existé. Étrange choix de breuvage sans corps, sans effet et sans mémoire. Un nuage de bulles.

Sonia

1950

Valentin est flatté d'avoir conduit Sonia au succès d'année en année, bien qu'il soit un peu jaloux, lui-même n'a jamais réussi à passer le concours d'entrée aux écoles d'administration qui ont précédé l'ENA, jugé le plus difficile de tous. Pour elle la difficulté était double, les filles ne sont pas les bienvenues dans ce cercle ultra restreint, plates-bandes des hommes. Il sait que Sonia sera combative et qu'elle saura se défendre des quolibets qu'elle ne manquera pas d'essuyer de la part de ses camarades, mais elle aura besoin de lui pour affronter la concurrence féroce. Un appui psychologique et un appui intellectuel. La chère Solange peut fournir le premier mais pas le second.

À l'Institut des sciences politiques et à la faculté elle percevait les prises de position de certains, les mouvements d'indignation et de révolte. La place des jeunes s'amplifiait, quant aux filles, leur rôle était encore réduit mais la direction clairement dessinée : on ne les arrêterait plus, elles deviendraient les égales des garçons, leurs résultats scolaires en attestaient. On citait les femmes d'exception, Marie Curie, Elsa Triolet, Simone de Beauvoir, mais une cohorte de brillantes émules les suivraient et transformeraient la société. Sonia se demande combien de temps cela prendra, et quelle sera sa propre trajectoire. La guerre a agi tel un accélérateur, on a gagné des décennies d'un coup. Le progrès réservé à l'armée s'est répandu dans le monde civil, tous vont en bénéficier, les femmes les premières qui manient l'eau et le feu avec les appareils ménagers et troquent avec volupté les seaux en zinc contre des bassines en plastique.

Sonia a rempli son dossier d'entrée à l'ENA au nom de Sonia de La Barrère née Vassiliev avec son passeport tout neuf. Spécialisation : politique internationale, pays russophones. Sport : équitation. Musique : piano et chant. Langues : russe, anglais, allemand. Hobby : la cuisine, la pâtisserie en particulier.

Solange a invité quelques amis pour ce cocktail, un général, un avocat, un éditeur. Elle a été étonnée que Sonia ne souhaite pas la présence de Charles, qui serait sûrement monté à Paris pour l'occasion, bien qu'ils ne se soient plus vus depuis longtemps : Sonia a été absorbée par la préparation du concours. Solange a deviné qu'il s'est passé quelque chose au cours du dernier voyage à La Barrère, il y a plus d'un an, mais elle ne sait pas quoi. Elle sait seulement que Sonia peut porter ce vieux nom français. S'il la protège des préjugés, tant mieux, Charles aura joué son rôle dans le parcours de cette jeune fille méritante. Mais le plus dur reste à accomplir, se hisser aux premières places de cette rude école et espérer une position importante, digne de son inexorable et paisible ambition.

Pour honorer sa filleule, Vania a endossé son uniforme de cosaque, il a fière allure. Ses moustaches relevées pour la circonstance égayent son visage. Le général s'intéresse aux insignes qui ornent sa poitrine et demande une explication pour chacun. Sonia porte une robe de soie d'Ondine vert-d'eau qui épouse sa fine silhouette. Aux pieds, des escarpins de la même soie. Solange a insisté pour que Sonia adopte cette robe du soir de sa fille, raccourcie par une couturière. Sur les épaules, un boléro de plumes assorti à la robe et un collier d'aigue-marine autour du cou. Elle est ravissante. Valentin ne peut la quitter des yeux, il ne l'avait jamais considérée comme une femme. Elle était son élève, travailleuse acharnée, en blouse brodée du blason de son ancien lycée qu'elle continuait à utiliser à la maison.

Nina distribue des petits fours. Solange la prie de poser son plateau sur le buffet, elle veut dire quelques mots.

– Mes chers amis, je suis fière de vous présenter notre pensionnaire qui deviendra ministre un jour, n'en doutez pas !

Sonia cache son visage dans ses mains et d'un geste prie Solange de modérer ses propos.

– Oui, oui, mes amis, les femmes vont vous surprendre, Sonia est la première hirondelle qui annonce le printemps, les femmes ont été sous-employées par le passé, aujourd'hui elles revendiquent leur place dans l'administration de la France, et peut-être, Général, dit-elle en se tournant vers son ami, que nous connaîtrons moins de guerres quand les femmes seront au pouvoir… Notre Sonia est une pacifiste née, son histoire lui a inculqué le respect des peuples et de la vie. Ma chère Sonia, je suis heureuse de te fêter ce soir, tu le mérites et je suis impatiente d'assister à ton envol.

La sonnette retentit. Nina va ouvrir et fait entrer Charles en manteau et chapeau, la mine piteuse.

– Puis-je parler à Madame ?

Solange, qui a entendu sa voix, accourt, inquiète.

– Je t'avais dit de ne pas venir… Elle va être très contrariée, elle a insisté pour que…

– Je sais. Je comprends. Mais je veux lui parler.

Solange retourne rapidement au salon et s'approche de Sonia.

– Charles est là, c'est ma faute, je l'avais appelé pour lui annoncer la bonne nouvelle, je l'ai prié de ne pas venir, je t'assure… Il veut te parler.

Sonia serre les dents mais pose son verre et va vers le vestibule en fermant la porte du salon derrière elle.

Charles a gardé son manteau, il se tient courbé devant Sonia, aussi rabougri qu'un vieux cep de vigne.

– Sonia, je te félicite. Je suis très fier de toi. Je t'ai apporté un cadeau.

Il sort une petite boîte de sa poche et la tend à Sonia.

– C'est la bague de fiançailles de ma mère, un diamant très pur. Comme toi.

Sonia a la gorge serrée, mais elle arrive à dire :

– Merci, Charles, je n'en veux pas. Vous l'offrirez à une œuvre dans votre département. Il y a eu beaucoup de blessés et d'orphelins avec la guerre.

Après un long silence, Charles demande en luttant contre l'émotion :

– Tu m'as pardonné, dis, tu me pardonnes ? Je suis malheureux, j'ai besoin de ton pardon…

– Je vous ai pardonné, mais je ne veux plus vous voir.

Et elle tourne les talons pour retourner auprès des invités.

Vania a compris, il avait entendu la voix de Charles, il se glisse hors du salon et trouve le comte effondré sur la banquette de l'entrée, qui pleure à chaudes larmes.

Son chapeau a roulé par terre. Vania le ramasse et s'assied à côté de lui sur la banquette.

– Elle vous pardonnera, monsieur le comte. Donnez-lui du temps. Vous trouverez un terrain d'entente, vous verrez. À présent elle a d'autres objectifs, elle doit concentrer toutes ses forces sur ses études.

– Merci, Vania, vous êtes un homme de cœur, je l'ai toujours su. Dites-lui que La Barrère est sa maison, si elle veut y aller, je m'en irai quand elle y séjournera, si elle le désire. On l'aime, là-bas, Albert, Germaine, sa pouliche… Et il y a un nouveau chien, un labrador, comme elle le souhaitait. Dites-lui tout ça. Et que je l'aime comme un père, comme un grand-père même, mais elle le sait…

Il fait peine à voir, ratatiné dans son manteau trop large. Vania le prend par les épaules avec affection, entre hommes blessés dans leur dignité ils se comprennent. Alors Vania se met à lui raconter son histoire avec Nadia, les prétentions de sa femme qui n'est plus sa femme, sa désillusion, son impuissance. Et l'historique de La Motte, la situation embrouillée, la convoitise des marchands de biens. Charles écoute, reconnaissant de la confiance que lui montre ce Russe si loin de lui et étonnamment proche, ils sont des hommes de la terre, des hommes sans malice, pas retors pour deux sous. Le monde leur file sous les pieds, ils n'ont plus les codes, les principes. L'avenir est aux brutes sans scrupules, qui n'hésitent pas à marcher sur leur prochain.

– Je vais regarder votre affaire, Vania, elle est assez particulière, mais rien n'est inextricable, j'en parlerai à maître Claverie, son père et lui ont vu tous les titres de propriété existant dans nos campagnes. Je savais qu'on pouvait léguer un bien à une église, à une association, mais pas à un régiment ! Vous constituerez peut-être un précédent !

– Merci, monsieur le comte…

– Appelez-moi Charles, un nom mérovingien qui n'existe pas en Russie je crois. Cette affaire concerne aussi Sonia, puisqu'elle est l'héritière de ce cadet cosaque…

– Nous n'étions pas des cadets… mais c'est trop difficile de vous expliquer les subtilités des corps de l'Armée impériale.

– Ça m'intéresse beaucoup, vous me raconterez tout ça un jour.

Charles se lève lourdement, met son chapeau et sort de l'hôtel particulier, le cœur en charpie.

Vania

Printemps 1952

La société de taxis a été rachetée par une régie mixte privée et publique, le statut des chauffeurs va changer. Ils devront passer un examen et acheter leur licence qui sera nominale et qu'ils ne pourront revendre qu'en cédant leur taxi, dans le cadre d'un numerus clausus instauré par la préfecture. On ne sait pas encore quel sera le montant de la licence, mais c'est un tremblement de terre parmi les anciens chauffeurs, ils n'ont pas d'argent pour la plupart. Vania est paniqué par ces mesures qui compromettent sérieusement son avenir. Quel autre métier pourrait-il exercer, sans diplôme, sans compétence en dehors de l'élevage de chevaux, et encore, les méthodes pratiquées en France ne sont pas les mêmes que les siennes. Par ailleurs, le marché équin s'essouffle, l'industrie automobile prend une place prépondérante dans l'économie du pays. Chaque ménage veut sa voiture, une question de standing et de fierté. Avec le rétablissement des congés payés, elle est indispensable. Les courses de chevaux demeurent, les paris drainent une clientèle fidèle, mais les courses automobiles fabriquent des héros qui brillent en première page des journaux. On parle d'un jeune coureur argentin d'origine italienne nommé Juan Manuel Fangio qui a atteint les trois cents kilomètres à l'heure à bord de son bolide Alfetta. À présent, les chevaux deviennent des animaux de compagnie pour promener des enfants dans les parcs. Vania ne peut pas se résoudre à un tel déclassement.

Solange a reçu un appel d'Albert depuis La Barrère. Une nouvelle foudroyante. Charles a eu une attaque, il est à moitié paralysé. Elle prévient Sonia à son école, et Sonia appelle aussitôt Vania : il y a urgence, Albert demande si Vania ne pourrait pas venir s'occuper temporairement de Charles, il sera payé, sûrement mieux que ses gains de chauffeur de taxi.

– Albert m'a inquiétée sur l'état de Charles, je dois aller le voir. Nous devrions descendre ensemble, suggère Sonia, nous verrons quelle est la situation, et nous déciderons sur place de la marche à suivre. Solange ne peut pas venir avec nous, elle s'est foulé une cheville en jouant au tennis, cette folle, elle papillonne comme une jeune fille, je lui ai dit cent fois que ce n'était pas raisonnable. Je vais prévenir l'école que je m'absente quelques jours, ils vont être furieux parce que je venais de créer un groupe de travail rue des Saints-Pères sur un projet de fusion des départements, mais tant pis. Nous n'allons pas abandonner Charles.

– Veux-tu qu'on descende avec mon taxi ? Les routes ne sont pas formidables, on mettra huit heures à peu près. Je demande une dérogation et je dis qu'un client me propose cet aller-retour.

– En train c'est six heures, mais ça oblige Albert à venir nous chercher à Tulle, sinon il faut prendre des tortillards en correspondance. Je crois comprendre qu'Albert ne peut pas quitter le comte. Allons avec ta Renault, et prends un pneu de rechange, au cas où.

Solange remet une enveloppe à Sonia avec un peu d'argent pour l'essence et les bistrots routiers sur le chemin.

– Il y en a un excellent juste après Nevers, vous devriez le trouver facilement. Ils font un navarin meilleur qu'au Grand Véfour !

Elle lui confie aussi une lettre pour Charles, et un petit crucifix en cloisonné, une relique de famille qu'un ancêtre commun avait léguée à sa mère.

– Charles est croyant, au fond, il appréciera. Soyez prudents et rapportez-nous du confit.

Solange s'est un peu empâtée avec les années, le tennis a pour but de lutter contre ces kilos indésirables. Mais elle ne renonce pas au foie gras ni au champagne, toutes les occasions sont bonnes pour en ouvrir une bouteille, en opposition à la sobriété navrante de Sonia, même au Raspoutine elle ne boit pas une goutte, malgré les perpétuelles invitations. D'où tient-elle cette volonté de fer ? Le sang cosaque au féminin est-il si vertueux, si catégorique ?

– Embrassez-le bien pour moi et dites-lui que je viendrai le voir dès que je pourrai me remettre sur mes pattes.

Sur la route ils subirent quelques bourrasques de neige, et du verglas dans les virages au fond des vallées en ce début de printemps. Ils mangèrent de la friture vers La Charité-sur-Loire, et achetèrent des fromages de chèvre pour ne pas arriver à La Barrère les mains vides.

Albert accourt au portail.

– Monsieur vous attend au salon. Nous avons installé sa chambre en bas, dans le petit salon fumoir, vous verrez… dit-il d'un ton peu rassurant.

Charles est dans un fauteuil roulant, toute la partie gauche de son corps est paralysée, jusqu'au visage dont la bouche tordue émet des mots et des phrases inaudibles. Sonia s'approche à petits pas, puis elle s'agenouille et lui prend la main valide.

– Nous sommes là, Charles, pour vous aider. Vania veut bien s'occuper de vous.

Le comte répond avec un sourire qui ressemble à un rictus, et bafouille des remerciements. Sa situation médicale est grave, il n'existe qu'une opération problématique, que l'on pratique aux États-Unis, dans les premières heures après l'accident. Ailleurs on ne dispose que de la rééducation et de la patience.

Il faut se préparer à une organisation de longue haleine. L'état de Charles risque de s'aggraver, à cause de son immobilisation. Sans compter que son moral va pâtir, attaqué par toutes les difficultés physiques. Pourtant les handicapés s'habituent à leur infirmité. Aussi étrange que cela puisse paraître, il y a peu de suicides, peu de dépressions graves. La vie prend le dessus malgré tout. L'arbre qui pousse de travers entre des rochers exhibe fièrement son tronc victorieux et ses branches acrobatiques, plus vivantes que celles, rectilignes, des arbres voisins.

Germaine a engagé une femme de gendarme qui cherchait du travail pour la toilette de Monsieur, mais Albert ne peut plus la seconder ni assister le comte dans ses déplacements, avec tout le travail à la ferme. L'idée de solliciter Vania vient de lui, Charles l'a tout de suite approuvée, ils espèrent vivement qu'il accepte de s'installer à La Barrère.

Vania avoue qu'il n'a aucune expérience d'infirmier mais qu'il veut bien essayer, quoique d'être loin de Sonia lui coûtât.

– Je vvous com-prends, mon cher Vania, mastique Charles dans son langage déformé, nous serons ddeux à déplo-rer son absence...

Un sourire affleure sur le visage de Sonia, en signe de réconciliation. Charles est à sa charge à présent, les rôles se sont inversés, il a besoin d'elle, elle ne se défilera pas.

Albert raconte comment il a ramassé monsieur le comte quand il est tombé dans la cour : il sortait de l'écurie et s'apprêtait à monter Aiglon, son cheval, lequel s'était mis à tourner autour de lui au sol, affolé. La veille, Charles avait participé à un comice agricole arrosé, il était revenu soutenu par deux solides paysans qui l'avaient embarqué dans leur camionnette pour l'empêcher de conduire sa voiture. Mais ce n'était pas la première fois.

– J'avais mis monsieur le comte en garde, insiste Albert, je lui avais dit que ça finirait mal !

Les gens simples ont le chic pour avoir tout prédit, ils savaient d'avance.

Sonia sourit, mais elle ne peut réfréner un sentiment de culpabilité. Sa brouille avec Charles n'y est peut-être pas pour rien. Cependant, il ne vivait pas sainement, il mangeait trop, de la graisse de canard à tous les repas ou presque, des fromages riches et surtout une bouteille de vin par jour à lui tout seul. Tous le sermonnaient, mais comment lutter contre des habitudes régionales et familiales ?

Charles est un hobereau gascon transplanté en Corrèze. Il a dû apprendre à parler le patois, chasser la palombe et jouer au rugby quand il était jeune. On ignore tout de sa vie sexuelle, sans doute quelque péripatéticienne locale, une vague fiancée quand il avait trente ans, une baronne autrichienne qui n'a pas supporté la vie de campagne et l'a vite plaqué. Sa passion est la terre, dès l'aube il arpentait ses hectares de maïs et de blé, ou son petit vignoble dont il cède la récolte à la coopérative, il humait les caprices du temps, les gelées ou les sécheresses redoutées. Son travail de magistrat complétait des revenus incertains, la terre ne nourrit pas son homme, et demande des bras et des travaux coûteux. La fortune familiale s'est évanouie au fil des ans, quelques actions dans des mines d'or au Brésil et des immeubles en Belgique qui nécessitent de constantes réfections et ne rapportent pratiquement rien. Ne plus pouvoir marcher est la pire des punitions pour cet homme de plein air et de champs. Sa chaise ne peut rouler qu'à l'intérieur de la maison, elle s'enlise dans le gravier et dans l'herbe dès qu'il dépasse le perron. Une vie confinée s'annonce, une mort douce et interminable.

Sonia

1952

Le secrétaire général de la SFIO Guy Mollet a entendu parler d'une élève à l'ENA parfaitement russophone et intéressée par les actions des socialistes. Il a été ministre d'État chargé du Conseil de l'Europe dans le gouvernement de René Pleven et cherche une assistante pour les relations avec les Soviétiques. Son directeur de cabinet s'est renseigné, elle porte un nom bien français mais elle est d'origine russe.

Sonia a maintenant vingt-trois ans, elle termine ses études à l'ENA. La saison dernière elle a obtenu des résultats décevants, elle était souvent absente. Mais cette année elle surprend ses professeurs par sa célérité et sa mémoire. Elle a participé à quelques travaux à la Chambre des députés, elle a été affectée pour un stage auprès d'un rapporteur des lois qui lui a finalement confié la tâche complètement. Ces messieurs les députés ont vite remarqué ce joli visage concentré et s'adressent volontiers à elle. Tant qu'une femme occupe un poste subalterne, elle n'est pas dangereuse, on peut la courtiser. Sonia n'est pas une charmeuse, elle se laisse pourtant courtiser, elle récoltera de précieux enseignements de tous ces hommes qui s'ennuient entre eux, qui ne s'épanchent surtout pas et se protègent derrière leur gros cigare. Certains se défoulent dans le sport, dans la vitesse en automobile, dans des rapports sexuels violents ou dans le jeu. Séduire des femmes contient tout cela. Aucune femme ne ressemble à une autre, l'épopée de la conquête entraîne les mâles dans des paysages inattendus. Cette stagiaire de l'ENA à l'ovale parfait résiste aux propositions et aiguise la curiosité de tous.

La rencontre avec Guy Mollet se passa merveilleusement bien. Il posa une question préalable :

– Pouvez-vous voyager, mademoiselle ? Nous aurions besoin de vous pour une première mission.

– Je suis en dernière année à l'ENA, monsieur le président, je peux m'absenter pour de courtes périodes, pas trop souvent… Plusieurs de mes camarades travaillent en dehors de l'école, mais ça leur est reproché. Il serait préférable que vous parliez avec le directeur, mon engagement pourrait être considéré comme un exercice…

– Je lui en parlerai. Henri Bourdeau de Fontenay est un ami. C'est d'ailleurs lui qui nous a parlé de vous. Vous aurez à accompagner M. Mendès France à Berlin. Il doit rencontrer l'ancien ministre des Affaires étrangères soviétique, Viatcheslav Molotov.

– Mendès France ! s'exclama Sonia. Quel honneur. Je l'admire beaucoup, nous parlons souvent de lui à l'école comme d'un espoir pour la France !

– Tant mieux. C'est un homme d'une modestie effrayante, mais il sera flatté que vous connaissiez ses travaux. Vous aurez un rôle de traductrice et de secrétaire. Ce sera un voyage rapide, les Soviétiques sont difficiles à coincer, ce rendez-vous a été pris à la dernière minute.

Ainsi Sonia fit son entrée dans le monde de la politique auprès de son idole, un homme dont elle connaissait les prises de position au sujet de la Communauté européenne de défense.

Ce fut aussi son premier vol en avion, elle dut surmonter sa peur, mais n'en dit pas un mot. Dans l'avion Pierre Mendès France lui dicta les points à évoquer lors de la discussion du lendemain, avec une vélocité qu'elle avait du mal à suivre. Lui n'avait aucune note, il débitait sa démonstration avec une clarté stupéfiante, comme s'il récitait une poésie. Il était beaucoup question des pays satellites soviétiques et des colonies françaises, plus précisément de l'Indochine. Tous les partis communistes locaux développaient leur influence, soutenus souterrainement par l'URSS, il fallait comprendre ce que le Comité central fomentait. Rien ne serait dit ouvertement à cette réunion, mais l'interprétation des mots employés était primordiale. Sonia s'est équipée d'un petit dictionnaire franco-russe récent, parlant le russe de son enfance et pas le langage soviétique alambiqué auquel elle avait tenté de se familiariser en lisant la *Pravda* de la première à la dernière ligne.

Mendès France lui paraît plus grand que sur les photos, son regard est impressionnant, doux et perçant à la fois. Une grande bonté se dégage de son sourire, dans ce visage ingrat encadré d'oreilles démesurées. L'intelligence transparaît dans chacun de ses gestes, ses mains glissent l'une sur l'autre élégamment, ses épaules se penchent aimablement vers son interlocuteur quand il l'écoute.

Berlin est une ville qui revit, les boutiques ont fleuri sur la célèbre avenue Unter den Linden, on y mange des *Palatschinken* et des glaces. Pierre Mendès France et Sonia sont logés dans un petit hôtel car le consulat est en construction. M. Mendès France est galant, il laisse passer Sonia la première dans les ascenseurs, et lui demande fréquemment si elle a tout ce qu'il lui faut. Ils dîneront en tête-à-tête ce soir car rien n'est prévu après la réunion, et il a pour habitude de refuser les invitations officielles, perte de temps et énergie gâchée. Quant aux Russes, ils n'invitent jamais les Occidentaux en dehors de l'Union soviétique, de peur d'être taxés de taupes du KGB.

Molotov est cornaqué par deux femmes au regard de renard, en tailleurs de gabardine verdâtre semblables à des uniformes. Sonia se dit que les caricaturistes n'exagèrent pas quand ils décrivent les Soviétiques comme des soldats d'opérette qui veulent faire peur sans y parvenir. Les officiers allemands sont autrement redoutables, dans leurs redingotes ajustées. Molotov ressemble à un bouledogue courroucé. Le bras droit de Staline en a gros sur la conscience, il commence à trouver que la terreur instaurée par le Petit Père du Peuple a assez duré.

La rencontre a lieu dans les locaux de l'ambassade d'URSS en RDA, à Berlin-Est. Les deux hommes, assis face à face tels deux bonzes obséquieux, ne se contredisent jamais. Un concert de « Vous avez raison », « C'est une bonne idée », « Je vous rejoins sur ce point », etc. Sonia n'en croit pas ses oreilles. Ces adversaires aux pensées diamétralement opposées se font des ronds de jambe et des politesses. C'est donc cela, la diplomatie. Ne jamais offenser l'autre. Ne jamais affirmer ses opinions. Comme deux cyclistes de piste, on se guette longuement avant de démarrer en trombe. Ou pas. La discussion le commandera.

Pendant le dîner dans la *Stube* où ils mangèrent un abominable bourguignon et des pommes de terre, Mendès France lui demande :

– Alors ? Quelle est votre impression ? Avez-vous compris ce qui se passe à Moscou ?

– J'ai compris que vous n'avez pas voulu lui déplaire…

– Pourquoi ? Parce que c'est un homme acculé. Il désaprouve la politique de Staline depuis quelque temps, mais il est prisonnier de leur passé commun, et comme Staline le sait, il va bientôt se débarrasser de lui. Donc je n'avais qu'à être aimable avec un homme qui n'a plus le pouvoir, c'était ma seule façon de lui faire comprendre que je le savais.

Sonia est subjuguée par le calme et la pertinence du raisonnement.

– Mais vous aviez des choses à lui dire, ou à lui demander ?

– Le seul fait qu'il ait souhaité me rencontrer signifie que les Soviétiques soutiennent les frondes des colonies. Mais en ont-ils les moyens ? Des idéologues héritiers de Gramsci repensent le communisme hors de l'hégémonie soviétique. Toutes les actions secrètes du PCUS visent à empêcher cette éventualité. Leur popularité auprès des peuples en voie d'émancipation est leur seule arme.

– Pourtant vous soutenez le droit des peuples à disposer d'eux-mêmes…

– Dans la légalité et la démocratie. Mais ce sera un chemin ardu, qui prendra du temps. Voulez-vous encore un peu de ce vin infect ?

Ils rient tous les deux, comme deux amis de vieille date. Puis Mendès France questionna Sonia sur son parcours, et elle lui raconta son enfance en Corrèze qui le passionna. Il lui chanta même une berceuse russe que sa grand-mère lui avait apprise, Sonia la connaissait, ils chantèrent ensemble. Le monde peut bien trembler, ils auront vécu cette heure suspendue de tendresse volée.

Vania

1953

La nouvelle vie de Vania commença le soir même de son arrivée. Après le dîner il poussa le fauteuil de Charles jusqu'au cabinet de toilette et souleva le comte tout en défaisant sa ceinture et son pantalon. Un corps inerte est deux fois plus lourd.

Avec le temps Vania apprendra les gestes appropriés. Sonia les laisse discrètement découvrir seuls les tenants de leur association et en suit de loin l'évolution.

La Barrère vivote comme d'habitude, la guerre ne l'a pas trop saccagée, à l'exception du bétail qui a été réquisitionné. À présent le comte ne veut pas reprendre l'élevage. Trop de soucis, trop de personnel, trop de soins, les vétérinaires et tout le saint-frusquin. Il préfère investir dans les rénovations, il entend déposer une demande de financement à l'Office national du tourisme pour retaper un pigeonnier octogonal du XVe siècle qui se lézarde au fond du parc, et refaire le toit de la chapelle qui fuit depuis des années. La visite de ce château classé, accompagnée de repas gascons dans la grange, et peut-être de l'hébergement dans quelques chambres aménagées les week-ends, pourrait rapporter. Un surcroît de travail pour Germaine mais on lui trouverait une aide au village.

Charles a inventé les chambres d'hôtes avant l'heure, dans cette période d'essor du tourisme il attend beaucoup de ces nouveaux revenus. Mais les bâtiments ont besoin de réfections, sans un prêt on ne pourra pas les assumer.

Sonia promet de se pencher sur ces questions, les visites de châteaux en Dordogne comme dans toute la France se développent depuis que des étrangers la visitent à nouveau. Des villages et des colonies de vacances se créent partout, presque tous dirigés par d'anciens résistants qui deviennent des hommes d'affaires avisés. Elle pourra déceler les filières et les banques auxquelles s'adresser.

Elle bavarde avec Germaine à la salle à manger, elle a toujours aimé entendre les nouvelles du village, les potins et les faits divers. Le vieux curé de la paroisse est décédé, on a nommé à sa place un nouveau curé noir comme du charbon, un Gabonais fort sympathique qui rit pendant les offices et porte un gros bonnet de fourrure parce qu'il a toujours froid. Il sert deux paroisses distantes de cinq kilomètres et s'y rend juché sur un VéloSolex flambant neuf que les jeunes lui envient.

L'année 1951 a été une grande année pour le cabernet franc et le sémillon, les deux cépages plantés à La Barrère, Albert suggère de mettre le jus en bouteille au château et de trouver un nom pour ce petit cru d'exception. Le pressage et les fermentations se feraient à la coopérative, comme avant, on n'est pas équipés ici et ce sont des installations coûteuses, surtout les nouvelles en ciment ou en acier, le dernier cri. Albert pourrait débaucher le maître de chai de Château Pavie, un copain à lui, pour cette commercialisation. Il le ferait gratuitement, en échange de quelques foies gras et confits.

Germaine écoute Sonia, la petite Sonia qui jouait du piano dans le salon, avec émerveillement et admiration. Elle est devenue une maîtresse femme, un esprit clair et pragmatique, elle paraît à l'aise avec les rouages de l'économie et de la politique. Quel changement! Quelle évolution!

– Monsieur le comte a bien de la chance de vous avoir, ma petite Sonia. Vous allez lui être d'un grand secours.

– Non, Germaine, c'est moi qui ai de la chance de vous connaître tous, et d'avoir vécu de si belles années ici, même si la guerre nous étranglait. Je ferai tout pour que La Barrère brille à nouveau, mieux qu'avant! Il faut que les touristes puissent profiter de cet endroit merveilleux.

Dans son for intérieur elle pense que Charles aimera s'atteler à cette nouvelle activité, il rédigera la brochure sur le château, sélectionnera des documents dans ses archives, des photos, révélera son histoire, ses lieux cachés, situera ses arbres centenaires dans le parc. Il a réalisé de grands progrès d'élocution, à l'aide d'une orthophoniste, il pourra bientôt parler en public. Après sa rééducation il sera en mesure de tenir des conférences, dans sa belle langue aristocratique et précise, il mettra à profit ses connaissances en architecture, en histoire et en archéologie. Il est passionnant quand il raconte le passage des Wisigoths ou des Arabes, la roublardise des Occitans qui ont supporté les invasions et les pillages, certains qu'ils resteraient tandis que les envahisseurs repartiraient. Un talent d'accommodation qui remonte à l'occupation romaine, à laquelle on doit les plantations viticoles. Ils laissent toujours quelque chose derrière eux, les différents occupants. Seuls les Allemands n'ont laissé que de la haine et du ressentiment.

Vania et Sonia étaient remontés à Paris ensemble, mais Vania avait pris sa décision : il redescendrait aussitôt rendu le taxi. Il déposerait ses quelques meubles villa Michel-Ange, et le voilà lancé dans une nouvelle vie. Les cosaques de France sont habitués à changer de profession, de lieu de travail, selon l'offre. Mille vies, mille métiers, disait l'un d'eux. Toujours avec sérieux, conscience et imagination. C'est pour cela que les usines les recrutaient volontiers.

Vania a pris la situation en main à La Barrère, il est devenu indispensable à Charles qui lui voue une grande confiance. Une complicité s'installe entre eux à l'aune de leur misère. Ils ont inventé ensemble une illumination du donjon avec des projecteurs de cinéma rachetés à bas prix à une équipe qui a loué le château pour le tournage de quelques séquences d'un film historique avec Jean Marais. On attend la visite du préfet un soir afin de lui faire admirer le reflet de la tour éclairée dans les douves. La Barrère est maintenant signalé dans les guides touristiques. Le conseiller culturel du département songe à créer un festival de théâtre dans la cour durant l'été.

Quant à Charles, sa vie continue à pas feutrés, l'englue et le prive de toute révolte. La spiritualité le guette, elle sera le terreau de ses pensées. Mais pas tout de suite. La matérialité dicte des urgences incontournables, le matin, le soir et durant les longues journées au salon. Heureusement il y a la musique, et les livres. Tant d'années qu'il se jurait de relire Cervantès ou Dante. Par chance la main droite est valide, il peut écrire. Il se lancera dans les mémoires de la famille qu'il se promettait de rédiger un jour. La lignée s'éteint avec lui, mais ce joli nom survivra-t-il avec Sonia ? Il espère secrètement qu'elle ne se remariera pas. Cette loi de la transmission du nom par les hommes est-elle logique ? Et celle des femmes qui abandonnent le leur ? Au nom de quoi ? Par quelle servitude outrageante, par quel archaïsme ? Charles écrira un article sur ce sujet dans la gazette du tribunal, ça ne servira à rien mais ça le soulagera. Il est connu pour ses envolées lyriques sur les anomalies du droit civil et pénal, bien des règles seraient à réformer, espérons que les nouvelles générations auront le courage de chambouler tout ça. Comme le langage juridique qui date de Mathusalem, indéchiffrable pour la plupart des citoyens.

La France a des lourdeurs qu'elle chérit et cultive. Trop de couches de civilisation qu'on ne veut surtout pas nier, au risque de tout balayer, comme dans la Russie de Lénine. Le peuple français n'existe pas, il y a des dizaines de peuples à travers le territoire, la culture de l'un n'est pas moins valable que celle d'un autre, cette mosaïque s'appelle la France qui s'est étendue et rétrécie, au fur et à mesure des conquêtes, des alliances et des traités. Ce patchwork de cultures fait son charme et sa richesse, mais aussi son poids, sa rigidité. On ne peut rien bouger, on ne peut pas creuser son jardin sans risquer de trouver une pointe de lance en silex préhistorique ou une médaille carolingienne. À La Barrère, Charles avait dû promptement réenterrer des vestiges gallo-romains, une tête de dauphin et des morceaux de colonnes d'albâtre que les charrues avaient exhumés. Si les archéologues des Monuments nationaux l'avaient su, ils auraient condamné toute la zone, les champs et les bois. Les métayers ont gardé le secret, réjouis de berner l'administration.

Charles aime la France, il est amoureux de ses défauts, il voudrait qu'elle garde ses beautés mais qu'elle soit jeune et progressiste aussi. L'équation n'est pas commode, c'est le défi de tous ses gouvernants.

Vania veille aux chevaux, c'est sa distraction et son bol d'air. Il s'est aussi mis à la peinture, il part avec son matériel peindre sur le motif des tableaux naïfs qui restent entassés dans le coin atelier qu'il s'est créé derrière l'écurie. L'auberge du village a accepté d'en prendre un ou deux, moyennant un petit pourcentage sur la vente éventuelle. Mais personne ne se précipite pour les acheter. Pourtant le comte encourage Vania, il trouve qu'il a une patte, un style, dans sa maladresse. Des personnages à la Chagall flottent au-dessus des paysages de La Barrère. Art brut, dit Charles, très à la mode. Picasso s'en inspire.

La Motte sera vendue, mais pas à l'abominable Santorini. Le fruit de la vente sera partagé entre les familles qui ont occupé ce domaine à sa création, la quote-part de Vassia sera déposée dans un compte à la Caisse des Dépôts et Consignations, dont l'ayant-droit, Sonia, pourra disposer si elle n'est pas réclamée au bout de quinze ans. Elle sera placée dans des bons du Trésor et sera réévaluée en cas d'inflation ou de dévaluation. Toute cette architecture a été concoctée par Charles, après d'arithmétiques investigations. Une société d'espaces de loisirs va créer à La Motte une colonie de vacances et un hôtel pour les congés payés des employés des PTT. C'était l'offre la plus sérieuse, garantie par une compagnie d'État.

Sonia est descendue à La Motte pour aller chercher avec Vania les derniers objets qui leur appartenaient, ils n'ont pas trouvé grand-chose, les pilleurs étaient passés par là après le départ du dernier cosaque. Seul un grand crucifix de bois sculpté gisait, couché sur le pré derrière l'église. Ils le chargèrent sur le toit de la camionnette qu'Albert leur avait prêtée, emmailloté de vieilles couvertures. Devant l'isba de Vania, Sonia resta un long moment à l'ombre du tilleul, assise sur le banc vermoulu, elle fixait en silence le paysage vallonné qu'elle ne verrait plus jamais.

Sonia, sortie de l'ENA en position honorable, treizième de sa promotion, travaille maintenant pour les socialistes de la SFIO, chargée de la communication entre les Chambres.

Pour l'heure un grand événement tétanise le monde : Joseph Staline est mort. Des bouleversements certains sont à attendre, en Union soviétique et ailleurs. Sonia espère pouvoir se rendre là-bas et collecter des informations sur son père. Des familles de Russes émigrés ont miraculeusement reçu des nouvelles de leurs proches. L'étau se desserre, la terreur va peut-être s'émousser. À moins que la succession de Staline se révèle plus atroce que les crimes du dictateur et de sa funeste équipe. La guerre froide s'amplifiera-t-elle ou s'éteindra-t-elle ? Qui régnera sur ces édifices opaques : le PCUS et le Comité central de l'Union soviétique ?

Les pays de l'Est annexés songent à secouer le joug soviétique de leurs épaules. Tchèques et Hongrois ne tarderont pas à faire entendre leurs voix. Les Tchétchènes s'agitent, mais ce n'est pas d'aujourd'hui, Catherine II les combattait déjà pour qu'ils se tiennent tranquilles. Les Soviétiques auront du grain à moudre pour maintenir l'industrialisation massive dans toutes ces républiques. Sonia et ses amis de l'ENA lisent *Le Monde* avidement tous les jours, anxieux d'apprendre des nouvelles délétères. Les dirigeants de tous les pays retiennent leur souffle.

Sonia

1958

La France se transforme, on construit des routes à tour de bras, la première autoroute dite « du Soleil » est tracée, elle traversera la France vers le Midi et vers l'Italie. Les Italiens sont très en avance sur nous, ils ont quadrillé la « botte » d'autoroutes dans tous les sens, ils les sillonnent avec leurs voitures de sport, les Ferrari, les Maserati, les Lamborghini et les Alfa Romeo. Ils vont si vite que la police peine à les rattraper.

Le cinéma néo-réaliste s'épanouit, après *Le Voleur de bicyclette* qui bouleversa Sonia, un jeune cinéaste du nom de Luchino Visconti s'inscrit dans ce courant avec *La Terre tremble*, *Bellissima* et un vibrant chef-d'œuvre : *Senso.* On parle d'un certain Federico Fellini qui a tourné *I Vitelloni*, et récemment *Le Notte di Cabiria.* Ce renouveau industriel et cinématographique, le boom économique transalpin s'accompagnent de l'essor du Parti communiste, auquel tous les intellectuels adhèrent. De jeunes militants comme Enrico Berlinguer prônent l'« eurocommunisme ». Les socialistes français se sentent proches de ce mouvement libéré de l'obéissance au stalinisme. Un écheveau d'opinions et d'ego entre trotskistes, staliniens et socialistes alimente une presse contradictoire.

Un journal virulent a été lancé par Jean-Jacques Servan-Schreiber, Sonia y a publié quelques articles sur la fin de la guerre d'Indochine : *L'Express*. Ses grandes feuilles doubles le distinguent des autres journaux.

Une première révolte a fracturé l'Europe de l'Est : les Hongrois se sont soulevés en 1956, réprimés par l'Armée rouge à Budapest. Le monde dit « libre » s'indigne, les staliniens les plus convaincus sont troublés. Bon nombre d'inscrits ont déchiré leur carte du Parti, après avoir vendu *L'Huma* toutes les semaines à la sortie des églises. Les scores électoraux des communistes n'ont pourtant pas faibli, Sonia a été battue par un candidat PCF aux dernières élections cantonales où elle a été parachutée.

Le gaullisme grossit de mois en mois à la faveur du bourbier de la guerre d'Algérie et de l'impuissance des gouvernements successifs. Le Général va faire son retour, et pour longtemps.

Sonia vient de publier son premier livre, un pamphlet contre le sexisme à l'Assemblée nationale, nouveau nom de la Chambre des députés. Un livre d'humour et d'humeurs, qui dénonce le machisme primaire des députés avec des récits croqués sur le vif qui ne plaisent guère à ceux s'y reconnaissant, même si aucun nom n'est cité. Une députée monte les marches de l'hémicycle, les quolibets : « À poil ! à poil ! » fusent des rangs des hommes, une autre se fait siffler parce que sa robe est trop voyante, une troisième est interrompue pendant son intervention par des chansons égrillardes, une autre encore trouve un godemiché sur son siège. Sans parler des attouchements dans les couloirs, des plaisanteries graveleuses, et des billets galants déposés dans les boîtes à lettres des députées qui ne sont pas nombreuses.

La fibre féministe de Sonia se rebelle. Ce combat sera son combat. Elle a recueilli les récits de femmes en politique, la plupart hélas ne veulent pas être nommées, leur vie professionnelle est déjà difficile, conjuguée avec la vie de famille et la vie sentimentale, elles souhaitent conserver l'anonymat. Les femmes intelligentes ont des charmes qui font peur aux hommes, certaines se défigurent avec des grosses lunettes ou des cheveux mal coiffés pour échapper aux agressions.

Sonia ne peut rien contre son éclatante beauté naturelle. Elle est différente. Elle s'habille comme toutes les Parisiennes et pourtant elle possède un chic bien à elle, une sorte de désinvolture qui la rend infiniment désirable. Elle est consciente de son pouvoir, ce serait malhonnête de le nier, mais elle ne cherche pas à séduire à tout prix. Elle veut établir une relation d'« homme à homme ». Son cœur est une forteresse maintes fois assiégée, elle décourage les plus assidus, et s'abrite derrière son travail. L'aventure politique la passionne, elle est convaincue qu'on peut agir sur la vie des gens, combattre les injustices et les lenteurs du progrès social.

Depuis sa majorité, elle ne s'est pas occupée de son divorce avec Charles de La Barrère. Elle n'a pas le temps, et finalement ce n'est pas plus mal ainsi, elle jouit du statut de femme mariée. Avec un mari absent, mais bel et bien mariée. Elle affiche sur ses cartes de visite ce titre et ce patronyme qui font d'emblée leur effet. Dans la vie de tous les jours de vieux réflexes français perdurent, Mme de La Barrère en impose plus que Sonia Vassiliev. Ses camarades dans le parti, pour la plupart d'origine modeste, conservent un certain respect pour les grandes familles et les seigneurs de province. On n'efface pas si vite des siècles de privilège. Les « aristos » ont une façon à eux de se tenir, de parler, irritante parfois mais qui ne manque pas de charme. Ils sont une espèce en voie de disparition. Leur élégance sert encore dans la diplomatie, la haute magistrature, la littérature, la mode.

Le grand-père de Sonia avait été annobli par le Tsar, petite noblesse militaire qui valait bien la grande par sa rigueur, son dévouement et ses principes de fer. Les Français voient les cosaques comme de grossiers mousquetaires, aussi Sonia ne dit pas « je suis la fille d'un cosaque », elle dit « je suis russe blanche, fille d'un soldat du Tsar ».

Un poste de sous-préfète lui a été proposé dans le Jura, mais elle a préféré attendre des heures plus fastes pour la SFIO qui peinait sous la IVe République. Son mentor, Pierre Mendès France, n'a pas voulu entrer dans le gouvernement de Guy Mollet, elle l'a suivi dans ce choix, qu'elle approuve et défend. La question clé qui divise la SFIO est l'indépendance de l'Algérie, et la guerre que Mendès France trouve stupide et inutile. Avoir raison trop tôt lui a nui. La France, même de gauche, n'est pas encore prête pour la décolonisation. Et comme toujours la droite mène une politique de gauche et la gauche s'enfonce dans une politique réactionnaire. L'aile droite a vaincu l'aile gauche, Mendès France est passé à la trappe. De Gaulle, homme du XIXe siècle, homme conservateur, sera celui qui finira par débrouiller l'affaire. Avant lui les socialistes n'y sont pas parvenus.

À la suite du référendum, de Gaulle prend la France en main. Un beau jour de 1958, à sa grande surprise, Sonia est nommée secrétaire d'État aux Femmes enseignantes au ministère de l'Éducation nationale de Jean Berthoin. Ce haut fonctionnaire radical-socialiste a été appelé par de Gaulle dans son premier gouvernement. Pierre Mendès France conseille à Sonia d'accepter. Le Général n'a pas l'habitude de confier des responsabilités politiques aux femmes. Éventuellement, si elles sont jolies…

Sonia prépare ses dossiers d'arrache-pied, elle collecte toutes les statistiques sur le sujet depuis la guerre, en effet il y a une recrudescence des institutrices dans les écoles primaires. Elle s'engage avec ferveur dans ses nouvelles fonctions, quand, quelques semaines après sa nomination, la foudre lui tombe sur la tête. *Le Canard enchaîné* titre son édition du jour :

SONIA DE LA BARRÈRE :
le père de la Secrétaire d'État était un Waffen-SS.
Que fait de Gaulle ?

En dessous une photo de très mauvaise qualité. Une file d'hommes en uniformes allemands. Le visage de l'un d'eux est entouré d'un cercle blanc.

Sonia scrute fiévreusement la photo avec une loupe, elle cherche le regard de son père, mais l'image reste incertaine, les hommes de ce bataillon se ressemblent tous. Impossible sur ce cliché flou de reconnaître Vassia Vassiliev. Son cœur bat, ses membres se crispent, elle est abasourdie par ce qu'elle lit, qu'y a-t-il de vrai, d'où vient cette information, cette photo ?

Elle appelle son secrétariat, faites une enquête immédiatement, appelez ce journal, payez ce qu'il faut pour en savoir davantage, j'arrive au bureau, je serai là dans dix minutes.

Elle abandonne dans la cuisine son petit déjeuner, elle attrape son manteau et son sac dans lequel elle fourre le journal et file.

La réaction du ministre n'a pas tardé, elle est convoquée dans son bureau.

Jean Berthoin est un homme sévère qui a une haute idée de sa fonction. De Gaulle l'a choisi pour sa rigueur et son honnêteté bien qu'il appartienne à la mouvance radicale-socialiste peu favorable au Général.

– Qu'est-ce que c'est cette histoire, madame ?

Sonia est livide.

– Je n'en sais rien, monsieur le ministre. Je n'ai pas de nouvelles de mon père depuis dix-sept ans, je pensais qu'il s'était engagé auprès de l'armée soviétique en 1944, mais je n'en étais pas sûre. Mes enquêtes n'ont rien donné à ce jour. Je ne le reconnais pas sur cette photo…

– Voyons, madame de La Barrère, vous deviez connaître ses opinions. Il ne s'est pas enrôlé dans l'armée de Libération, avec ses camarades d'origine russe, nous l'avons vérifié.

– J'avais douze ans, monsieur, nous vivions en Corrèze, un jour il est parti, je n'ai plus rien su après…

– Bien madame, je vous prie de procéder à des vérifications sur cette publication, et de nous apporter les preuves de vos dires.

Sonia sort du bureau du ministre les jambes flageolantes. Dans le hall, elle tombe en se cognant la tête contre une table basse et se blesse.

À l'hôpital on lui fait quelques points au front et à la lèvre, et on la met sous sédatifs. Solange accourt, gouverne le ballet d'infirmières et chasse les paparazzi qui souhaitent accéder à la chambre en brandissant sa canne, car elle vient d'être opérée de la hanche.

La presse s'est emparée de cette affaire, la vie de Sonia est étalée, salie d'innombrables mensonges, elle serait la fille naturelle d'un comte et d'une danseuse russe, elle aurait eu une liaison avec Pierre Mendès France et avec Joseph Kessel, elle serait une espionne du KGB ou un agent de la CIA, au choix. Solange protège Sonia de cette avalanche de vilenies, mais ne peut éviter de transmettre un message urgent à Sonia :

– Chérie, le Général veut te voir, il te donne rendez-vous vendredi à l'Élysée, à dix-huit heures.

Le vendredi à dix-huit heures pétantes, Sonia se présente à la guérite d'accueil de l'Élysée, on la dirige vers le bureau de l'ordonnance du Général, qui jouxte le bureau du président. Sonia attend dix minutes à peine, et on la fait entrer chez de Gaulle.

– Asseyez-vous, madame. Vos blessures cicatrisent-elles ?

Comment sait-il qu'elle s'est blessée ? Il se tient informé de tout ce qui concerne ses troupes, ce chef infaillible.

– Oui, monsieur le Président, on doit juste m'enlever quelques points à l'arcade sourcilière. Je suis désolée de…

– J'espère que votre visage ne gardera pas de marques, ils sont bons au Val de Grâce.

Il sait même qu'elle a été soignée dans l'hôpital des armées…

Il regarde la jeune femme droit dans les yeux et après un temps, il dit :

– Alors, racontez-moi votre histoire. Soyez précise et brève.

Sonia brosse un portrait de son père Vassili Vassiliev, raconte son passé de cosaque, sa crise morale quand il abandonna La Motte pour aller suivre ses chimères, comment elle fut prise en charge par Charles de La Barrère qui eut pitié de cette orpheline d'origine russe, et l'échec de ses vaines recherches en Union soviétique et en république soviétique d'Ukraine pour retrouver sa trace. Elle ne cède à aucun pathos, mais elle ne peut retenir ses larmes quand elle montre au Général la photo de Vassia sur son cheval, sa haute stature, son visage franc et ses yeux transparents.

– C'est la seule photo que j'ai de lui, je ne crois pas que l'homme du journal soit mon père. J'attends les conclusions de l'enquête.

– Nous les attendons nous aussi dès que possible. Votre père aurait pu rejoindre l'armée du général Vlassov en 1943 qui regroupait de nombreux cosaques avec la Wehrmacht. Vous comprendrez que nous ne pouvons pas vous garder à votre poste, Jean Berthoin va vous indiquer nos dispositions.

– Je comprends, monsieur le Président, mais si c'était avéré, suis-je responsable des folies de mon père ?

– Non. Mais la France est loin de Kiev.

Après ces mots mystérieux, le Général se lève, précède Sonia jusqu'à la porte et lui tend la main avec un sourire charmeur.

– Je vous remercie, madame. Prenez soin de votre joli visage russe.

Ainsi la carrière politique de Sonia fut interrompue pour plusieurs années.

Sonia

Mars 1959

Les sources du journal disaient juste : un Vassili Vassiliev figurait sur la liste des blessés de la bataille de Kiev, sur le front de Jytomyr. Il possédait le passeport Nansen numéro AS 93311 délivré à Genève le 24 février 1931. Son engagement dans le régiment des Waffen-SS datait du 17 juillet 1943. Il avait sans doute été victime d'une bombe soviétique. Il n'y avait pas d'autres indications.

Ces informations avaient été remises à l'état-major des Forces alliées, puis déposées à la cour de Nuremberg, au moment des procès. Tout le bataillon a été reconnu coupable d'exactions sur les civils, de pillages, de violences et de tortures, et condamné globalement. Les quelques survivants croupissent dans des prisons allemandes.

Sonia s'arme de courage et décide d'aller enquêter elle-même. Elle veut rencontrer ces soldats tant qu'ils sont encore vivants pour connaître la vérité sur son père.

Grâce aux relations de Solange, elle se munit d'un passeport diplomatique et d'un ordre de mission de l'armée française. Elle part seule dans sa Peugeot, sans chauffeur ni assistant, il s'agit d'une sorte de voyage initiatique, elle doit l'accomplir seule. Elle aura bientôt trente ans, elle fêtera son anniversaire près de Dresde ou de Stadelheim où sont situées les grandes prisons allemandes.

La route est longue et sinistre, la traversée de la Lorraine où l'on voit encore les traces des bombardements de la guerre, les villages peu reconstruits. Elle roule obstinément, soutenue par son désir de clarté et de vérité. Elle a un seul contact, le consul de France à Munich qui a promis de lui fournir un interprète, son allemand n'étant pas suffisant pour se faire comprendre des interlocuteurs qu'elle aura à interroger. Des directeurs de prisons, des prisonniers de diverses nationalités, des magistrats et des policiers. Elle détient une liste de quelques noms, le ministère des Affaires étrangères a collaboré avec gentillesse, un ancien compagnon de l'ENA en poste auprès du service des Anciens Combattants a été d'un grand secours. Mais de larges zones d'ombre demeurent, ces soldats d'un genre à part se sont cachés pendant longtemps, puis se sont rendus ou ont été dénoncés. Pour ceux qui ont survécu. La plupart sont morts ou se sont volatilisés dans des pays qui ont bien voulu les accueillir.

Sonia pense à son enfance insouciante à La Motte, comment aurait-elle pu imaginer le mal-être de son père, il s'efforçait de ne pas le montrer, de donner à sa fille aimée l'illusion du bonheur, d'une vie familiale protectrice et sans heurts. Enfant désirée et adorée, elle tient sa force de cet amour, un capital fondamental pour elle, une source d'optimisme et une promesse de simplicité : l'avenir serait tapissé de fleurs et de sourires.

S'il s'est éloigné, s'il a combattu pour se mettre en paix avec sa conscience, elle ne peut pas en vouloir à Vassia. Il a juste fait le mauvais choix, il s'est lancé dans une impasse qui l'a conduit à la mort. Sonia veut savoir comment il a vécu ces mois de fugue et de guerre. Quelqu'un se souviendra bien de lui, aura gardé un objet, une lettre, un livre. Vassia lisait beaucoup, il avait passé cette passion à sa fille.

Elle roule sous la pluie, les paysages plats de l'Allemagne défilent, elle se dit que les habitants de ces plaines ont besoin d'autre chose, de soleil, de mouvement, de fantaisie. Ils migrent chaque été sur les plages de l'Adriatique, ils oublient leur morne existence de travail et de devoir pour écouter les crooners italiens dans les « *ballere* », les immenses salles de danse et de variété qui jalonnent les côtes, ils s'ébrouent dans de passagères aventures sexuelles, puis ils reviennent là, dans ces villages, ces villes grises et propres, noyées dans le brouillard et la culpabilité de l'après-guerre. Les Allemands se redressent, leur patience et leur discipline auront raison de la honte, mais les blessures de la conscience sont plus longues à guérir que celles des corps.

Sa première étape est la prison de Stadelheim, à Munich. Le plus grand établissement pénitentiaire d'Allemagne. Elle descend à l'hôtel Vier Jahreszeiten, un peu de confort n'est pas négligeable pour affronter la croisade qu'elle entreprend. Le consul viendra la voir demain matin à l'hôtel avec Olaf, le traducteur, un Letton de la deuxième génération d'émigrés en Allemagne. Elle dîne dans sa chambre, un *Topf im Feuer,* pot au feu qui lui rappelle le dîner à Berlin avec Mendès France. Elle se couche sous la couette glissante des lits bavarois et s'endort comme une bûche, après toutes ces heures de route.

La prison de Stadelheim est immense, au milieu d'un parc semblable à celui d'un hôpital. Des prisonniers s'y promènent, certains jouent d'un instrument, de la guitare, de la trompette, du tambourin. Les enceintes grillagées sont cachées derrière des arbres. Comment des architectes aussi humains ont-ils pu concevoir la rigueur des camps autrefois ? Évidemment ce ne sont pas les mêmes, Speer et ses sbires ont fini derrière les barreaux, mais une telle différence laisse pantois.

Le directeur est une directrice, sa moustache lui confère cependant une autorité masculine. Sonia montre la photo de son père, Frau Karlsberg n'a pas eu de prisonnier qui lui ressemble, il y a au pavillon des détenus politiques un Bulgare qui a vécu la bataille de Kiev, mais il est assez agité, on a du mal à obtenir de lui des phrases cohérentes. Sonia demande à le rencontrer, ils sont conduits au parloir où on l'amènera.

Olaf et Sonia attendent une bonne demi-heure, puis un gardien ouvre la porte métallique et fait entrer un homme grisonnant, au teint blême des malades mentaux. Il paraît très inquiet, Sonia le rassure d'une voix douce en russe, ce qui affole encore plus le pauvre Bulgare et se présente.

– *Menia zavout Sonia Vassilievna Vassiliev.*

Elle tend la photo de Vassia, et demande :

– Mon père était sur le front de l'Est, l'avez-vous connu, par hasard ?

L'homme tremblant devant elle se calme légèrement et regarde la photo, qu'il rejette brusquement.

– *Ich kenne keinen Vassia, keinen Vassia !*

Il ne connaît aucun Vassia, aucun homme du nom de Vassia.

– *Er ist mein Vater, ich suche ihn, nur das…* C'est mon père, je le cherche, ce n'est que ça.

Mais l'homme est soudain secoué de gestes de défense, il remue les bras devant lui, le gardien doit le retenir sur sa chaise.

Sonia essaye de lui prendre la main, sans succès, il n'y aura rien à tirer de cet homme perturbé. Elle le regarde encore longuement en silence, mais il ne s'apaise pas, et le gardien met un terme à l'entrevue en l'entraînant fermement hors de la pièce.

Sonia ramasse la photo tombée par terre, et se lève, chagrinée et découragée.

Le deuxième entretien est plus officiel, un chef de la police a accepté de la recevoir. Un homme rondouillard qui veut à tout prix paraître sympathique, qui lui offre un café et un chocolat Beluga bien munichois. Non, aucun prisonnier politique n'a été transféré après la guerre dans les prisons bavaroises, vous les trouverez peut-être à Dresde ou en République démocratique allemande. La plupart de ces fuyards sont morts ou ont changé de nom, parfois de visage.

– Mon père n'était pas un lâche, je suppose qu'il croyait sincèrement que l'armée allemande gagnerait. Ce n'était pas un criminel, il était perdu. Il avait subi de telles violences dans son enfance, à Saint-Pétersbourg…

– *Sicher, sicher.* Bien sûr, bien sûr… C'est votre père, vous voulez l'aimer, c'est compréhensible et honorable. Je vous souhaite bonne chance, madame.

Sonia reprend la route vers Dresde, triste mais pas abattue. Elle a conscience de ne pas être au bout de ses peines, un long périple l'attend, qui requiert patience et opiniâtreté.

Une ambiance de décor de cinéma flotte sur la ville entièrement reconstruite avec des matériaux uniformes, de la même couleur brune. Dresde a enduré les pires destructions le 13 février 1945, les incendies au napalm et les bombes à répétition. Tout fut détruit. L'efficacité allemande est parvenue à la remettre debout, mais pas à ressusciter son âme. On a le sentiment qu'il n'y a rien derrière les murs, dont on ne nous montre que la façade autoritaire. Les immeubles et les fontaines revêtent la rigidité du défi obstiné de leur édification, on est mal à l'aise devant un tel déploiement architectural, qui restitue scrupuleusement les prouesses du Moyen Âge et des époques successives. C'est beau mais ça sonne faux. Le sang qui a coulé souille encore les places et les trottoirs, sous les pavés neufs.

La prison est dans un bourg un peu en dehors du centre, le directeur est un ancien officier de réserve malheureux de sa nomination dans ce poste. Il accueille Sonia poliment, il n'avait reçu aucune instruction malgré les courriers qu'elle avait envoyés à la Rathaus, la mairie, et au Militärgericht, le tribunal militaire, sur les conseils de Charles. Néanmoins il est disposé à venir en aide à cette jeune femme courageuse sur les traces de son père blâmable.

– Nous avons plusieurs détenus étrangers, depuis l'époque des grands procès, des Turcs, des Serbes et des Roumains, mais pas de Russes, ni d'Ukrainiens dit-il en allemand. Je peux vous montrer la liste, avec leurs photos et…

– Je cherche des anciens Waffen-SS, qui se trouvaient sur le front de Jytomyr, en Ukraine. Cela vous dit quelque chose ?

– Nous n'avons pas le détail du passé de ces hommes, ils mentent en général, et ne reçoivent jamais de visites.

Il sort un grand dossier contenant des fiches retenues par des spirales métalliques, et le dépose devant Sonia.

– Les nationalités supposées de ces personnes sont indiquées au coin à droite. Je vous laisse éplucher ce répertoire, bien que je n'en aie pas le droit. Bonne chance. Je reviens dans une demi-heure.

Sonia et Olaf auscultent minutieusement le grand livre, avec la difficulté due à l'écriture manuscrite, délavée par endroits. Ils relèvent deux ou trois sujets qui ont l'âge, le physique et le profil de Waffen-SS. Sonia n'espère pas retrouver son père parmi ces prisonniers, elle est persuadée qu'il est mort, elle cherche seulement un témoignage, une trace qui lui permettrait de reconstituer le chemin qu'il a emprunté. Elle retient trois fiches, un Serbe, un Chypriote et un Italien de la Légion étrangère qui a vécu en Érythrée.

Sonia montre ces noms au directeur qui dépêche un gardien pour aller leur demander s'ils acceptent de rencontrer Sonia.

Vingt minutes plus tard le gardien revient bredouille, aucun ne souhaite parler à cette dame inconnue. Sonia insiste. Peut-elle les voir dans leur cellule ?

– *Verboten.* C'est parfaitement interdit, madame. Si vous voulez, vous pouvez attendre la promenade de quatorze heures. Je vous accompagnerai pour les identifier. Je vous conseille d'aller déjeuner à l'auberge du village, ils font des soupes délicieuses.

Sonia et Olaf se résignent, ils ne sont pas venus jusqu'ici pour caler au premier obstacle. La démarche ne mènera peut-être à rien, mais au point où ils en sont, autant saisir la moindre possibilité d'information.

La *Stube* sent le chou et la graisse de porc, mais au moins il fait chaud dans l'auberge, et Sonia se détend un peu.

– Vous avez remarqué le voile qui recouvre tout ce qui s'est passé dans ces années-là, dit Sonia à Olaf en avalant sa soupe brûlante. Personne ne veut parler. Ce directeur connaît parfaitement les charges qui pèsent sur chacun de ses locataires.

– Ils ont tous un père ou un grand-père qui a cru au nazisme, il faut les comprendre. Du jour au lendemain ils étaient hors-la-loi. Chez moi, à Riga, c'était encore pire, les gens craignaient d'être fichés soit hitlériens, soit communistes ! Ils se démènent pour n'apparaître nulle part, détruisent les archives, les journaux d'époque, la correspondance, les photos. Ici, les prisonniers ne veulent pas endosser tous les crimes du nazisme.

– La morale autorise la vengeance, qui n'est jamais morale. Mais moi je ne veux accuser personne, comment le leur faire comprendre ?

– Votre sincérité, Sonia, seule votre sincérité les convaincra.

Elle repose sa cuillère et s'essuie les lèvres avec la serviette rugueuse.

– Dans d'autres pays j'aurais tenté la corruption, en Italie, au Liban, mais ici je sens bien que ça ne marcherait pas !

– Vous pouvez essayer avec le Chypriote, s'il n'y a pas de témoins...

Ils rient tous les deux, cet Olaf plaide peut-être pour sa chapelle. Espère-t-il un bakchich ? Il n'est qu'un interprète, à moins que les services secrets ne l'aient mandaté pour la surveiller ? Elle le sonde depuis un moment, il est impénétrable, ce qui le désigne encore davantage dans le rôle d'espion.

Depuis son éviction du ministère, Sonia se surprend à se méfier de tous, elle s'en veut, la vie est un enfer si on ne fait confiance à personne. Les faiblesses humaines suffisent aux trahisons pour qu'on n'y ajoute pas la perfidie et les mauvaises intentions. Mais il est bon de ne pas céder à l'angélisme, les turpitudes existent, elles brouillent notre chemin de proche en proche.

Les prisonniers bénéficient d'une récréation d'une heure dans une grande cour entourée de bancs de pierre. Certains jouent aux cartes, d'autres au fond tapent dans un ballon de foot, les mélancoliques rôdent seuls et les comploteurs font le tour de l'enceinte en marchant deux par deux. Le directeur et Sonia les observent à travers une porte vitrée au bout d'un préau grillagé.

– Le petit, là, c'est Fatih, le Chypriote. Voulez-vous que je l'appelle ?

Sonia fait oui de la tête.

Le directeur ouvre la porte avec une clé, la referme derrière lui à clé, et s'avance vers un homme voûté, à moitié chauve. Sonia le voit parlementer avec le Turc, qui se laisse finalement entraîner vers le gymnase où se trouve Sonia.

– Vous êtes la Française ? J'ai vécu à Marseille. Je parle un peu le français.

Sonia fait signe à Olaf et au directeur de les laisser seuls, elle attend que la porte soit fermée pour dire :

– Je cherche mon père. Comme vous il a combattu avec les Allemands. Il est mort à Jytomyr.

Elle montre la photo de Vassia.

– Attention, moi pas battu avec Allemands ! dit Fatih. Moi avec Turcs, avec les Jeunes Turcs contre Arméniens, dans le Caucase.

– Oui, mais vous étiez sympathisants de Hitler, non ?

– *Nein, nein.* Je ne sais rien, votre père connais pas, demandez à Blagomir, il était en Russie. Cigarette ?

Sonia ne fume pas, elle n'a pas de cigarettes, elle fouille dans son sac et sort un billet de vingt marks qu'elle glisse dans la main du Chypriote.

– Merci Fatih, bon courage.

Le directeur est dans la cour en grande conversation avec Olaf. Sonia tape à la vitre pour se faire entendre.

– Il est un peu sourd, le directeur, ricane Fatih.

Il donne de grands coups dans la porte jusqu'à ce qu'Olaf se retourne. Le directeur accourt, il ouvre la porte avec sa clé et laisse sortir Fatih qui passe devant lui d'un air goguenard.

– Je voudrais voir Blagomir, le Serbe, dit Sonia. Est-il là ?

– C'est le gros type qui joue aux cartes là-bas, je vais l'appeler.

Même procédure, le directeur ouvre la porte à clé et la referme consciencieusement.

– Alors ? Ce Turc ? demande Olaf.

– Rien. Il n'était pas sur ce front-là.

Elle n'en dit pas plus. Elle regarde à travers la vitre le directeur s'approcher des joueurs, et attendre quelques minutes que la partie soit finie avant d'interpeller le

Serbe. De loin, la négociation a l'air rude. Le directeur revient seul.

– *Nein*, rien à faire, il ne veut pas.

– Tenez, montrez-lui la photo, et dites-lui que je le récompenserai.

Le directeur retourne à la charge, Sonia voit le Serbe jeter un coup d'œil à la photo sans la toucher. Finalement, il pose ses cartes et traverse mollement la cour en direction de Sonia.

– *Dobryï dienn*, Blagomir. Bonjour. Reconnaissez-vous cet homme sur la photo ?

L'homme hésite un long moment puis il dit en russe :

– On dirait Armin, mais je ne suis pas sûr.

– Armin ? Mon père s'appelait Vassia…

– Les officiers nous changeaient de nom pour effacer les différentes nationalités. Je ne me souviens pas comment il… Qu'est-ce que vous me voulez ? Je n'ai rien à voir avec lui !

– Vous l'avez vu ? Où ?

– Cet Armin-là a sauté sur une mine, mais il n'est pas mort. On l'a emmené sur une civière, en petits morceaux. Ils l'ont abandonné dans un mouroir quelque part en Ukraine, près de Jytomyr. Après je ne sais plus rien, nous avons dû battre en retraite, moi j'étais blessé, je saignais comme un veau.

Il relève sa manche et montre une profonde cicatrice qui court tout le long de son bras.

Sonia a soudain une idée fulgurante :

– Est-ce qu'il portait sur lui une toute petite icône peinte sur un bouton de nacre ?

Le Serbe la regarde comme si elle était un policier ou un juge. Il a subi tant d'interrogatoires. Il ne répond pas.

Sonia sort un autre billet de vingt marks, pensant qu'il faut donner la même chose qu'au Turc, pour éviter les bagarres.

– *Pojalouïsta*, s'il vous plaît, essayez de vous souvenir.

Devant le regard implorant de la jeune femme, le Serbe lâche :

– Peut-être. Ah, il était orthodoxe, ça oui. Il se signait avant de manger, ce Russe-là.

Sonia pourrait l'embrasser. Son père se signait avant les repas, debout devant sa chaise, et bénissait le pain. Et si cet Armin était Vassia ?

– Merci, Blagomir, tenez.

Elle lui tend le billet en priant le directeur de fermer les yeux.

De retour à Dresde, elle se tourmente dans son lit d'hôtel. Il faudrait qu'elle aille sur place, à Jytomyr. Impossible d'entrer en Ukraine depuis la fermeture du Rideau de fer, il n'y a qu'un seul passage, par la Roumanie, encore faut-il se présenter bardé de visas et de passe-droits très difficiles à obtenir. Seule dans sa voiture occidentale, elle s'exposerait aux bandits de grand chemin qui pullulent dans ces régions orphelines. De surcroît, pas sûr qu'elle trouve de l'essence, sinon insuffisamment raffinée, qui encrasserait son moteur. Ce voyage n'est pas raisonnable, il mérite d'être soigneusement préparé. Elle reviendra donc à Paris et l'organisera sagement, en prenant toutes les dispositions nécessaires.

Elle se tourne et se retourne dans son lit, le visage adipeux de Blagomir ne la quitte pas, de même que l'espoir qu'il a fait naître.

Vania

Septembre 1961

Une grande fête s'annonce à La Barrère : le banquet de la fin des vendanges. Charles a souhaité l'organiser dans les règles, un déjeuner dans la cour pour les vendangeurs et le soir au château, un dîner assis par petites tables rondes de huit personnes pour les notables du coin et quelques personnalités de Paris. On annoncera le lancement du vin « Château La Barrère » dont l'étiquette a été peinte par Vania : un Bacchus ailé qui vole au-dessus de la tour du château. Une petite révolution dans le monde ultra classique des vignerons et des négociants bordelais. Cette image secrète sera dévoilée au dernier moment. Un bal clôturera la soirée.

Sonia et Solange sont arrivées avec quelques jours d'avance pour prêter main-forte, Solange dressera les tables et fera les bouquets tandis que Sonia orchestrera la présentation du vin, les discours et la musique. La vaisselle de La Barrère dormait dans des caisses depuis quinze ans, du Limoges blanc à fil d'or orné sur le bord du blason comtal. Germaine et Viviane, une fille de ferme qui est venue l'aider, rincent toutes ces assiettes près du lavoir dans de grandes bassines d'eau savonnée.

L'argenterie ne sera pas suffisante, on louera des couverts au traiteur qui fournira le repas, mais les verres de cristal oubliés sur les étagères du salon vont reprendre du galon, il devrait y en avoir assez.

Pour le déjeuner des saisonniers Germaine cuisinera une daube, et ses fameux clafoutis dont tout le monde raffole. On fabriquera une longue table avec des tréteaux surmontés de portes en guise de plateaux, habillés de draps de lin blanc qui feront d'excellentes nappes. Vaisselle et couverts de campagne, sans changement d'assiette du début à la fin du repas, pour le dessert on la retourne et on mange le fromage et les gâteaux sur l'envers. En entrée foie gras obligatoire, avec une salade du jardin. On sautera la lamproie à la bordelaise, avec la chaleur de ce mois de septembre étouffant elle risque de tourner, comme la daube qu'il faudra surveiller. On la remplacera par une poêlée de pibales, si on en trouve. Le tout arrosé du vin de la coopérative, l'année dernière n'était pas mauvaise, les prévisions sont meilleures pour cette année.

Pour le souper on attend cent personnes, Solange et Sonia s'ingénient à composer les tables, en mêlant protocole et équilibre Paris-province, afin de ne chagriner personne. Les provinciaux sont susceptibles, les femmes transpirent de complexes vis-à-vis des Parisiennes et se mettront sur leur trente et un. Les organzas et les mousselines fleuriront, on va bien s'amuser, se promettent les deux hôtesses, qui prévoient de porter leurs sobres petites robes noires. Sonia a laissé pousser ses cheveux, elle espère que le coiffeur d'Argentat sera capable de lui faire un chignon. Solange se coiffe elle-même, toujours les mêmes coques, toujours les mêmes peignes sur les côtés. Ses cheveux sont presque totalement blancs maintenant, elle ressemble à la marquise de Grand-Air dans *Bécassine.* Elles s'affairent à disposer les tables dans le salon et la salle à manger vidés de leurs meubles, sous les yeux vigilants de Charles dans son fauteuil roulant.

– Attention ! Ne malmenez pas ce paravent chinois, il est très fragile, il tient debout par miracle !

Un nuage de poussière s'échappe dudit paravent.

– Depuis combien de temps ne fait-on pas le ménage chez toi, mon cousin ? plaisante Solange. Tu ferais bien de virer ces vieilleries qui tombent en morceaux !

– Ces vieilleries, ma chère, plaisent à Sonia qui n'est pas aussi radicale que toi, avec tes commodes et tes sièges Art Déco qui ressemblent à du mobilier de bureau !

Charles et Solange se taquinent depuis des années, l'un pour son conservatisme, l'autre pour son aspiration à être à la page. Sonia, il est vrai, s'en fiche un peu de tout cela, mais elle est fidèle aux objets qui ont jalonné son adolescence. Un jour, il faudra se débarrasser de quelques-uns, et refaire les peintures. Mais elle aime tant ce vieux château tel qu'il est, elle craint de le dénaturer en le modernisant. Elle a la délicatesse de ne rien imposer à Charles, il est chez lui et choisit l'agencement des pièces, des tableaux et des tapis. Sonia a seulement modifié l'éclairage qui était lugubre, elle a supprimé les lustres et disposé des lampes avec de grands abat-jour sur tous les guéridons et les consoles.

– Il faudrait des bougies sur les tables, avons-nous des bougeoirs ? demande-t-elle à Albert qui pousse un canapé contre un mur.

– Quelle horreur, geint Charles, il y aura de la fumée partout, adieu mes rideaux et mes tapisseries !

– Non Charles, les bougies ne fument plus maintenant, la guerre est finie. On peut s'équiper de photophores si tu crains les coulées de cire. C'est si joli sur les visages, la lumière des chandelles…

– Je ne vois pas pourquoi tu me demandes mon avis, puisque tu as décidé…

Sonia va embrasser son vieux Charles sur le front, il ne lui refuse pas grand-chose.

– Et ce soir, tu vas me raconter ton histoire de randonnée de l'autre côté du Rideau de fer, s'il te plaît.

– Oui, oui, Charles, on a le temps. Nous n'avons pas encore tout réglé, j'attends les musiciens qui vont me faire écouter leurs morceaux, j'espère qu'ils ne seront pas trop catastrophiques…

– Le conservatoire de Tulle nous les envoie, ce devrait être une référence, plaide Charles. Et toi, est-ce que tu vas chanter ?

– Charles ! Tu me vois pousser la romance russe au milieu de ces Franco-Français ? Quelques chansons à boire, peut-être, mais je laisserai Vania les entonner, il a le coffre pour ça !

La bonne humeur règne, Charles est ému de voir le château revivre et Sonia s'affairer avec énergie. Ces derniers temps elle était d'une tristesse navrante, il était inquiet pour elle. Les révélations sur son père l'ont anéantie, et le voyage en Allemagne ne l'a guère consolée.

L'actuel boulot de Sonia est peu satisfaisant, on l'a mise dans un placard à la Commission Charbon et Acier qui tente de faire entrer le Royaume-Uni dans la coopération européenne. Elle avoue son peu d'atomes crochus avec les Britanniques, rétifs à toute négociation. Ils ne cèdent sur rien et ne pensent qu'à leurs intérêts, matérialistes jusqu'à la corde. Les Français sont plus casse-cou, plus enclins à défendre la veuve et l'orphelin. Mais elle n'en dit rien, elle travaille consciencieusement, sans exprimer d'opinion, tel que se le doit tout haut fonctionnaire.

Côté cœur Sonia a tenté un flirt avec un jeune professeur d'économie, un garçon surdoué qui n'arrivait pas à finir ses phrases tant sa pensée allait plus vite que les mots, mais elle n'était pas amoureuse, l'histoire se termina en quenouille, elle oublia un rendez-vous et il ne le lui pardonna pas.

Elle vit seule, avec Choucha, un gros matou qui l'attend devant la porte quand elle rentre dans son appartement parisien. Les amoureux putatifs se sont tous cassé les dents, aucun n'a eu grâce à ses yeux. Dans son for intérieur elle pense que les Français ne savent pas aimer, son sang russe réclame la passion. Elle n'attend plus Raphaël, il n'a jamais fait signe. Il y aura bien un Kurde, ou un Vénézuélien, ou un Slave quelconque qui se présentera et saura la séduire. Elle a eu un coup de cœur pour un chef d'orchestre israélien mais il était marié et collectionnait les maîtresses, Sonia a fini par le mépriser.

Pour l'heure elle remplit son rôle de comtesse, avec amusement et dévotion. Ce Charles, cet homme imparfait et gauche lui a donné tout ce qu'il avait, elle ne peut pas l'oublier. Elle est liée à lui quoi qu'il arrive, elle a des devoirs et des responsabilités à la hauteur des bienfaits reçus.

Vania a trouvé sa place grâce à lui, et grâce à elle. Voilà déjà une belle récompense. Il vieillit en ronchonnant, mais jamais il ne prétend à une reconnaissance ou à un droit qu'on ne lui aurait pas accordé. Il ne s'inquiète pas pour son avenir, il pense, en bon Russe, que le destin accomplira son travail, inutile de chercher à le contrer, ou à l'aménager. Ce sens de la fatalité provient du fond des âges : Dieu décide pour nous et Il a des raisons que nous ne pouvons percevoir, misérables humains que nous sommes. À l'heure de notre départ tout s'éclairera, et nous rejoindrons la beauté de l'Éternel. De notre vivant, l'important est de ne pas faire de mal autour de nous, de secourir les faibles et de railler les forts qui tentent de nous écraser. La naïveté cosaque de *diadia* Vania fait sourire Sonia.

La présence de Vania a adouci le caractère de Charles, ils s'empoignent en disputes homériques sur des sujets futiles, mais sur l'essentiel ils se soutiennent et se complètent.

Sonia est fière de cette réussite, elle a eu l'intuition que cette association consoliderait deux vies. Des frictions éclatent parfois, des échos lui parviennent jusqu'à Paris, mais l'alliance est solide, les tracasseries de la vie commune sont un détail sur lequel on ne s'appesantit pas.

Le matin de la fête, Sonia sort Kniejna pour que le remue-ménage ne l'effraie pas, les écuries ouvrant sur la cour où se déroulera le repas de fin de vendanges. Elle la monte jusqu'à la ferme, chez le nouveau métayer qui peut l'héberger dans sa grange. Sonia parle à sa jument comme à une personne :

– Kniejna, ma cocotte, tu vas passer la journée et la nuit ici, ce n'est pas chez toi, je suis bien d'accord, mais ce sera mieux que la pagaille qui se prépare devant ta demeure, crois-moi. Je reviendrai te chercher demain, promis juré, et nous irons faire une promenade jusqu'à la rivière, tu es contente ? Sois sage, ma fille, ne boxe pas les chiens et ne mange pas ton licol, entendu ?

Elle revient à pied jusqu'au château et sur le chemin elle admire les coquelicots tardifs et les chardons violets qui lui rappellent les décorations dans l'église de La Motte pour les fêtes de Pâques et de Noël. Elle s'assied au bord de l'étang, sur le banc de pierre maculé de taches de couleur, Vania est passé par là avec son chevalet et ses peintures. Un instant de paix matinale avant une journée tourbillonnante. Elle pense à Vassia, ce père qui a préféré ne jamais vieillir dans le souvenir de sa fille, cet homme mystérieux qui s'est jeté dans le précipice de son rêve. Qu'a-t-elle hérité de lui ? Son idéalisme ? Sa faim de beauté, de loyauté ? Le bonheur passe-t-il par ces aspirations-là ? Ne s'est-elle pas enfermée dans l'intransigeance de sa jeunesse, dans un orgueil qui lui impose de ne pas flancher, de résister au besoin de tendresse et de compassion ? Pourquoi s'interdit-elle de penser à une famille, à des enfants, à des vacances au bord de la mer, à des moments de farniente et de médiocrité ? Elle est bien la fille de Vassia, et plus le temps passe, moins elle est prête aux concessions. Elle sera une femme-homme, elle n'appartient à personne, c'est peut-être son destin. Elle dérobe au présent des moments joyeux comme cette fête à La Barrère, ce n'est pas si mal.

Le déjeuner fut sensationnel, Germaine s'était surpassée et les quarante vendangeurs se sont régalés. Ils ont gardé leur chapeau de paille car le soleil tapait dur sur la cour plein sud, les hommes allaient de temps en temps tremper leur tête dans le bassin de la fontaine sous les rires et les acclamations. Les quelques gitans habituels, embauchés chaque année pour la saison, ont sorti leurs guitares. Sonia a chanté avec eux, abolissant toute distance entre les châtelains et les ouvriers agricoles. Charles et Solange se sont retirés pour une sieste tandis que Sonia est restée jusqu'au bout, bavardant avec chacun et posant des questions. La vie des autres l'intéresse, la réalité n'est jamais comme on croit, et là-haut, à Paris, ses confrères feraient bien d'écouter les gens.

Vania vient la chercher : il est temps d'aller chez le coiffeur, lui-même a pris rendez-vous chez le barbier pour une coupe et un rasage complet. Sa barbe drue devient difficile à mater, une épreuve à laquelle il renonce pendant des jours.

Le long de l'allée de mélèzes, quelques vendangeurs allongés sous les arbres pour une juste digestion saluent le passage de la voiture avec des gestes emphatiques qui témoignent de leur état d'ébriété. Les raisins sont dans les cuves, le travail est terminé, on se reverra l'année prochaine.

La soirée tranche avec les agapes du midi. Cocktail sur la terrasse ouest du château, au-dessus des douves. On admire le coucher de soleil derrière la colline et les pins parasols qui se détachent en ombre japonaise sur le ciel rougeoyant. Une odeur aigrelette de raisin écrasé remonte jusqu'au château bien que le chai soit loin, plus bas vers la rivière. Germaine, Viviane et sa sœur Marthe arborent un costume régional pour faire le service : blouse brodée, jupe rouge fermée par un grand ruban bleu, une guirlande de feuilles de vigne piquée de fleurs des champs dans les cheveux. Sur le tablier on lit, brodé au point de croix : « Château La Barrère ». On n'a pas indiqué l'année, ces oripeaux pourront servir une autre fois. À l'apéritif on boit du champagne, ou du Lillet blanc, très apprécié dans la région.

Charles a mis son smoking dans lequel il n'entrait plus, il a fallu le découdre derrière, mais comme il est toujours assis, ça ne se verra pas selon Solange. Derrière le fauteuil roulant, Vania porte une veste de vigneron de coton noir, également brodée « Château La Barrère ». Son front blanc toujours protégé du soleil par sa casquette barre en deux son visage bronzé. Il s'est inondé de parfum pour couvrir la transpiration inévitable de cette journée animée.

– Vania, tu aurais pu mettre le même parfum que moi, on ne sait plus ce qu'on sent... lui reproche Charles.

– Il fallait me le donner, monsieur le comte, je ne vous l'aurais pas barboté sans permission.

Il roule encore les R russes et vouvoie le comte tandis que Charles le tutoie. C'est ainsi depuis le début, et ça ne changera pas.

Sonia apparaît, rayonnante dans une robe bustier de faille noire, avec un large nœud posé sur les fesses comme sur un paquet cadeau. De grosses boucles d'oreilles américaines en bakélite blanche pendent le long de son cou, deux bracelets assortis s'entrechoquent en castagnettes à son bras. Elle a dû retaper le chignon du coiffeur en l'aplatissant un peu. Elle va saluer le préfet et sa « dame » engoncée dans un fourreau écarlate. Elle jette un coup d'œil circulaire sur les personnes déjà arrivées.

Soudain son regard se fige. Quelqu'un qu'elle reconnaît vient d'entrer. À son bras une femme très brune, des créoles dorées aux oreilles. Elle s'avance vers lui, ébahie.

– Monsieur Durieux... C'est vous ?

– Sonia ! Ma chère Sonia. Comme vous avez changé...

– Pas vous, monsieur…

– Appelez-moi Casimir, je vous en prie. Je savais que je vous verrais ce soir, mais je n'ai pas voulu m'annoncer, pour vous faire la surprise. C'est ma femme Carmen qui est invitée, elle est maire de Treignac. Moi je suis son prince consort !

Ils vont s'asseoir un peu à part sur un banc en rotin, et se tiennent les mains, très émus tous les deux.

– J'ai suivi vos ridicules déboires dans le gouvernement de l'impitoyable de Gaulle. Je ne suis pas son fan, vous pouvez l'imaginer, mes opinions n'ont pas changé…

Durieux dirige maintenant une grosse usine de papier, et une imprimerie d'où sort le journal *La Montagne* tous les matins. Il a épousé Carmen, une Espagnole fille de Républicains émigrés, ils ont deux enfants, ils vivent à Clermont-Ferrand mais Casimir a gardé sa baraque à Brive, où ils cultivent un potager et un verger.

Une question brûle les lèvres de Sonia :

– … Et Raphaël ? Avez-vous gardé le contact avec Raphaël ?

– Raphaël est avocat maintenant, il vit à San Francisco, il est marié, il a deux enfants lui aussi. Je n'ai pas de nouvelles depuis deux ans, mais il m'avait parlé de vous, il disait que vous seriez un jour au Memorial Yad Vashem en Israël !

– Il est avocat ? Comme c'est triste. Je voyais un métier plus noble pour lui…

Puis ils changèrent de conversation, ils parlèrent de La Motte, de vin, de la Guerre d'Algérie, Durieux était toujours aussi vif, aussi péremptoire. La gauche devait prendre le pouvoir, on ne pouvait pas courber l'échine éternellement.

Solange les interrompt, on réclame Sonia pour les discours, elle doit accueillir les propriétaires de Château Pavie qui ont prêté leur œnologue pour piloter la vinification du Château La Barrère, et le critique anglais qui fait la pluie et le beau temps dans les terroirs en ce moment.

Sonia déploie ses talents d'oratrice et de femme du monde, les discours et les applaudissements se succèdent et on passe enfin à table.

– J'ai oublié mes lunettes, Sonia ma chérie, dit Charles, peux-tu aller les chercher dans ma chambre, Vania est en cuisine, il aide Germaine.

Elle monte rapidement le grand escalier, pas mécontente de s'arrêter une minute pour faire pipi. Elle entre dans la chambre de Charles qu'il a réinvestie depuis qu'on lui a installé un ascenseur, et fonce dans la salle de bains. Sur le côté de la cuvette, un petit meuble déborde de journaux et de revues en toutes langues. Sonia va pour les ranger, elle en prend un, deux, une pile entière de publications pornographiques aux images explicites, des femmes jambes ouvertes qui se font lutiner par des gaillards aux phallus surdimentionnés, des hommes entre eux, des femmes entre elles, des trios, des chaînes de bouches libidineuses sur des sexes turgescents. Elle est horrifiée. Elle repose ces horreurs dans le meuble, referme les petites portes et se met à rire toute seule. Charles Ignacio se donne des joies en regardant ces photos… Elle sort de la salle de bains sans bruit, attrape les lunettes sur la table de chevet avant de redescendre en vitesse, encore sonnée par sa découverte.

Le dîner se prolonge, ennuyeux et compassé. Sonia est fatiguée de la journée au soleil et des efforts mondains qu'elle a dû déployer. Elle a hâte de remonter dans sa petite chambre, d'enlever cette robe qui lui taillade les aisselles, et de penser, seule.

L'évocation de Raphaël a agi comme un orage, une tornade qui emporte tout sur son passage, et laisse le paysage gommé par les pluies. Son amour de jeunesse est tombé à ses pieds comme de la paille mouillée. Sa jeunesse tout entière est morte, elle n'a pas la force de pleurer. Elle est seule, encore plus seule. Elle mourra comme son père, dans l'indifférence et l'incompréhension.

Dans le hall, avant de monter l'escalier, elle voit Vania avachi sur une banquette, le col déboutonné, un torchon à la main. Elle va s'asseoir près de lui, pose sa tête sur son épaule et laisse ses larmes couler.

Sonia

1961

C'est le grand jour. Sonia prend un avion pour Bucarest, de là elle louera une voiture pour aller en Ukraine. Elle a rendez-vous avec un réalisateur de documentaires et son assistant qui feindront de filmer son voyage « sur les traces de sa famille »... L'idée d'être accompagnée par un cinéaste roumain lui a été donnée par son ami François Reichenbach, qui serait bien venu lui-même s'il n'était pris par un tournage.

Elle part de l'aéroport d'Orly, fraîchement inauguré par le général de Gaulle. Elle admire l'architecture audacieuse de l'aérogare, vaste et lumineuse, ses immenses baies vitrées. Il paraît que Khrouchtchev pleura en atterrissant, lors d'un voyage officiel, à la vue de tant de modernité. Le tronçon d'autoroute vers Paris, flambant neuf, l'acheva. Il était décomposé quand il arriva à l'ambassade. Des témoins des Affaires étrangères, venus l'accueillir, le racontèrent à Sonia. La France entretient un drôle de rapport avec le progrès, elle lui résiste puis elle fait des bonds en avant, plus osés que prévu.

Radu, c'est son nom, n'est pas venu la chercher à l'aéroport Bàneasa, il n'a pas de voiture et l'autobus pour y aller a été supprimé. Ils ont rendez-vous à l'hôtel pour étrangers où descendra Sonia dans le centre-ville, à dix-neuf heures. La République populaire de Roumanie est tenue d'une main de fer par l'émule des Soviétiques, Gheorghe Gheorghiu-Dej. La misère règne à Bucarest comme dans les villages.

Sonia avait pris la précaution de prévenir l'ambassade de son arrivée, ils lui ont aimablement envoyé une voiture, car les taxis sont rares et flibustiers, ils menacent de séquestrer les bagages si on ne leur paye pas les sommes astronomiques qu'ils réclament à l'arrivée. La voiture officielle est une vieille Mercedes qui affiche un million de kilomètres au compteur, raconte le chauffeur roumain en rigolant. Celle de l'ambassadeur est un peu plus jeune, mais pas énormément.

– Monsieur l'*ambassador* m'a donné cette lettre pour vous, dit le chauffeur en tendant une enveloppe.

Le diplomate lui souhaite la bienvenue mais s'excuse, il est en déplacement à Constanza, sur la mer Noire, il ne pourra pas la recevoir. Il lui souhaite un bon séjour, et si elle a besoin de quoi que ce soit, les services sont à sa disposition, bla bla bla, etc. Tant mieux. Il lui épargne une visite protocolaire qui l'aurait obligée à mentir sur le but de son voyage. Elle empoche la lettre à en-tête de l'ambassade de France, toujours utile en cas de blocage quelconque.

Radu l'attendait dans le hall de l'hôtel Luxor, assis sagement sur un fauteuil en skaï rouge. Bien que Sonia porte de sobres vêtements de sport, pas de bijou, pas de montre en or, sac à dos et chaussures plates, elle dégage une élégance française qui ne trompe pas. Il se lève et s'approche d'elle timidement :

– Bonjour madame de La Barrère. Je suis Radu Galeanu, je vous souhaite la bienvenue à Bucarest.

Son français parfait surprend Sonia.

– Bonjour Radu, votre accent est excellent, vous avez étudié en France ?

– Non madame, je n'ai jamais mis les pieds en France, mais j'ai vu tous les films de Marcel Carné et de Jean Renoir. Je connais les dialogues de *La Règle du jeu* et des *Enfants du paradis* par cœur.

– Le cinéma est le meilleur pédagogue qui soit, sourit Sonia. On comprend un pays et un peuple par ses films. Surtout les chefs-d'œuvre, comme ceux que vous citez ! Je monte ma valise, je me lave les mains et je redescends, vous permettez ? Pourrions-nous dîner quelque part ?

Sonia voit le visage de Radu s'assombrir.

– Oh madame, en dehors de l'hôtel, je ne vois pas où…

– Très bien, très bien. On dînera ici, pas de problème. Prenez une table et commandez-nous une bouteille de vin roumain.

Encore de l'embarras sur la tête de Radu.

– Désolé, il faut que vous le commandiez… Seuls les étrangers ont le droit de …

Sonia est confrontée aux restrictions et aux diktats de la Securitate dès son arrivée.

– D'accord, d'accord, je reviens tout de suite.

Sa chambre *single* est collée à un monte-charge qui grince et s'arrête avec un bruit de secousses métalliques. Elle demande à être transférée dans une autre chambre, le groom pâlit, il faut le tampon du directeur pour tout changement, à cette heure-ci il est déjà parti, on ne le verra que demain matin. Elle y renonce pour cette nuit, et vérifie qu'elle a bien pris ses boules Quies.

Les rideaux trop étroits pour la fenêtre laissent passer la lumière d'un néon qui court tout autour de la corniche de l'hôtel. Pas de persiennes et d'ailleurs la fenêtre est scellée, on a enlevé la crémone. Un vilain tapis oriental moderne est posé en travers de la pièce, sans logique. Il est loin du lit et loin des deux fauteuils en moleskine. Une lampe solitaire pend du plafond et des ampoules incorporées bordent le montant du lit. Le robinet du lavabo ébréché de la salle de bains crache une eau rougeâtre par intermittence. Sonia s'essuie avec l'unique serviette rêche et se marre dans le miroir. Ce ne sera pas une croisière trois étoiles…

Le dîner ne modifia pas l'impression de Sonia : le brouet transparent, le saumon sec et salé et la piquette n'égalèrent que le pain noir compact et les *sarmale* réchauffés, petits pâtés grossiers au chou et à la chair à saucisse. Radu mangeait avidement, tout lui semblait excellent.

Ce garçon sympathique, sorti de l'école de cinéma avec des lauriers, se passionne pour l'histoire des invasions de l'Asie centrale aux Balkans. Il profitera du voyage que lui propose Sonia pour filmer certaines de ses recherches. Gengis Khan et Alexandre le Grand sont ses idoles, ils ont envahi les grandes plaines de l'Ukraine, chacun à son tour.

– Je souhaite visiter les hôpitaux militaires et les maisons de retraite autour de Kiev, jusqu'à Jytomyr, comment pouvons-nous les recenser ? demande Sonia sans expliquer ce qu'elle cherche.

– Je vais me renseigner auprès d'un ami dont le père était médecin de l'Armée rouge, il est très âgé maintenant mais on ne sait jamais. La voiture sera un pick-up Lada, on prendra des réserves d'essence en Roumanie, et un ordre de mission des Bucuresti Film Studios validé par le ministère des Transports, j'ai un cousin qui y travaille. Nous entrerons en Ukraine par Cernauti/Tchernowitz, c'est le seul passage. Je sais que vous avez des papiers qui vous permettent d'entrer dans cette partie de l'URSS, mais, pour ne pas éveiller les soupçons, je vous donnerai le passeport de ma fiancée, elle est un peu plus jeune que vous mais elle a les yeux bleus comme vous. Vous ne parlerez pas, on dira que vous êtes handicapée de la parole, nous vous conduisons chez un célèbre médecin à Kiev qui soigne les personnes dans votre cas. Muette mais pas sourde. Ça existe.

Sonia ne peut pas s'empêcher de sourire. Elle remarque que son convive parle à voix basse, pour ne pas être entendu des micros probables.

– Nous sommes écoutés, c'est certain, chuchote Radu, tous les clients de cet hôtel sont immanquablement surveillés, mais comme leurs micros sont défectueux, on ne craint rien.

Ils conviennent d'un rendez-vous dans deux jours, les visas ne seront pas prêts avant, Sonia pourra visiter le musée de l'Athéisme qui contient d'admirables icônes et voir un spectacle au Théâtre national, les acteurs roumains sont excellents. Ils jouent une pièce de Goldoni en ce moment, auteur classique autorisé par le régime.

Ils se serrent la main sans que Radu lui donne ses coordonnées.

– À demain, dit-il, je vous accompagnerai au théâtre, c'est à dix-huit heures à Bucarest, soyez prête à dix-sept heures trente, nous irons à pied, ce n'est pas très loin.

Radu arriva très en retard, Sonia l'attendait devant l'hôtel, assez nerveuse, elle a toujours détesté les personnes qui ne sont pas ponctuelles. Mais dans un pays où tout est difficile, il faut sans doute être indulgent. Ils se rendirent au théâtre presque en courant, et s'engouffrèrent dans la salle pendant la sonnerie du début du spectacle, non sans avoir troqué leurs chaussures contre des chaussons qui n'abîment pas les parquets, distribués au vestiaire par une sévère ouvreuse, à la manière des pays de l'Est.

I Rusteghi, Les Rustres, est joué en italien, que les Roumains comprennent, beaucoup de racines sont communes entre les deux langues. Le faste des décors et les costumes tranchent avec la grisaille de la vie dehors, à croire que l'imaginaire compte davantage que le réel dans ce pays. Une mise en scène audacieuse, mêlant comédie et ballet, d'une précision drastique, on sent les heures de répétition.

– Le monde change, mais on a toujours besoin de théâtre et de cinéma ! dit Radu avec enthousiasme.

– Vous avez raison, on peut se passer de tout, sauf de raconter nos rêves.

Le matin du départ, Radu inspecte les bagages de Sonia, l'air perplexe.

– Votre valise et votre sac sont beaucoup trop occidentaux, il vaudrait mieux que vous ne les emportiez pas. De même que votre dictionnaire français-ukrainien et votre carnet d'adresses. Je suggère que vous transvasiez vos affaires indispensables dans ce sac, dit-il en lui tendant une sorte de besace militaire. Nous laisserons votre valise chez ma mère, vous la retrouverez en revenant.

Sonia, interloquée, réfléchit rapidement :

– Mais alors ma marque de dentifrice, les étiquettes de mes vêtements, mon rouge à lèvres, tout est suspect ?...

– Ici on est relativement tolérants, mais en Ukraine, je ne sais pas. Nous devons nous montrer le moins intrigants possible.

Ils passent toutes les affaires de Sonia au peigne fin, décousent des étiquettes, arrachent les marques dans les chaussures, jettent les emballages des médicaments, on n'imagine pas combien d'indices de provenance nous trimballons. Les livres et dictionnaires sont remisés, ainsi que l'appareil photo Leica qui risque la séquestration, côté roumain ce coup-ci.

– Non, cette veste rouge, je la prends Radu, je vous en prie. Il n'y a aucune étiquette, aucune marque de tailleur.

L'assistant de Radu ne parle pas un mot de français, il baragouine le russe, obligatoire dans les écoles. Il a la mine triste d'un clown blanc, il obéit à son maître comme un chien de berger. Mais il est musclé, soulever de lourdes malles ne lui fait pas peur. Elles contiennent du matériel de prise de vue, et des vivres, de l'eau, du pain, du sucre et de l'huile, denrées précieuses en Ukraine, savent-ils. Et trois sacs de couchage, on ne sait jamais.

La fiancée de Radu est venue lui dire au revoir, une petite rousse au corps trapu et aux yeux bleu-vert en effet. Elle confie son passeport à Sonia, laquelle dépose le sien, non sans un certain pincement au cœur, dans la valise qui séjournera dans la famille de Radu. L'heure est au courage des décisions immédiates, ce qu'elle entreprend n'a pas de mode d'emploi défini.

– Et mes dollars ? Qu'est-ce que je fais avec mes dollars ? S'ils me fouillent, ils les trouveront inévitablement...

– Gardez-les, ils seront utiles. Devant un billet vert les réticences s'effacent... Mais cachez-les bien. Je suggère la housse du parapluie, ou la boîte des suppositoires à la glycérine, excusez-moi de l'indélicatesse, j'ai vu que vous en aviez.

Sonia roule les dollars en un petit tube serré, et le planque dans le manche creux de son parapluie pliant qu'elle glisse dans une poche latérale de son sac à dos. Son pépin a passé l'examen, il est neuf mais neutre, on fait les mêmes en Roumanie, des imitations de celui-là.

À la tombée de la nuit ils arrivent à la halte prévue par Radu, une maison de pierre aux balcons de bois qui héberge les pèlerins des Maramures, églises du XVIe siècle. Les chambres à l'étage sont sommaires mais propres, un lit, une chaise, un lavabo. Les toilettes au bout du couloir. En bas une grande table unique réunit tous les hôtes. On mange une soupe au chou et des *sarmale* très corrects, avec du cidre et de la *palinca,* de l'eau-de-vie de prune, pour ceux qui en veulent. L'ambiance est rustique et chaleureuse, les serveurs souriants, bien plus qu'à Bucarest. Radu fait signe à Sonia qu'il vaut mieux qu'elle se taise, entendre du français pourrait paniquer les gens. Radu et Gicu, son assistant, parlent roumain entre eux à voix haute. Pour se faire comprendre de Sonia, Radu écrit en français sur un petit carnet : « c'est du porc », ou « fromage local », « demain sept heures, ça va ? », « on a une longue route à faire ».

Sonia se sent prisonnière de ses deux accompagnateurs, et de la surveillance draconienne qui enserre ce pays. Elle se plie aux ordres, elle s'est fixé un objectif, elle ne compromettra pas ses chances de l'atteindre. Elle mange en silence, sans lancer le moindre regard au couple qui vient de s'installer à côté d'eux, et ne tarde pas à se lever en faisant signe qu'elle monte se coucher dans sa chambrette.

Elle dort comme un plomb et ne fait aucun rêve.

La frontière avec l'Ukraine, à Siret, est précédée de deux barrières de barbelés roulés, sinistre souvenir de la guerre et des camps. La première est surveillée par l'armée roumaine réputée pas commode, la deuxième par les Russes, qui ne plaisantent pas non plus. Le poste-frontière ressemble à une écluse, de hauts murs garnis de miradors surplombent la route des deux côtés. Les voitures et les camions s'engagent dans le passage en chicane un par un, les passagers sont priés de sortir des véhicules et de monter dans un bureau à l'étage.

Un type pointilleux, grisé par son pouvoir, épluche les documents, dévisage les personnes. Sonia se tient au fond de la pièce, l'air absent. Radu et Gicu parlementent, expliquent, tentent un mot d'humour. Sonia comprend que le fonctionnaire pose la question : « Avez-vous de l'argent, des devises ? » Radu montre ce qu'il a déclaré. L'homme prend une grosse coupure du petit paquet et la met effrontément dans sa poche, sans sourciller. Quel culot. Quelles mœurs. Sonia bout intérieurement, mais elle s'en tient à jouer son rôle de muette. Le douanier se penche plusieurs fois pour la regarder, il la montre du doigt en s'adressant à Radu, qui s'empresse de raconter son histoire abracadabrante. On dirait que ça passe, Sonia entend le bruit sec des tampons, et des ciseaux qui découpent quelque chose.

En bas, les gardes ont inspecté la voiture de fond en comble, ils ont ouvert les malles, les valises, soulevé le pneu de secours, les sièges, tapé la carrosserie, un chien renifleur est monté dans le coffre, il s'est attardé sur la trousse de toilette de Sonia qui doit avoir gardé l'odeur de son parfum Caron qu'elle avait pourtant éliminé. Toute l'opération a duré une bonne demi-heure, ils peuvent repartir, équipés du précieux sésame qui les autorise à séjourner quatre jours en république socialiste soviétique d'Ukraine, pas un jour de plus, retour obligatoire au même poste-frontière à la même heure.

Dans la voiture, passés quelques kilomètres, ils éclatent de rire tous les trois. On les a bien eus, l'histoire de la fiancée muette a marché, c'est comme ça les machinations, plus c'est gros plus ça passe !

– Il faudra pourtant que je parle, à un moment ou à un autre, que j'interroge des personnes. Comment on fera ?

– On dira que le médecin vous a guérie !

La première étape est à Kamenetz Podolski, où Radu doit rencontrer un colonel à la retraite, indiqué par son ami médecin de l'Armée rouge. Ils trouvent l'adresse sans difficulté, la ville se réduit à trois avenues parallèles et une grande place.

Le colonel les reçoit sans les faire attendre, et Sonia lui demande en russe :

– Quand les prisonniers étaient blessés, pendant la Seconde Guerre mondiale, qu'en faisait-on ? On les exécutait ? On les emprisonnait ? On les soignait ? Où les mettait-on ?

– Vous me posez une question difficile. Je ne m'occupais pas des prisonniers. Mais il me semble qu'on déposait les blessés dans un hôpital ou un dispensaire militaire.

– Où se trouvaient ces hôpitaux, près de Jytomyr ?

– Il y en avait plusieurs, à Kiev plutôt. Sous le feu des combats on n'avait pas trop le temps de trimballer les prisonniers…

– Bref, vous les laissiez mourir, là où ils étaient ?

– Non, non. S'ils avaient de la chance, ils étaient hébergés par des civils, qui se chargeaient de les soigner. Les médecins étaient débordés, les nouveaux équipements militaires, les chars, les mitrailleuses faisaient beaucoup de blessés.

Sonia note le nom des hôpitaux et hospices dans la région où les combats les plus durs se déroulèrent en 1943, et remercie le vieil homme de son accueil.

Ils passèrent la nuit dans un hôtel miteux, le seul de la ville. Le lendemain ils repartirent munis des adresses confiées par le colonel. Sonia percevait dans tout son corps une fébrilité croissante impossible à réfréner. Elle entrait dans les terres que son père avait parcourues, elle voyait les frondaisons et les ciels qu'il avait regardés, les cours d'eau et les fontaines où il avait peut-être bu.

Le premier hôpital est installé dans une grande propriété qui avait appartenu à une famille de riches koulaks déportés en Sibérie en 1940, le parc garde des vestiges de grandeur, une allée de sapins, un étang à moitié desséché entouré de bancs de guise. Le toit est recouvert de plaques de tôle provisoires jamais remplacées. Le médecin chef les reçoit dans son bureau, son stéthoscope ballotte autour de son cou sur une blouse tachée de traces de sang.

– Vassia Vassiliev ? Non, nous n'avons eu personne de ce nom. Il y a longtemps, vous savez. Moi j'avais vingt ans, je n'étais pas encore diplômé.

– Ou Armin… insiste Sonia.

– Non, je suis désolé. Ici nous avons surtout des accidentés du travail, des mains coupées, des fractures d'omoplates, de genoux.

Sonia montre les autres adresses que lui a données le colonel.

– À l'hospice de la Liberté, à Kiev, ils ont des personnes âgées, des soldats, peut-être…

– Merci, docteur. Y a-t-il quelque chose que nous puissions faire pour vous ?

L'homme réfléchit et dit en russe :

– Si vous connaissez du monde en haut-lieu, dites-leur de nous envoyer du matériel, une table d'opération, des lits, nous n'avons rien. Et des médicaments contre les empoisonnements dus aux pesticides, nous ne savons pas comment les soigner.

Sonia sort un billet de cinquante dollars de sa cachette. Le médecin le prend avec reconnaissance, se lève et l'embrasse chaleureusement.

Ils roulent vers Kiev en espérant arriver avant la nuit. Un hôtel sera plus facile à trouver dans la capitale. Le téléphone semble ne pas exister dans ce pays, on se présente en personne, seules les agences de voyages d'État réservent à l'avance, pour les groupes. Les voyageurs isolés sont regardés d'un œil inquisiteur. Du tourisme, en cette saison ? Des visites individuelles ? Ça ne se peut pas. Il faut s'expliquer, décliner son identité, les raisons du voyage. On a rendez-vous avec un célèbre otorhinolaryngologiste qui doit soigner ma fiancée. Les passeports sont prélevés à l'entrée et ne seront rendus qu'au départ.

À l'hospice de la Paix et de la Liberté, le directeur confie Sonia à deux infirmières biélorusses qui gèrent le quartier des grands blessés de guerre. Un pavillon séparé en contrebas de la bâtisse aux fenêtres grillagées qui porte le doux nom de Liberté gravé au-dessus du perron. Sonia décrit son père aux deux femmes en blouse grise, une petite coiffe de la même toile encerclant leurs cheveux. Elle ne leur montre pas la photo de Vassia qu'elle a pourtant sur elle, dans la poche intérieure de sa veste. Elles écoutent Sonia en hochant la tête, un homme d'une soixantaine d'années avec des yeux très bleus, un ancien cosaque, non, elles ne voient pas. Elles ne travaillent ici que depuis dix ans l'une, et huit ans l'autre. Elles proposent d'aller parler avec les anciens résidents de la maison.

Sonia parcourt les couloirs carrelés de chambre en chambre, suivie de Radu qui la filme. Gicu tient la perche du son. Le spectacle de ces épaves, sans bras, sans jambes, au visage balafré ou au crâne cabossé est difficile à supporter. Sonia ravale la nausée qui monte dans sa gorge, elle doit tenir le coup, elle s'approche du but, son instinct le lui dit. Aucun de ces hommes ne se souvient, Vassia, Armin, on ne connaît pas. Quand du fond du couloir arrive un unijambiste qui trottine sur ses béquilles :

– Armin ! Mais c'est Vassiliev ! Je le connais, il était dans notre bataillon. Je suis Tatarinoff, Misha Tatarinoff. Lui, il est… (Il fait un signe de la main qui signifie : il n'a plus toute sa tête.) Il vit chez Helga, à

Jytomyr. Elle est venue le chercher pour l'emmener chez elle.

Sonia prend le bras d'une infirmière qui ne peut pas la retenir et elle s'écroule sur le carrelage.

À l'arrière de la Lada, Sonia ne regarde plus le paysage par la fenêtre, elle regarde droit devant elle, muette pour de bon. Les routes sont défoncées, quelquefois barrées par des inondations, de longs détours ralentissent leur trajet. Les paysages ukrainiens suintent la désolation et l'abandon. Ces terres fertiles, le grenier de l'Europe autrefois, s'étendent à perte de vue, ravagées par les plans quinquennaux. Il ne reste plus qu'un jour, l'échéance de leur visa est le surlendemain à midi. Les garçons respectent le silence de Sonia.

Ils arrivent à Jytomyr à la nuit tombée et constatent que le seul hôtel est complet. Après d'âpres négociations on leur accorde une salle au rez-de-chaussée où ils pourront dérouler leurs sacs de couchage sur des bancs.

Sonia s'installe sans renâcler, la situation réveille ses souvenirs de Laffrey, au camp des Vitiaz, quand ils montaient les tentes ou dormaient à la belle étoile les nuits de pleine lune. Autant de signes qui la rapprochent de Vassia, son père. Ce père magnifique qui savait tout faire, qui montait à cheval comme un dieu, qui chantait et jouait de la guitare et cuisinait les chachliks comme personne.

Ils n'ont pas l'adresse de cette Helga, mais ils ont le nom d'un psychiatre de l'hôpital, il n'y en a qu'un dans cette ville. La maison de santé où il exerce, sorte de dispensaire conjugué à un asile, est située aux abords de la ville, dans une cité blockhaus construite dans les années cinquante, et pas tout à fait terminée. Le professeur Markus reçoit au bureau 59 B, au premier étage.

– Bonjour madame, dit-il en français. Je vous attendais.

– Vous parlez très bien le français…

– Non, pas très bien. Mais j'adore Maupassant, et Flaubert. Je les lis depuis le lycée.

– On vous a prévenu, donc ?… Les nouvelles vont vite entre médecins dans ce pays où les communications sont…

– Je soigne M. Vassiliev depuis dix ans, il me parle français parfois, et c'est pourquoi je sais… Votre père a été touché à la nuque, au rachidien, il a… perdu la mémoire. Mais il vit paisiblement auprès de Mme Helga Bergman, qui a souhaité le prendre à sa charge. Voici son adresse. Elle est avertie de votre visite.

Helga habite une petite maison en périphérie de Jytomyr, le long d'une voie ferrée. Un rayon de soleil éclaire soudain la façade où pousse une glycine souffreteuse. À la fenêtre, une femme guette derrière les carreaux.

Sonia entre dans le minuscule jardin et monte les deux marches vers la porte d'entrée, qui s'ouvre avant qu'elle ait sonné. Une femme très grosse la salue :

– *Dobryï dien*, Sonia. *V khoditié, pojalouïsta.* Entrez, je vous en prie.

Un homme aux cheveux blancs est assis dans un fauteuil près d'un poêle. Sonia attend un long moment avant de dire :

– *Papa, eta ia, Sonietchka…*

Vassia lève ses yeux transparents et dit d'une voix chevrotante :

– *Kto ? Kto vy ?* Qui ? Qui êtes-vous ?

Sonia s'approche de lui et lui prend la main, qu'il retire aussitôt. Il se tourne vers Helga avec affolement.

– *Kto ana ? Chto ana khotchit ?* Qui est-ce ? Qu'est-ce qu'elle veut ?

Sonia pleure doucement et répète :

– Sonia, Sonietchka, ta fille…

Mais Vassia ne réagit pas, il regarde les flammes à la petite lucarne du poêle, puis il bâille et s'appuie sur le repose-tête en fermant les yeux.

Sonia l'observe longtemps, puis elle demande si elle peut se laver les mains. Helga l'accompagne dans une pièce d'eau qui fait office de cuisine et de salle de bains, et referme la porte sur elle. Au bout de quelques minutes Sonia, vêtue de la veste rouge de cosaque, revient devant Vassia qui tient toujours les yeux fermés.

– *Papechka, pomnich ?* Mon petit papa, tu te souviens ? C'est l'uniforme de ton père, tu me l'as donné.

Vassia ouvre les yeux. Un tressaillement fugace est vite remplacé par son regard amorphe.

Radu filme de loin. Ils sont pétris d'émotion et de pitié. Sonia leur fait signe d'arrêter, plus d'images, qu'on la laisse seule avec son père.

Elle se met à parler à Vassia, en français, en russe, elle parle, elle parle sans que l'homme en face d'elle ne manifeste la moindre réaction. Il la regarde fixement, immobile, et elle voit une larme perler au coin de ses yeux vides.

Vania

1962

Vania se fait beaucoup de souci. Six jours sans nouvelles de Sonia, elle avait promis d'appeler un jour sur deux, au moins. Cette embardée chez les Soviétiques lui déplaît et l'inquiète. Que veut-elle obtenir vingt ans après ? Pourquoi s'acharne-t-elle ? Tout ce qu'elle peut apprendre sera détestable, et faussé, à coup sûr. Les souvenirs de guerre sont les plus remaniés, les plus transformés. La lâcheté et l'horreur sont occultées, et c'est mieux ainsi, il faut effacer les traumatismes de ce déferlement d'images de mort, de paniques vécues, et de blessures. Pourvu qu'elle ne soit pas affectée par ce qu'elle entendra, ce qu'elle verra. Sonia est forte, mais comme le chêne elle peut tomber d'un coup tandis que le roseau fragile oscille.

Il est curieux de ce qu'elle racontera de là-bas, comment sont les gens, comment résistent-ils au communisme, ou peut-être l'aiment-ils ? Sont-ils plus heureux que nous ? On dit qu'en Union soviétique l'illettrisme a disparu, que les livres sont gratuits et les soins dans les hôpitaux aussi. La fibre humaine qui s'exprime dans notre musique et nos chants d'église s'est-elle appliquée au rêve égalitaire du socialisme ?

Vania attend le témoignage objectif et franc de Sonia. L'écho de la terreur régnante est douteux, ici, trop de mauvaises langues cultivent la haine du communisme. Des millions de personnes vivent là-bas, se débrouillent, inventent des modes de vie, des amours, des passions différentes, peut-être incandescentes.

Avec le temps, Vania a relativisé sa rancœur primitive. Loin de ses anciens compatriotes qui se sont éparpillés à travers la France et dans d'autres pays, loin de ses traditions et de sa religion (l'église orthodoxe la plus proche est à Limoges), il a une vision plus distendue du partage du monde Est-Ouest, illustré par cette guerre froide ridicule et surjouée par les deux parties. Il pense que les torts sont répartis des deux côtés, que la stigmatisation fabrique les conflits entre les peuples. Et que dire des mensonges propagés dans le but de se persuader d'être dans le bon camp ?

La vérité, si elle vient à apparaître, est-elle la vérité ? La vérité d'hier est-elle la vérité d'aujourd'hui, et si la vérité doit détruire l'espoir, est-elle bonne à dire ?

Vania se pose toutes ces questions avec son honnêteté foncière, son désir que la paix règne et que le meilleur arrive à ceux qu'il aime. Sonia en premier lieu, sa petite fille, sa victoire et sa fierté. Ses fils, aux dernières nouvelles, ont mal tourné, ils fréquentent une bande de Marseillais qui les ont entraînés dans une affaire de clubs de naturisme quelque part sur une île. Aliocha s'est déjà marié et démarié deux fois, quant à Dima, il vit avec une gitane qui disparaît régulièrement puis revient, on n'y comprend rien. Vania a cessé de se préoccuper d'eux, ils ne parlent décidément pas la même langue. Il s'est attaché à une fille du village, la secrétaire du médecin, une fille droite et simple qui ne réclame pas plus que les quelques soirées qu'ils peuvent passer ensemble, quand le comte le libère. Il dort chez elle quelquefois, il a sa brosse à dents dans la salle de bains.

Le téléphone sonne enfin : Sonia est rentrée !

– Où es-tu ? À Paris ?

– Oui Vania. Je vais essayer de descendre à La Barrère le week-end prochain. J'ai des choses importantes à vous raconter. Je vais avoir beaucoup de travail à rattraper au bureau les prochains jours, mais je vais m'organiser.

À sa voix Vania comprend que ce voyage n'a pas été anodin. Charles aussi s'inquiétait beaucoup, Vania monte vite dans sa chambre pour lui donner la bonne nouvelle : Sonia est revenue !

– Tu aurais pu me la passer ! J'ai le téléphone dans ma chambre !

– Elle était pressée, elle n'avait pas le temps de parler, elle viendra ce week-end. Elle avait une voix grave, elle a dit qu'elle avait des choses importantes à nous dire. *Boge moï*, pourvu qu'elle ne veuille pas retourner là-bas !

– Vania, tu es un con, tu aurais dû m'appeler !

– Charles, monsieur le comte, vous êtes têtu, je vous ai dit qu'elle ne voulait parler à personne !

Charles se calme un peu mais Vania se doute qu'il va appeler Sonia.

– Laissez-la tranquille, je vous en prie, elle est débordée de travail au bureau.

Il sort de la chambre, pas convaincu que le comte lui obéisse. Il monte dans sa propre chambre, le cœur léger, Sonia est revenue !

Assis dans le salon de La Barrère, Charles et Vania sont suffoqués. Sonia vient de leur livrer la nouvelle fracassante : Vassia est vivant, elle l'a rencontré, elle lui a parlé.

Elle poursuit, la gorge nouée :

– Pour l'aider à vivre un peu mieux, si j'envoie de l'argent, ou des colis, il faut que cela ne se sache pas. Les jalousies et les soupçons de connivence avec l'Occident empoisonneraient l'existence de Helga, qui n'a pas besoin de ce supplément de difficulté. Il va falloir que je réfléchisse à la manière de procéder.

Le comte n'a pas dit un mot depuis que Sonia a entamé son récit.

– Voudrais-tu le ramener en France ?

– C'est pratiquement impossible, Charles, il a des papiers soviétiques. Et puis le traumatisme du déplacement lui serait fatal. J'y ai bien pensé, j'y pense encore, mais je crains que ce ne soit pas réalisable. Je vais m'informer auprès de neurologues ici, le psychiatre à Jytomyr m'a donné une copie de son dossier médical.

– Et cette femme ?

– C'est aussi la question. Il faudrait qu'elle vienne avec lui. Elle est la seule personne qu'il reconnaît, avec laquelle il a une relation. Elle s'est entièrement dévouée à lui, elle est venue vivre dans ce trou perdu pour lui, pour le soigner et lui procurer une vie décente. Il est resté un an dans un mouroir après la guerre, elle l'a retrouvé après une enquête acharnée, et l'a sorti de là en déployant des miracles d'ingéniosité administrative et financière. Obtenir une maison individuelle dans ce pays-là, vous imaginez ce que cela exige d'opiniâtreté et de soudoiement ? Toutes ses économies y sont passées.

C'est une femme admirable, qui n'est pas en bonne santé non plus. Je tremble qu'elle tombe plus gravement malade, ce serait la catastrophe, il est totalement dépendant d'elle.

Un long silence se pose sur eux, les pensées tournoient dans leurs esprits. Vania se mouche, il n'a pas pu retenir ses larmes. Sonia a les yeux secs, elle a trop pleuré depuis huit jours. Elle se lève et va prendre son sac sur un pouf. Elle en sort un petit carnet qu'elle ouvre précautionneusement comme une relique.

– C'est le journal qu'il tenait. Les derniers mots datent de la veille du jour où il a été touché par la bombe.

Elle lit :

« *Quand on veut quelque chose, il faut être patient et constant. Je veux ton bonheur, mais je veux aussi le bonheur de l'humanité. Et la paix. La paix, hélas, se gagne avec la guerre…* »

– Voilà. Ce sont les derniers mots qu'il a écrits. Maintenant il ne peut plus écrire. Il fait des dessins, Helga me les a montrés. Des dessins d'enfant, un chien, un cheval, un soleil qui éclate dans toute la page. Depuis un moment il ne dessine plus. Il chantonne. D'étranges mélodies, quelques mots inventés. Il est beau, son visage n'est pas tourmenté. Il ne m'a pas reconnue mais ma présence l'a troublé, je ne voudrais pas qu'il rechute. Il a des crises de démence, parfois, m'a dit le médecin. Alors ils doivent le reprendre à l'hôpital, l'attacher. L'hôpital… Peut-on appeler ça un hôpital… Ils n'ont rien, les lits remontent à la guerre de quatorze, les chirurgiens opèrent sans anesthésie, de la vodka et de l'éther, c'est tout. Mais le personnel est fantastique, héroïque, humain. L'entraide est colossale, les gens ne pourraient pas vivre sans s'épauler et partager le peu qu'ils ont. J'aimerais que certains Français aillent voir comment on vit là-bas.

– Il faut quand même faire quelque chose, dit Charles. Tu ne penses pas qu'en le transférant dans une plus grande ville, Kiev ou Kharkov…

– Dans les villes c'est encore pire, ils ont du mal à se nourrir. Tous ont un jardinet à la campagne pour cultiver quelques légumes, des patates, des radis, même dans les jardins publics ou les cimetières. Le moindre lopin de terre est convoité.

– On peut leur envoyer des semences, des graines…

– Le seul timbre étranger sur un paquet peut les mettre en difficulté. Et pas sûr que le paquet arrive, qu'il ne soit pas ouvert…

Vania s'est repris et se lève brusquement. Il tape du pied et crie :

– *Tchiort Vozmi !* Jusqu'à quand durera ce cauchemar ? Que le diable les emporte ! Vous, les politiques, les chefs, comment supportez-vous ça !

Sonia hoche la tête.

– On ne le supporte pas, Vania, on ne le supporte pas. Mais les peuples choisissent leurs bourreaux eux-mêmes, parfois. Et quand il y a eu des millions de morts pour une idée, difficile de leur ouvrir les yeux. Ils ne veulent pas renier leurs pères.

– Ton père ne voulait pas mourir pour cette idée-là ! Il est une victime !

– Vania, il est vivant. Il est libre. En Allemagne il moisirait en prison. Ou il serait mort.

Vania se gratte le crâne, comme chaque fois que Sonia le gronde.

– Qu'est-ce que tu vas faire ? Tu vas raconter tout ça à tes supérieurs ? À la presse ?

– Je ne sais pas. Je vais demander conseil. Je ne sais pas.

– Nous l'avions déclaré « disparu », ajoute faiblement Charles. Je ne sais pas s'il est dans ton intérêt de…

– Charles, je t'en prie. C'est un peu tôt pour discuter de cela. On verra. On fera ce qui est juste pour lui, et pour moi. Allons dîner, je vous ai fait du navarin, c'est moi qui ai cuisiné ce soir.

Ils passent à la salle à manger, Vania pousse le fauteuil de Charles et le transvase sur sa chaise en bout de table. Germaine y a disposé, sur un petit plateau, la vodka, les œufs de saumon et les cornichons que Sonia a rapportés de son voyage.

– Je les ai pris à l'aéroport de Bucarest, payés en dollars. En Ukraine on ne les trouve qu'en vrac, dans les petits marchés kolkhoziens, je n'aurais pas pu les transporter.

Ils trinquent. Ils s'obligent à une joie frémissante alors que plane une crainte nouvelle sur l'équilibre de leur trio.

Sonia

Des mois plus tard

– Bonjour madame… euh bonjour docteur, bredouille Sonia en entrant dans le cabinet.

– Oh non, ici il n'y a pas de madame, ni de docteur. Je suis Claire, appelez-moi Claire.

– Ah… bien. Merci… Claire.

– Asseyez-vous ici, c'est mon siège le plus confortable.

– On ne s'allonge pas sur un divan ?

– Non, pas chez moi. Je suis lacanienne, on se parle, je vous parle, vous me parlez. Si vous le voulez, si vous en avez envie. Votre amie vous a parlé de moi, je suppose, elle vous a dit comment cela se passe. C'est la première fois que vous consultez une thérapeute ?

– Une psychanalyste ? Oui, c'est la première fois. Je dois vous dire que j'avais… j'ai un préjugé plutôt défavorable envers votre… science.

– Je n'aime pas le mot psychanalyste, il se veut scientifique, justement. Je préfère le terme d'accompagnatrice.

– Assez vague tout de même… répond Sonia, crispée, sur la défensive.

– Asseyez-vous et posez votre sac… où vous voulez, par terre, ou donnez-le-moi, je vais le mettre sur cette chaise. Bon sang, il pèse ! Vous transportez votre maison dans ce sac ? C'est terrible ce que les femmes peuvent trimballer ! Seule la reine d'Angleterre ne transporte qu'un mouchoir dans une aumônière qu'elle accroche à un clou sur le bras de son trône !

Sonia est de moins en moins à l'aise devant cette femme qui tente d'être drôle.

– J'ai toujours des livres et des dossiers avec moi, dit-elle.

Claire s'assied face à Sonia, de l'autre côté du bureau.

– Laissez-moi me présenter. Je suis une élève de Lacan, j'ai une formation de jungienne, c'est-à-dire que je ne pratique pas les méthodes de Freud de manière classique, il reste le fondateur de cette thérapie, mais sa théorie a évolué, les temps ont changé, les mœurs ont changé, et on traite différemment. Pour commencer, je ne soigne pas. Vous allez vous soigner vous-même, vous allez apprendre à vous connaître, et, j'espère, à vous aimer. Ma présence n'est qu'un miroir dans lequel vous allez vous contempler, mais je ne vous promets pas que vous vous verrez tout de suite. Quand on se regarde dans un miroir, un vrai miroir, on croit se voir, en vérité on vérifie qu'on a bien la tête qu'on veut présenter au monde. On est terrifié des changements, ou que notre mine trahisse quelque chose qu'on préférerait cacher. Ici, au cours de nos conversations vous allez vous offrir la liberté, le luxe je dirais, de vous regarder sans intention autre que de vous REGARDER.

Un sourire illumine le visage de cette femme aux traits quelconques. Une bienveillance attentive se dégage de sa façon de parler, Sonia ne peut pas y être insensible. Elle a pris la décision de rencontrer une psy, après des semaines d'hésitation elle a sauté le pas et a pris rendez-vous avec cette dame chaudement recommandée par une amie qui en est, elle, à sa troisième analyse, auprès de trois analystes différents. Cette Claire Bruneau est la meilleure, la plus humaine.

Sonia résiste encore :

– Vous savez, je ne suis pas très coquette, je n'ai pas le temps de me regarder dans le miroir… Chez nous, les femmes ne se regardaient pas dans le miroir. Chez nous, les cosaques. Je suis la fille d'un cosaque.

Elle repense fugitivement à sa mère et son chapeau de travers.

– Il ne s'agit pas de coquetterie. C'était une image. On ne se voit pas bien sans aide. On se voit mieux dans les yeux de quelqu'un.

– De vous ?

– Quelqu'un de neutre, de désintéressé, une étrangère comme moi, par exemple. Vous avez remarqué, les confidences se divulguent dans un train à un inconnu ou une inconnue, qui descendra à la prochaine gare en emportant les secrets. Eh bien, je puis incarner cette inconnue à laquelle vous pouvez parler tranquillement.

– Vous ne tissez pas de liens d'amitié avec vos patients ?

– Non. Interdit ! dit la psy en riant. Cela vous rassure ?

– Un peu.

– Bien. Pour commencer je voudrais que vous vous présentiez à votre tour. Que vous me disiez ce qui vous amène.

Sonia prend une respiration, et entame son autoportrait comme une corvée.

– Je m'appelle Sonia de La Barrère, née Vassiliev… Je suis d'origine russe, enfin, j'ai grandi dans une famille russe, puis j'ai été adoptée par un aristocrate français qui m'a permis de faire des études en France, de bonnes études, et voilà, me voilà, je travaille dans l'administration, j'ai obtenu les diplômes requis. J'aime mon travail. Il est plus ou moins gratifiant, mais il évolue, au fil de l'actualité. J'ai traversé une période difficile… qui n'est pas tout à fait finie, j'ai été évincée à la suite d'une affaire dont je ne suis pas responsable… mais ça se tasse, enfin j'espère.

Elle prononce les mots lentement sans regarder son interlocutrice.

– Je vis seule… j'ai eu des liaisons passagères qui ne m'ont pas passionnée. Depuis ce qui m'est arrivé, je ne puis envisager la moindre relation avec un homme, et surtout je ne dors pas, depuis des mois je ne dors pas. (Un silence.) Bon, il faut que je vous raconte ce qui m'est arrivé…

En dehors de Charles et de Vania, Sonia n'a parlé à personne de l'histoire de son père. C'est un sujet tabou. Elle a repris son travail sans rien dire à quiconque dans son entourage. Mais ses insomnies sont fréquentes. Intenables.

Elle raconte méthodiquement son voyage en Ukraine, sans rien omettre, ses espoirs de remonter le temps et de retrouver les traces de son père, et finalement ce choc terrible de le revoir, lui, vivant mais absent, loin d'elle, loin de tout. Les larmes lui montent aux yeux, débordent, coulent librement. Elle n'avait pas pleuré ainsi depuis des mois.

– Et vous avez pensé que les hommes vous abandonnent, que vous n'êtes pas désirée, pas attendue, pas recherchée…

– J'ai pensé… je pense en effet qu'aucun homme ne me conviendra jamais.

– Merci Sonia, la séance est terminée. Je veux bien vous voir la semaine prochaine.

Sonia est abasourdie par la violence de l'interruption. Elle commençait à ouvrir les vannes et cette psy la chasse de son cabinet. Elle enfile son manteau, encore tremblante de ses aveux, et sort, sans oublier de régler la consultation à la secrétaire dans l'entrée.

Dans la rue, elle s'en veut d'avoir révélé tant de choses, de s'être ouverte sans pudeur, mais elle sait qu'elle reviendra voir cette femme, et qu'elle doit aller au bout de cette expérience.

La semaine suivante, la conversation fut plus légère. Sonia parlait d'elle-même avec ironie, en se dédoublant quasiment.

– Vous comprenez, la fille d'un cosaque devenu nazi, ça en rebute plus d'un ! Ils doivent penser que je suis un monstre.

– Mais vous n'êtes pas dupe. Vous vous amusez à contredire leurs impressions, n'est-ce pas ? dit Claire avec sérieux, assise à côté d'elle exceptionnellement.

– C'est vrai, je m'ingénie à paraître irréprochable, je suis peut-être une manipulatrice, je me sers de tous les malentendus. Mais Claire, je vous le demande, quand retrouverai-je le sommeil ? J'en manque tellement qu'il m'arrive de m'endormir au bureau, en pleine réunion, je pique du nez et je dors. Ma secrétaire me réveille discrètement ! Ça la fiche mal, vous le reconnaîtrez…

– Vous dormirez quand vous aurez accepté que les hommes ne sont pas tous injustes, et que vous n'êtes pour rien dans les choix de votre père. Et que rien ne vous empêche d'aimer un homme, aussi imparfait soit-il.

– Il n'y en a pas un seul pour moi. Je les juge dès le premier instant, c'est affreux, je les démonte comme un enfant qui casse son jouet, je vois comment ils sont dedans, et je recule, je n'y vais pas.

– Il y en a bien un qui a eu grâce à vos yeux ?

Sonia réfléchit. Et elle dit, elle se dit à elle-même :

– J'ai été amoureuse à quinze ans. Un garçon qui me plaisait. Tout me plaisait chez lui. Il est parti…

– Il vous a quittée ?

– Il a dû partir. C'était pendant la guerre.

Elle raconte son histoire d'amour avec Raphaël, et s'étonne, en la relatant, de l'importance qu'elle revêt. Soudain elle se met à sangloter, elle est pliée en deux, hoquetante de chagrin comme si elle revivait les faits, comme si elle avait quinze ans à nouveau. Claire a un geste maternel envers elle, elle lui caresse la tête pour la consoler.

– Vous allez me dire que c'est terminé, que la demi-heure est passée, c'est ça ? dit Sonia en relevant la tête, ironisant à travers les larmes.

– Exact. Mais aujourd'hui je vais vous offrir une tasse de thé. Vous l'avez bien méritée.

Dans la kitchenette attenante au cabinet de Claire Bruneau, Sonia boit son thé en silence dans un mug du CNIT.

– Je vois que vous fréquentez les bons salons, dit Sonia.

– Je trouvais ce récipient moche au début, et maintenant je m'y suis habituée, je le trouve magnifique.

– Je connais l'architecte qui l'a dessiné, Jean Prouvé. Un homme remarquable.

– Vous voyez qu'il y a des hommes qui vous plaisent.

Sonia la regarde, intriguée.

– C'est drôle, je ne pense jamais à ces hommes-là comme à de possibles amants. Je les respecte trop.

– Trop pour être séduits par une horrible fille comme vous ?

– Ouais, je ne m'aime pas assez, vous me l'avez bien fait comprendre.

– Mon patient suivant est arrivé, je dois vous quitter. À la semaine prochaine ?

La semaine qui suivit, Sonia retrouva le sommeil. Elle en était si ravie qu'elle voulut en aviser Claire aussitôt. Cette dernière la reçut sèchement au téléphone et raccrocha rapidement après lui avoir dit :

– Vous me raconterez tout cela mercredi, comme d'habitude.

Sonia prit cette rebuffade en pleine figure, mais elle connaissait la technique désormais, elle n'en souffrit pas vraiment. Cependant elle s'aperçut qu'elle attendait les séances avec une certaine impatience, et elle s'inquiéta d'être accro à cette thérapie qui portait ses fruits, elle ne pouvait pas le nier.

Un voyage à Londres la contraignit à décommander la séance suivante, et celle d'après. Dans le flot de ses rendez-vous et de ses obligations diurnes, elle oubliait Claire et ses propres tourments, mais la nuit elle se réveillait plusieurs fois en se remémorant des phrases dites au cours de ces séances et qui traversaient ses rêves : « aucun homme pour moi… », « mon corps ne me communique rien, je dois être frigide… », « ma vie appartient aux autres… », etc. Des exagérations complaisantes dont elle a honte. Mais qui la hantent.

Elle retourna chez Claire un jour de printemps, un jour triomphal où elle avait obtenu la signature d'un ministre anglais sur un accord industriel important, elle était moins déprimée que d'habitude.

– Ma chère Claire, je vais peut-être pouvoir me passer de vous, et de mes crises de pleurnicheries dans votre bureau. J'ai à peu près retrouvé le sommeil.

– Pourquoi êtes-vous si sévère avec vous-même ? réplique la psy. Votre orgueil vous empêche d'être une femme comme les autres, la fragilité n'est pas une faute, en prendre conscience démontre un signe d'intelligence parfois. On ne vous demande pas de porter la misère du monde sur vos épaules, elle finirait par vous écraser, par vous détruire. On a besoin de vous sereine et amène, pas flamboyante et guerrière !

– Comme vous y allez... je ne suis pas une Walkyrie ! Ce n'est déjà pas facile d'être la fille d'un cosaque. Mais j'ai le devoir...

– Arrêtez avec votre devoir. Vous avez le devoir d'être heureuse pour représenter avantageusement les femmes, toutes les femmes, dans les tâches qui vous incombent.

Sonia est interloquée par cette suggestion. N'essaye-t-elle pas d'être une figure irréprochable de la réussite féminine ? C'est donc là que le bât blesse, elle ne montre pas un visage vrai, honnête, elle joue toujours un rôle.

– Merci, Claire. Vous m'avez beaucoup aidée. Je ne sais pas si j'arriverai à grandir, mais je vous assure que je vais essayer. En tout cas je dors mieux, et j'ai bon espoir de sortir de ma dépression, car je suis comme tout le monde, je suis victime d'une dépression, n'est-ce pas ?

– Appelez-la comme vous voulez, moi je trouve votre état bénéfique. Une prise de conscience. Un instinct de préservation tout à fait animal et légitime. Je suis là si vous avez besoin de moi. Mais de grâce, jetez cette envahissante besace où vous engloutissez vos névroses, la moitié des objets qu'elle contient sont inutiles ! Allégez-vous. Soyez légère !

TROISIÈME PARTIE

Deux cœurs russes

Sonia

Mai 1968

Paris est secoué par des manifestations dans les universités. Peu de politiques avaient vu venir ces événements. Le Général lui-même est stupéfait. Il pensait qu'une petite révolte estudiantine se matait facilement, voilà que le pays s'embrase et que la CGT songe à rejoindre les jeunes qui sont dans la rue, déterminés mais foutraques, espérant mettre à profit ce jaillissement d'énergie et de colère pour améliorer la condition des ouvriers.

Sonia s'est brouillée avec la plupart de ses collègues, elle a pris parti pour le mouvement, elle a rencontré le jeune leader Cohn-Bendit et l'a trouvé brillant et assez séduisant. La presse l'appelle Dany le Rouge. La jeunesse s'affranchit. Sonia a alerté les ministres par des notes fréquentes, personne ne bouge, ils n'ont pas l'air de comprendre ce qui se passe. Il a fallu la grève générale, l'essence tarie et les barricades pour qu'on prenne la rébellion au sérieux.

Sonia a trente-neuf ans, mais elle en paraît à peine trente. Elle a chaussé ses Pataugas et descend le boulevard Saint-Michel de sa jeunesse avec les émeutiers. Rue Soufflot elle croise Jean-Luc Godard, de retour du festival de Cannes interrompu, dont elle avait adoré le film *Une femme mariée* que Pompidou, Premier ministre, avait projeté à Matignon, dans la salle de cinéma qu'il a fait aménager au sous-sol. L'accueil de l'assistance avait été frisquet, des gens du monde boutonnés, incertains de leur propre goût. Seuls Michel Guy, horticulteur et collectionneur, ami proche du Premier ministre, Pierre de Ségur, noble amateur d'art contemporain, et Maurice Le Roux, chef d'orchestre, avaient applaudi, aussi enthousiastes que Sonia. Elle avait passé la soirée à parler avec le réalisateur, étonné de sa culture cinématographique pour une politicienne de la Vᵉ République. La jeune actrice habillée en Courrèges, les cheveux courts coupés par Vidal Sassoon, est d'origine russe. Tous ces messieurs étaient autour d'elle, émoustillés de l'avoir vue nue dans le film.

– Bonjour monsieur Godard, vous venez user vos semelles avec les étudiants ?

– Bonjour madame de La Barrère, et vous, vous venez écorner votre réputation ? Le Général le sait que vous battez le pavé avec les révolutionnaires ?

La causticité de Godard ne se dément jamais. Sonia ne se démonte pas.

– Je suis du côté des gagnants, vous le savez bien.

Une grenade lacrymogène vient interrompre leur échange à fleuret moucheté, Sonia court se protéger sous une porte cochère, Godard a filé de l'autre côté, il s'accroupit derrière une voiture, Anne Wiazemsky le rejoint en courant. Encore une petite Russe. Nous sommes indispensables, remarque Sonia. Les Français s'épanouissent dans nos bras. Mais les femmes russes s'épanouissent-elles dans les leurs ? Godard est Suisse, il est vrai. Encore pire, il a doublement besoin des Anna Karina, Macha Méril et Marina Vlady…

Sonia sort son petit appareil Olympus, un bijou photographique au capot coulissant. Elle saisit la scène depuis l'entrebâillement de la porte d'immeuble où elle s'est réfugiée. Cette photo qu'elle donnera à un ami rédacteur à *Paris-Match* fera le tour du monde, elle ne le sait pas encore. Le metteur en scène et son actrice-épouse à quatre pattes sous les fumées des CRS au quartier Latin. Les maoïstes font la guérilla, entre deux bistrots. Les magazines ne manqueront pas de se gausser.

Le XXIe siècle commence là, pense-t-elle. Une page se tourne, quelle sera la prochaine ? La fin du soviétisme ? du totalitarisme ? Sonia le prédit dans un livre qui a beaucoup de succès : *L'Ours et le Miel*. Une étude comparative de deux familles, l'une en France, l'autre dans un pays de l'Est indéfini. Un cinéaste s'y intéresse pour en faire un film, un certain Chris Marker qu'elle ne connaît pas.

Elle a un amant secret, un homme très en vue, marié bien sûr, qui la cache mais ne peut pas se passer d'elle. Cette relation clandestine lui convient assez bien. Elle a fait une croix sur le mariage et les enfants, et peut-être sur l'amour tout court. Ce n'est pas pour elle. Elle peut se réjouir d'autres bonheurs, une vie mondaine plus que passionnante avec son grand industriel d'amant, un succès professionnel indéniable, même s'il n'est pas aussi éclatant qu'elle l'aurait souhaité, une aisance financière honorable et son club de vieux fans, à La Barrère. Quand le spleen la gagne, elle peut se requinquer en Dordogne, cette belle région de France où le temps s'est arrêté, où les arbres et les vieilles pierres étaient là avant elle et seront là après elle. Grâce à Vania et à Charles, elle possède un socle affectif et provincial qui la sauve de la détresse.

Là-bas, en Ukraine, Vassia a beaucoup décliné cette année, il ne parle plus du tout et refuse la nourriture. Elle est allée le voir l'été dernier en profitant d'une commission parlementaire pour une étude sur le port d'Odessa. Elle a remis un paquet de roubles à Helga qui marche de plus en plus mal et souffre de diabète. Ils ont dû déménager car la maison risquait de s'effondrer à la suite d'un glissement de terrain qui a englouti la voie ferrée. Ils logent à présent dans un appartement près de l'hôpital, c'est plus commode. Sonia a conclu un arrangement avec le directeur de l'hôpital : elle a créé une association internationale qui envoie des médicaments et du matériel médical, en échange le médecin fournit des vivres et du charbon à Helga. De cette manière son soutien indirect n'expose pas Vassia et Helga aux médisances et aux dénonciations.

Soucieuse de préserver son secret à jamais, elle n'a rien dévoilé. Comment comprendre, faire comprendre son histoire inracontable ? Sa situation pourrait être compliquée par ses aveux et elle préfère qu'on lui fiche la paix. Elle a réuni les documents qui retracent le parcours de son père grâce au fameux petit carnet, elle a constitué un dossier complet en s'adressant aux archives allemandes et le conserve dans un coffre. Un jour, peut-être, elle écrira cette histoire. L'histoire d'un homme privé de passé et de futur, une vie pour rien, une beauté pour rien, sinon pour elle, sa fille. La fille de Vassia.

Sonia

1981

Sonia a sa carte au Parti socialiste. Elle est députée de Corrèze. Mitterrand, Premier secrétaire du parti et candidat à l'élection présidentielle, l'a acceptée avec des pincettes, en raison de son passé dans les équipes du Général. Il connaît ses compétences et souhaite nouer des liens étroits avec l'industriel puissant qui est l'amant de Sonia. Grâce à elle, il a obtenu des financements conséquents pour ses meetings, et le ralliement de personnalités dans le monde des affaires.

Sonia ne brigue aucun ministère, mais elle sait bien qu'on lui réservera une place de choix. Les tractations ont débuté. La Mairie de Paris ? L'audiovisuel ? Une région ? Le Centre national de la cinématographie ? Les commémorations de 1789 ? Ou une ambassade, Moscou ou Berlin ? Sonia ne demande rien, elle veut être utile à la France nouvelle.

Aussi bizarre que cela puisse paraître, Mitterrand lui rappelle le Général. À croire que la fonction crée le profil. Mystérieux, mystique, intolérant, pince-sans-rire. En France, le Prince doit être antipathique et porter un regard hautain sur ses sujets. On l'adore parce qu'on le craint. Gare à la faiblesse du chef, il n'est pas un homme comme les autres, on ne lui pardonnera rien.

Et le triomphe de mai se produit. Sonia et ses amis sont au comble de la joie et de la frayeur des temps qui viennent, la moindre erreur serait immédiatement pointée du doigt par l'ancienne majorité devenue opposition. Une bataille de titans commence, la droite ne lâchera pas ses postes si aisément. Diable, les affreux communistes vont venir au pouvoir !

Parmi les socialistes il n'y a pas que des enfants de chœur, quelques affairistes, aussi, ont grenouillé de ce côté-là, étant mal reçus de l'autre. On tiendra un œil vigilant sur eux, Sonia s'est engagée à fournir des rapports ultra confidentiels à la présidence sur ce qu'elle verra et ce qu'elle entendra. Elle a déjà un surnom : Œil de Moscou, qu'elle rectifie à chaque fois : Kiev, les amis, pas Moscou !

L'heure est à la liesse, le miracle s'est réalisé : François Mitterrand a été élu président de la République ! Le sphynx, qui attendait son heure depuis trente ans, vient d'être élu. Sonia trouve le grand fauve fascinant, même s'il y a chez lui une perversité de mâle français qui la rebute légèrement. Et une suffisance qu'ont les hommes petits de taille. Machiavel serait content : le Prince est à son goût.

Sonia est nommée à la représentation de la France à l'ONU, un poste important qu'elle ne souhaitait pas vraiment. Elle aurait préféré rester en France, participer aux réformes innombrables qui seront mises en chantier. Elle est polyglotte et sa notoriété dans les milieux internationaux l'a naturellement désignée.

Elle a cinquante-deux ans, elle est respectée et libre. Pas de famille, pas d'enfants à élever, pas d'obligations, un atout dans le monde diplomatique. Son vrai domicile sera l'avion entre Paris et New York, et quelques escapades indispensables dans sa Dordogne bien-aimée.

New York est un village quand on habite 3 East 9th Street, en bas de Manhattan. Ce n'est pas désagréable. Elle a trouvé un petit appartement dans une « brownstone », une maison de briques de trois étages au cœur du Village. Le soir on entend du jazz sortir des clubs en sous-sol et on peut dîner dans des petits bistrots sans réservation. Les lieux de travail qu'elle fréquente dans la journée sont tellement impersonnels, froids et d'une propreté décourageante, que Sonia est heureuse de se retrouver dans ce quartier d'artistes et d'étudiants même s'il lui faut presque une heure de transport pour y descendre. Dans le tout petit théâtre Sullivan Street Playhouse à Greenwich Village se joue depuis vingt ans *The Fantastiks*, une exquise comédie musicale qui pourrait avoir été écrite par Michel Legrand.

Son amant vient la voir à New York, ses affaires l'amènent aux USA assez souvent, mais ils ont toujours peu de temps à passer ensemble. Leur sexualité commence à s'essouffler. Sonia est passionnée par ce qui se passe dans le monde, elle est aux premières loges pour capter les rumeurs de bouleversements en Union soviétique, le système ne devrait pas résister longtemps. Demain elle déjeune avec Zbigniew Brzezinski, le conseiller diplomatique de la Maison-Blanche qui veut lui expliquer les activités de la Commission trilatérale qu'il a contribué à constituer, un club confidentiel qui réunit les capitaines du monde industrialisé et prépare la gouvernance mondiale.

Le déjeuner a lieu chez Sardi's, un restaurant de souper d'après-spectacle, tranquille et très bien fréquenté à midi. Sonia arrive la première, comme d'habitude, sa manie de l'exactitude est un vice indécrottable. Elle prend place à la table qui a été réservée pour trois par le National Security Advisor's Office, Brzezinski sera donc accompagné. Elle s'installe sur la banquette moelleuse dans l'obscurité des restaurants new-yorkais, et en attendant consulte nonchalamment le menu en le penchant devant l'unique veilleuse dont la faible flamme vacille au centre de la table.

Soudain elle lève les yeux et voit en face d'elle un homme dont elle n'avait pas entendu le pas feutré sur la moquette épaisse. Elle le fixe, il la fixe. Ils se regardent, interdits.

– Non… Ce n'est pas vrai… C'est toi ?

– *Good Gracious, no…* C'est toi ? Sonia ?

– Raphaël ! Qu'est-ce que tu fais là ?

– Je déjeune avec mon boss et la représentante du gouvernement français…

– Eh bien… c'est moi. Oui, c'est moi la représentante… dit Sonia comme si elle n'en était pas sûre.

– *It's incredible…* Sonia… Il m'a prié de venir au cas où il y aurait besoin d'un traducteur…

Sonia est pétrifiée.

Elle dévisage cet homme de soixante ans, à la calvitie naissante sur les tempes, au visage un tantinet banal. Une silhouette américaine, très américaine, avec sa chemise à petits carreaux Brooks Brothers et sa cravate de maille foncée – impossible d'en définir la couleur dans cette obscurité – et la veste en tweed avec pièces de cuir aux coudes.

– Assieds-toi, je t'en prie, dit Sonia.

Raphaël s'assied mais se relève aussitôt. Brzezinski vient d'arriver, il lui tire la chaise et le débarrasse de sa serviette qu'il cherche où poser, il la glisse finalement à ses pieds.

La conversation s'engage sans que Sonia et Raphaël aient eu le temps de dire qu'ils se connaissaient, et l'anglais parfait de Sonia rend inutile toute médiation.

Le déjeuner est un feu d'artifice de réflexions brillantes de part et d'autre, Brzezinski parle de ses doutes sur l'émissaire d'Andropov, un certain Gorbatchev. Il émet son point de vue sur la nécessité de la « globalisation » et Sonia expose la position de la France sur les questions de l'Iran, de l'Afghanistan et de l'Afrique du Sud.

– Vous connaissez sans doute mes origines, mon père était cosaque du Don, il s'appelait Vassia Vassiliev.

Raphaël écoute, silencieux et médusé. Il touche à peine son déjeuner et demande un coca-cola tandis que les deux autres boivent un vin californien au nom français.

– Ce sont nos maîtres de chai qui fabriquent ce vin, c'est le début de la mondialisation, n'est-ce pas ? taquine Sonia.

Elle se tourne vers Raphaël :

– *Sorry, I didn't catch your name… You are… ?* Je n'ai pas bien saisi votre nom, vous êtes ?…

Raphaël reste coi. Il devine la tactique de Sonia, elle ne veut pas gêner l'échange avec le ministre par des révélations personnelles.

– *I'm Raphaël Apfelbaum, I'm the Presidency's International Lawyer, I work with mister Brzezinski...* Raphaël Apfelbaum, avocat international de la Présidence, je travaille avec M. Brzezinski.

Il sort sa carte de visite et la tend à Sonia, à l'anglosaxonne.

Sonia cherche la sienne dans son sac et en donne une à chacun.

– Il n'y a pas longtemps que j'ai une carte de visite, nous on continue à écrire nos numéros sur un coin de nappe en papier des bistrots ! Ma secrétaire m'a obligée à en faire une.

Le déjeuner ne se prolonge pas, ils ont des rendez-vous, cette rencontre fut utile et agréable.

– La prochaine fois, vous me raconterez l'histoire de votre famille, dit Brzezinski, je suis sûr que nos parents ont vécu des histoires similaires, la Pologne et la Russie sont proches, à tous points de vue.

– Vous avez raison de l'appeler Russie, l'URSS disparaîtra un jour tandis que la Russie est éternelle.

Ils mettent leurs manteaux, se saluent cordialement et sortent du restaurant en se dirigeant chacun vers sa voiture dont les chauffeurs respectifs ouvrent les portières. Sonia a serré la main de Raphaël et ne se retourne pas. Il manque de se casser la figure en loupant le trottoir et s'engouffre dans la voiture de son patron.

Deux heures plus tard, Raphaël appelle Sonia.

– Je suis complètement retourné de t'avoir vue. Je veux te parler. Quand pouvons-nous nous...

– J'ai un emploi du temps épouvantablement chargé, et je repars demain. Je ne vois pas quand...

– Sonia, je viens où tu veux, à l'heure que tu veux, dix minutes, cinq minutes, je t'en supplie…

Sonia est perplexe. L'homme qu'elle a vu chez Sardi's n'est pas Raphaël, le garçon qu'elle a aimé. Ce n'est pas une question d'âge, il a changé, bien sûr, elle aussi a changé. Ils ont quarante ans de vie sur le visage, quarante ans très remplis pour elle, quarante ans de lutte pour être ce qu'elle est aujourd'hui, elle n'a pas envie de raconter cela, de se vanter ou de se lamenter, de faire un résumé de sa vie qui n'est pas résumable. Trop d'événements, trop de souffrances, au fond ils ne se connaissent pas. Il ne sait rien d'elle et elle ne sait rien de lui. Ils ont un merveilleux souvenir de jeunesse, presque d'enfance, ne l'abîmons pas, ne lui en superposons pas un autre, banal.

– Sonia, je t'ai aimée toute ma vie. J'ai parlé de toi à mes deux femmes, Sarah que notre rabbin m'avait choisie, et Jennifer mon associée. Je leur ai dit qu'elles ne t'égaleraient jamais, qu'elles ne t'effaceraient jamais…

Le ton de Raphaël est sincère, Sonia est déstabilisée.

– Que dis-tu… Moi j'ai voulu t'oublier.

– Je viens à ton bureau dans une demi-heure.

Et il raccroche.

Sonia ne repose pas le combiné, gelée d'émotion. On entend le tut tut résonner longuement. Melinda, sa secrétaire, l'observe à travers la vitre qui sépare leurs deux bureaux, intriguée.

Vingt-cinq minutes plus tard Raphaël est debout devant le grand bureau de Sonia.

Ils se taisent. Se sourient vaguement.

– Tu ne portes plus de lunettes… dit Sonia pour rompre le silence.

– Non. Opération, répond-il avec un léger accent américain.

– Tu t'es fait opérer… Dommage, j'aimais bien tes lunettes. C'est drôle, tu parles français comme un Américain. Tu viens en France de temps en temps ?

– Non. Je n'y suis pas allé depuis longtemps. Quand je vais en Europe, je vais en Israël.

– Israël n'est pas en Europe…

– Je savais que tu dirais ça. Pour nous, quand on traverse l'Atlantique, on va en Europe.

Ils se regardent encore, ne se quittent pas des yeux.

– Je t'attendais, tu sais, dit Raphaël.

– Non, Raphaël, tu ne m'as pas attendue. Tu ne m'as pas cherchée. Pour moi tu n'existais plus.

– Si, tu m'as attendu. Tu as le regard d'une femme qui attend.

Sonia se rengorge et prend un temps pour dire :

– Je suis une femme qui n'attend plus. Sauf la paix dans le monde.

– C'est bien ce que je dis. Tu es une femme qui n'a pas trouvé…

– Raphaël, tu ne sais pas qui je suis. On est ce qu'on fait. Pas ce qu'on n'a pas fait.

– Sonia, si tu veux, j'arrête tout et je recommence avec toi.

– Ne dis pas de bêtises, Raphaël ! Est-ce que tu t'ennuies à ce point dans la vie ?

– Non, mais je viens de comprendre qu'il me manque l'essentiel.

– C'est quoi l'essentiel pour un avocat international à l'apogée de sa carrière ?

Il prend un long temps pour dire gravement :

– L'amour. L'amour. C'est tout.

Sonia reçoit ces mots sans sciller. Trop grands. Trop forts. Elle respire un bon coup et dit d'une traite :

– C'est trop tard, Raphaël. J'ai une vie, un amant, un mari même, de grands projets, des gens qui dépendent de moi, qui vivent pour moi, par moi. L'amour, je l'ai émietté sur plusieurs personnes. Maintenant je ne peux rien changer.

Raphaël se tient droit devant elle, il ne s'approche pas, ne tente pas de la prendre dans ses bras, il murmure simplement :

– Je t'ai tout dit. Tu sais où je suis. Tu m'appelles quand tu veux. Ne l'oublie pas. Je t'aime.

Il sort de son portefeuille une vieille photo de presse découpée dans le *Washington Post* de Sonia à trente ans avec Mendès France, la pose sur le bureau et quitte la pièce sans un mot.

Solange

1981

Les affaires de Solange ne se portent pas bien, comme elle. Les placements jadis faits par son mari se sont effrités et les investissements immobiliers ont été partagés entre ses deux enfants. Avec sa pension et l'assurance-vie dans laquelle elle pioche fréquemment, elle ne peut plus entretenir l'hôtel particulier, ni financer les soins onéreux que son arthrose nécessite.

Depuis que Sonia a quitté la villa Michel-Ange pour cet appartement contemporain de la tour Montparnasse qu'elle déteste, sa grande maison n'a plus de sens. Et elle lui coûte une fortune en chauffage, entretien et personnel. Elle songe à la vendre et à se réfugier à La Barrère, chez son cousin Charles. Entre vieux handicapés, ils s'entendent, et le merveilleux Vania pourra s'occuper d'elle avec la même attention que celle qu'il déploie pour le comte depuis tant d'années. Mais il faut qu'elle en parle à Sonia, ce sera un choc pour elle.

Sonia rentre des États-Unis demain, elle l'invitera à déjeuner et lui parlera ouvertement.

Sonia est toujours heureuse de franchir la porte de l'hôtel particulier où elle a vécu une grande partie de sa jeunesse. Les souvenirs d'enfance exercent un chantage affectif auquel elle n'échappe pas. Les tentures décolorées, la moquette usée, les meubles Art Déco mêlés aux bergères Louis XV de famille confèrent à ce lieu un charme irremplaçable.

Solange l'accueille dans le salon, appuyée sur deux cannes à présent, la dernière opération de la hanche n'ayant pas totalement réussi.

– Bonjour ma chérie. Tu es fraîche comme une rose, comment fais-tu pour supporter le jet-lag ?

– Je fais le voyage si souvent que je l'oublie, je vis à l'heure de New York une fois pour toutes, sans changer ma montre, dit Sonia en embrassant Solange.

– Donc pour toi nous allons dîner ! Je vais mettre des chandelles !

– Très bien. D'autant plus que j'ai ton cadeau d'anniversaire, je l'avais loupé le mois dernier. J'étais à Cuba, tu te souviens ?

Elle sort de son sac un petit paquet au luxueux emballage signé Tiffany's.

– Mais non, tu es folle, tu ne dois pas me gâter comme ça. Ouvre-le s'il te plaît, je n'ai plus de mains, je suis une maudite maladroite avec mes doigts tordus.

Sonia sort du prestigieux écrin une broche d'or et platine torsadés en forme de S.

– Le berger à la bergère, ma Solange, tu m'avais offert ta broche pour mes quinze ans, à mon tour de t'en offrir une pour tes soixante-quinze ans.

– Quelle beauté, merci ma petite fille, pour moi tu seras toujours la petite Sonia avec ses longues tresses qui se balançaient dans le dos quand tu montais l'escalier…

Sonia la serre dans ses bras et sent ses larmes monter, l'émotion contenue des derniers jours se libère maintenant, dans ce climat de confiance et de tendresse.

– Allons déjeuner, je dois te parler, bredouille Solange, très émue.

Sonia a écouté Solange en silence, elle a le cœur brisé mais elle dit :

– Je te comprends, tu imagines combien ça me chagrine, mais je te comprends. Cette baraque te pèse, et tu la vendras bien, avec la crise du logement actuelle elle vaut une fortune. Moi je n'aurai jamais les moyens de te l'acheter. Mais ne peux-tu pas la louer dans un premier temps, telle que, meublée ? Je ne sais pas, un ambassadeur, de riches Américains, ou des Saoudiens, ils ont de l'argent ceux-là…

– Il y aurait des travaux considérables à faire, l'électricité saute sans arrêt, les salles de bains fuient, le toit coule, les huisseries sont à repeindre, les fenêtres ne sont pas isolées… Je n'ai plus la force d'entreprendre tout cela.

– Laisse-moi y réfléchir. Je ne veux pas que tu te fasses avoir, ni que tu te dépouilles complètement. Laisse-moi un peu de temps. Maintenant, moi aussi j'ai quelque chose à te raconter. Quelque chose d'inimaginable.

Et Sonia lui raconte ses retrouvailles avec Raphaël, ce déjeuner épique à New York durant lequel ils s'évitaient du regard, mais où elle sentait sa forte présence, sa sidération muette.

– Je t'avais parlé, n'est-ce pas, de ce jeune étudiant en sociologie, juif, que j'avais retrouvé pendant la guerre à Brive, où il se cachait avec sa mère. Ils attendaient des passeports pour partir en Amérique. C'est moi, ô sort cruel, qui les leur avais apportés. Il était beau, il m'aimait. Il a hanté ma jeunesse et même davantage. Il a conditionné ma vie de femme…

– Que vas-tu faire ? s'inquiète Solange.

– Rien. Je ne vais rien faire. Il n'y a rien à faire. Je pense que je préfère ne plus le revoir. La boucle est bouclée, je peux enfin faire le deuil de cet amour. Tu es la seule à qui je puis raconter cette histoire. Ma Solange, comme je t'aime !

Sonia ne chasse pas les images qui reviennent, Raphaël sur le banc au bois de Boulogne, Raphaël à l'église rue Daru, Raphaël sur elle, et le mélange de leurs jeunes corps ivres d'amour. Elle revoit son écriture en page de garde de *Guerre et Paix*, sa lettre (qu'elle avait détruite) la priant de se rendre à la boîte à lettres de la rue d'Aboukir et le livre de Konrad Lorenz, *Le Tout et la Partie dans la société animale et humaine*, qu'il lui avait donné à Brive, de crainte que celui d'Albert Camus, *Lettre à un ami allemand*, ou *L'Être et le Néant* de Jean-Paul Sartre ne soient mal vus chez elle.

Elle serait curieuse de savoir comment il a traversé ces quarante ans de son côté, elle imagine que ce ne fut pas simple, qu'il a dû accepter de multiples concessions, se couler dans la vie américaine, utiliser les appuis d'autres Juifs déjà installés aux USA, rembourser cette aide par son travail, sa reconnaissance et son allégeance à cette communauté active et organisée. Elle a cru comprendre que son premier mariage avait été arrangé par un rabbin. Tout compte fait, elle a été moins prisonnière que lui, elle a bénéficié de la générosité de Charles et de Solange.

En Amérique, les émigrés sont plus américains que les Américains, ils glorifient dès qu'ils le peuvent l'ascension sociale fulgurante. Pour réussir aux USA il faut vendre son âme au diable, devenir un patriote doublé d'un représentant de commerce du système américain. Sonia aime la France, on ne lui demande pas pour autant de jurer sur la Bible qu'elle ne la trahira pas.

Sonia revient de sa rêverie.

Solange a sorti un mouchoir pour éponger une larme.

– Solange, ma douce amie, ne te fais pas de souci pour la maison, on fera tout ce que tu souhaites.

– Mes enfants sont au courant. Ils sont d'accord. Ils ont besoin d'argent eux aussi…

– L'argent, l'argent. Il file entre les doigts si on n'en fait pas quelque chose tout de suite. Il en faut un peu, je te l'accorde, mais le bonheur ne s'achète pas. Où habiterais-tu à La Barrère ?

– Charles m'a proposé la petite maison des gardiens, à l'entrée de la propriété. Ou une aile du château.

– Dans les deux cas il y aura des travaux à faire, je dois convaincre Charles d'en lancer avant que ça ne devienne irréparable. La tour, le toit de la grange, les peintures… J'espère qu'il va finir par m'écouter.

– Il est fatigué, tu sais. Très fatigué. Sa tête penche de plus en plus, on lui a prescrit une minerve mais il ne veut pas la mettre, il dit que ça le gêne. Tu devrais aller le voir.

– C'est prévu pour Pâques, si ces cons de moudjahidin ne massacrent pas nos ambassadeurs d'ici là. On voudrait abolir la guerre en Europe mais le reste du monde s'en donne à cœur joie.

– Je descendrai avec toi, si tu y vas en voiture, conclut Solange en caressant la broche Tiffany's qu'elle a accrochée au revers de sa veste. On en parlera tous ensemble, je sais que tu es de bon conseil.

En sortant de la villa Michel-Ange, Sonia ne peut réprimer un serrement de cœur, elle regarde l'escalier, la porte de sa chambre de jeune fille là-haut, la banquette où elle posait son cartable de retour du lycée, la porte vitrée du salon qu'elle refermait quand elle jouait du piano, les natures mortes au mur, ces tableaux inertes faux XVIIIe qu'elle ne voyait pas et qu'elle trouve adorables maintenant et le bouquet de fleurs séchées étouffé de poussière dans le grand vase chinois turquoise. Ces objets ont tapissé sa mémoire de leur esthétique hasardeuse, qu'elle a reniée en décorant son appartement de meubles Knoll et de tableaux abstraits. Étrange regain du passé qui la percute. On grandit en enfermant le passé dans les tiroirs de notre esprit afin qu'il cesse de nous freiner.

Sonia pense avoir établi définitivement le cadre de sa vie, mais elle oublie sa veine russe qui ne se contente pas de plans rationnels. En demandant à Raphaël si sa vie l'ennuyait, elle s'interrogeait sur la sienne.

Le bonheur.

Est-elle heureuse ?

Sa vie trépidante est-elle le bonheur ?

Non. Évidemment non.

Sonia s'est évertuée à se faire pardonner d'être la fille d'un cosaque et à se justifier à tout moment. Ce n'est pas le bonheur, c'est le contraire du bonheur, c'est la rage, la lutte, la guerre. Le bonheur est naturel et sans effort.

Les quelques moments de pur bonheur, c'était à califourchon sur sa jument, dans les prés de La Barrère, quand le vent soulevait ses cheveux et la longue crinière dorée de Kniejna.

C'est le sourire de Vania, quand elle lui fait un compliment.

C'est la lecture des *Enchanteurs*, roman de Romain Gary qu'elle relit à l'infini.

C'est la chaleur d'un bain dans les eaux sulfureuses de Saturnia, en Toscane.

C'est une tranche de pain noir trempé dans l'huile d'olive dans la même Toscane.

C'est le museau de son chat qui vient ronronner contre elle.

C'était la nuit du 10 mai 1981, avec les camarades, à la Maison de l'Amérique latine, assis dans l'herbe à quatre heures du matin, buvant le dernier champagne à la bouteille parce que tous les verres avaient été ramassés.

Le sexe est plaisant, mais ce n'est pas le bonheur.

L'argent est gratifiant, mais ce n'est pas le bonheur.

La gloire n'est jamais suffisante et les honneurs sont tristes.

Peut-être ressentira-t-elle une parcelle de bonheur si ses idées de paix et d'entente triomphent, quelle que soit la région du monde.

Le bonheur, c'est grand et petit.

Simple et très compliqué.

Il a dit : l'amour.

Que l'amour.

Il a résumé la question. Il ne s'agit que d'amour.

À tous les niveaux. À tout instant.

Elle le sait bien. Pourquoi refuse-t-elle de se le dire ? Quelle terreur la retient ? L'amour fait peur parce qu'il est la seule réponse.

Vania

1983

Vania doit monter à Paris pour une soirée de l'association l'Union des cosaques, dont il est le président. Sonia l'héberge dans son appartement au cinquantième étage de la tour Montparnasse, bien qu'il souffre de vertige. Il ne pourra pas s'approcher des baies vitrées. Elle est souvent en voyage, elle lui a donné une clé, il peut y aller quand il veut.

La soirée annuelle se passera à l'hôtel Intercontinental près de l'Opéra, comme d'habitude. Soirée de charité et bal du souvenir à la fois, qui exigent la grande salle de cet hôtel de luxe, entièrement refait, pour gommer enfin les traces du passage des Allemands pendant la guerre. Selon Sonia, c'est un hôtel de seconde catégorie, mais elle est très gâtée et fréquente les palaces du monde entier. Elle est invitée à cette fête, comme toutes les personnalités de l'émigration russe, Nikita Struve, le prince Mourousi et les sœurs Poliakoff, Hélène, Olga et Marina, l'aînée Odile Versois, hélas, est décédée il y a trois ans. Sonia rentre demain, elle ne viendra pas, c'est presque certain, elle laisse toujours un petit espoir, si elle est à Paris, si elle n'a pas de dîner important, si elle n'a pas un travail urgent. Vania espère jusqu'au dernier moment… mais il n'insiste pas, il ne veut surtout pas être un poids pour elle.

Ces derniers temps ont été difficiles à La Barrère, Charles a été hospitalisé deux fois, il perdait la parole à nouveau et ne se nourrissait pas, il a considérablement maigri et son humeur est exécrable. La soirée à Paris était annoncée depuis longtemps, Vania ne pouvait pas y renoncer.

Il se fatigue lui aussi, il se demande combien de temps il pourra assumer les tâches multiples auxquelles le comte l'oblige.

En plus de son travail d'aide-soignant auprès de Charles, il est devenu le gérant de la SCI qui administre le domaine, il s'occupe du personnel, de la comptabilité, des relations avec les banques et les divers organismes agricoles. Il est l'homme de confiance du comte, son alter ego, son souffre-douleur également. Vania accepte tout, il a une profonde affection pour cet homme qui lui a accordé une position privilégiée dans sa vie intime, et dans la vie tout court. Mais il fatigue. Ses poumons le taraudent, il est sujet aux bronchites et aux trachéites répétitives. Il profitera de son séjour à Paris pour consulter un pneumologue indiqué par Sonia. Et pour récupérer des affaires stockées chez Solange.

L'ascenseur aveugle grimpe jusqu'au cinquantième étage avec un soupir de dromadaire surchargé, Vania est heureux d'en sortir. Les appartements sont numérotés comme des chambres d'hôtel. Il glisse sa clé dans la serrure et la porte s'ouvre, mollement retenue par des coussins d'air. La lumière s'allume quand on entre sans qu'on ait besoin de chercher un interrupteur. Il est accueilli par le miaulement du gros chat birman dressé dans son panier juste en face de la porte. Un tableau entièrement noir occupe le seul mur, partout des bibliothèques et des baies vitrées encerclent les pièces.

Vania trouve un mot sur une console en verre de Murano :

« *Vania moï lioubimyï*, Vania mon chéri, ta chambre est la deuxième porte à droite. J'espère que Djamila a fait des courses. Sers-toi dans le frigo. *Spakoïnoi notchi*, bonne nuit. Sonietchka. »

Les lumières s'allument toutes seules dans le couloir et dans la cuisine, mais pas dans la chambre d'amis, Vania met un petit moment avant de comprendre qu'il faut juste passer sa main devant la plaque blanche le long de la porte pour allumer les lampes. Tant de technicité, tant de confort superflu le fait sourire. Il est bluffé, que n'invente-t-on pas !

Il sort son uniforme de sa petite valise et l'accroche sur un cintre au-dessus de la baignoire dans la salle de bains, avec un peu de chance après une nuit de suspension et de vapeur il n'aura pas besoin de repassage. Le lourd drap de laine dont il est fabriqué supporte mal les interventions de teinturier avec des produits trop agressifs pour son grand âge. Les bottes, en revanche, ont été ressemelées récemment, et soigneusement cirées avec la graisse des selles d'équitation. Elles luisent fièrement de leur qualité préservée. Plus personne ne tanne des cuirs aussi souples, assemblés sans un point de colle, exclusivement cousus par des artisans rigoureux. Un costumier de cinéma avait demandé à les copier, mais Vania avait refusé de les prêter, viscéralement attaché à ces vestiges du passé.

Il grignote un peu de jambon qu'il a trouvé dans le réfrigérateur, quand il entend une clé tourner dans la porte d'entrée, et voit Sonia entrer, vêtue d'une doudoune de ski et d'une toque de fourrure, un gros sac sur l'épaule.

– Oh Vania, je suis exténuée ! Je reviens de Boston, j'ai réussi à prendre un avion plus tôt. Je suis allée rendre visite à Alexandre Soljenitsyne à Cavendish. Le bout du monde, le Vermont, dans les montagnes enneigées. Je te raconterai.

– Viens manger quelque chose, tu iras te reposer après. Tu veux une tasse de thé ?

– Volontiers, *Vanetchka.* Et toi, ça va ?

Elle enlève son manteau et sa toque, malgré ses cheveux écrasés et ses yeux plissés par les heures de vol, elle est ravissante. La maturité lui réussit.

– *Douchka maïa*, ma douce, tu n'as jamais l'air fatiguée, comment fais-tu ? Moi, les quelques heures de train m'ont épuisé, toi tu sillonnes les continents comme si tu prenais le métro !

– Je fais des choses intéressantes. Les distances n'existent pas, tu sais. Je tisse un lien entre les gens. C'est ça mon travail. Ma vie.

Elle s'assied en face de lui sur un tabouret haut du comptoir de la cuisine.

– Vania ! On ne mange pas dans le papier du charcutier, chez moi ! Je te prie de mettre le jambon sur une assiette ou un petit plat long. Il y en a dans le placard de très jolis que j'ai rapportés du Japon. Au diable le thé, ouvrons une bouteille de vin blanc, j'ai bien besoin d'un coup de pouilly-fumé. Regarde, il y en a sûrement au frais.

Ils parlèrent deux heures sans interruption, jusqu'à ce que les yeux de Sonia se ferment. Vania raconta la situation à La Barrère, la santé chancelante de Charles, les problèmes avec les nouveaux métayers, les discussions avec l'architecte des Monuments historiques qui veut imposer les travaux à sa manière avec leurs entreprises agréées hors de prix, etc. Sonia écoute avec intérêt, ces préoccupations domestiques locales la reposent de la tension permanente dans laquelle elle évolue, les conflits internationaux et l'urgence que les guerres induisent, avec les milliers de morts et de blessés chaque jour. Il faut agir vite et la machine de l'ONU est lente, on se désespère.

– Mon voyage à Cavendish était prévu depuis un certain temps. Il a été remis plusieurs fois mais j'y tenais beaucoup. Alexandre Issaïevitch Soljenitsyne a reçu le prix Templeton aux États-Unis, un prix qui couronne une œuvre humanitaire et spirituelle. Il avait entendu parler de moi, et voulait que je lui raconte l'histoire de Vassia et de son père. En vérité c'est lui qui m'a raconté son bref séjour à Mourmelon chez les Vitiaz, combien il avait été touché de voir la jeunesse russe émigrée perpétuer les traditions tsaristes, et il m'a livré ses prédictions : l'Empire soviétique éclatera, se divisera selon les appartenances religieuses, les musulmans d'un côté, les orthodoxes de l'autre, et les athées nulle part.

– Comment tu l'as trouvé ? Comment vit-il ?

– Il a reconstitué une datcha russe dans la forêt du Vermont, il coupe son bois à la hache, il porte une longue barbe comme les Vieux-Croyants d'autrefois, il parle posément, doctoralement. Il n'aime pas beaucoup qu'on le dérange, il est attelé depuis longtemps à une œuvre colossale, *La Roue rouge*, une vaste fresque des mouvements révolutionnaires en Russie, depuis les premiers tsars à nos jours. La France est chère à son cœur, c'est là qu'il a publié *L'Archipel du Goulag*. Il y est hébergé par Mstislav Rostropovitch, son grand ami. Il a critiqué mon russe, il m'a reprise plusieurs fois, à la fin je lui parlais en anglais… Et il m'a dit : « *Good luck. You deserve the best, the world needs people like you, I wish you happiness and success.* » Bonne chance. Il me souhaitait le meilleur, bonheur et succès. Il ne sait pas à quel point ce vœu jumelant ma vie privée et ma vie publique était de circonstance, mais je te raconterai ça un autre jour, je vais me coucher, cuver mon jet-lag et les chambardements émotionnels que j'ai accumulés depuis quelques semaines.

Arrivée dans la salle de bains, elle crie :

– Vania, je peux déplacer ton uniforme ? Je veux prendre une douche !

Vania reprend son costume pendu à la barre du rideau de douche et a juste le temps d'entrevoir la jolie silhouette de Sonia à travers le plastique perlé du rideau.

Le bal à l'Intercontinental réunit des Russes de plusieurs générations, il y a de nombreux jeunes beaux et élégants, une élégance française bien sûr, mais le smoking leur va, ils dansent bien et paraissent insérés dans la vie parisienne, pas du tout marginalisés. Vania est fier de voir cette belle jeunesse s'ébattre et s'épanouir, contrairement à certains de leurs parents qui ont eu tant de mal à trouver leur place en France. Sonia et Vania sont cités comme des exemples de réussite, chacun à sa manière. Finalement elle est là, vêtue d'une magnifique robe du soir rouge que Saint Laurent lui a prêtée.

Après les discours, les mêmes que l'année dernière, la parade des cosaques en grand uniforme, croix de saint Stanislas, de sainte Anne ou de saint Vladimir autour du cou, les photos de groupe et les vivifiants chants militaires chantés par les hommes a cappella, Vania et Sonia se sont assis à une des tables autour de la piste de danse, avec Dimitri Shakhovskoï, professeur d'histoire russe à Rennes, et Nikita Struve, l'éditeur à Paris de *L'Archipel du Goulag*. Tous sont très intéressés par le récit de Sonia, par les nouvelles fraîches du Maître, Prix Nobel de littérature. Sonia commence doucement à s'ennuyer quand Vania lui lance :

– Puis-je vous inviter à danser cette valse, *dievotchka*, petite fille ?

L'orchestre vient de passer du rock'n roll à une valse de Strauss. Sonia remet rapidement ses escarpins du soir ôtés et cachés sous la table et se lève.

– Avec plaisir, Ivan Sergueïevitch Melnik...

Ils entament cette valse joyeusement, Vania l'entraîne, il se tient droit comme un hussard, non, comme un cosaque dans son uniforme rouge. Ils tournoient de plus en plus vite, les autres danseurs s'écartent et laissent ce magnifique couple senior évoluer sur la piste, seuls. La jupe longue de Sonia volette en corolle autour de ses chevilles, elle penche la tête en virevoltant, puis la redresse, le cou tendu comme une danseuse classique. Les vitraux autour de la salle défilent devant ses yeux, dans un sens, puis dans l'autre. La musique enivrante guide leurs pas. Ils tournent, ils tournent, leur jeunesse retrouvée. À la fin du morceau ils s'arrêtent en se regardant, amusés, sous les applaudissements de toute l'assistance. Ils rejoignent leur table, étourdis par la danse et les félicitations, Vania lui embrasse les mains et ose lui glisser à l'oreille :

– Tu es la plus belle. Tu es la femme de ma vie.

Raphaël

1984

Il neigeait sur Manhattan, on glissait dans les rues non salées. Elle chaussa des *moon boots* et prit ses chaussures de ville à la main, dans un sac. Certes, son allure avec la doudoune et les grosses bottes n'était guère gracieuse, mais dans le restaurant elle les enlèverait.

Comme un automate, elle avait composé le numéro sur son téléphone, posément, sans hésiter. Il fallait qu'elle cesse de penser à lui dans le vide. La vie a été assez forte pour provoquer les retrouvailles, laissons-la continuer son œuvre, elle est invincible et bien plus imaginative que nous.

Elle arriva la première dans le bistrot français un peu caricatural du Village, nappes à carreaux rouges et blancs et lampes montées sur des bouteilles de beaujolais. Un sympathique feu crépitait dans la cheminée, elle tomba la doudoune et sa jolie robe en crêpe de soie apparut, à peine chiffonnée. Le patron bedonnant prodiguait ses marques d'amitié, comme chaque fois qu'elle y allait :

– Le beurre salé sur votre table est breton, vraiment breton.

– Merci, Jacques. Vous soignez mon cholestérol, je vois !

Raphaël vient d'entrer. Sonia l'aperçoit de loin et se dirige vers lui.

– Sonia, Sonia… murmure-t-il. *I can't believe it.* Je ne peux y croire.

Cette fois-ci il la prend dans ses bras et la serre comme un homme serre une femme. Ils se tiennent ainsi pendant plusieurs minutes, collés l'un à l'autre et Sonia sent une chaleur particulière les envelopper, une chaleur qu'elle n'a ressentie qu'une fois, il y a trente-neuf ans, dans ses bras à lui, sous le chêne-liège dans le petit bois de leur jeunesse.

Ils dînèrent en se tenant la main, ils ne se lâchaient pas, se buvaient des yeux, se parlaient en sourdine, les visages inondés de sourires et d'étonnement.

Ils firent l'amour d'abord sous la neige, contre un arbre dans le petit square près du restaurant, puis ils recommencèrent chez elle, ils s'aimèrent toute la nuit sans pouvoir s'éloigner l'un de l'autre. Et ils s'endormirent au petit matin, l'un dans l'autre, épuisés de bonheur et de sexe enhardi par l'amour.

Tremblement de terre dans la vie de Sonia. Sa boussole interne n'indique plus le même nord. Elle se sent légère comme une plume. Il est urgent de ne rien décider, de laisser le destin opérer, de ne rien chercher à manager, implanter, réorganiser.

Raphaël est d'accord là-dessus, il est reparti pour Washington mettre ses affaires en ordre, calmement, sans cris ni déchirements, elle ne saura rien des drames s'il y en a, il le lui promet. Ils n'ont pas encore défini comment ils vivront leur amour, mais ils ne se quitteront plus, ils n'ont plus le droit de perdre une minute de leur avenir. Ensemble pour toujours.

Ces mots résonnent dans la tête de Sonia comme des paroles de chanson, des mots d'espérance. Des mots simples et vrais qui abolissent les craintes et les hésitations. L'évidence, rien d'autre. Le reste n'est qu'une question d'aménagement, des formalités avant d'entreprendre un grand voyage, le plus beau, celui de la vie à deux. Deux adultes qui connaissent leurs propres limites, leurs propres besoins. Deux fortes têtes redevenues enfants. Quel *challenge* ! Ils savent qu'ils ne risquent rien, ils sont protégés par leur amour de jeunesse, la preuve par neuf, la garantie indiscutable : ils sont faits l'un pour l'autre, ils l'ont su d'emblée.

Sonia n'est plus la même personne. Son visage irradie. Elle maintient ses déplacements, ses conférences à New York et à Berlin, son rendez-vous hebdomadaire à Paris avec Roland Dumas, ministre des Affaires étrangères. Ils établiront un lieu géométriquement compatible avec leurs obligations respectives.

À présent ils songent à des vacances. En Corse, aux Bahamas, en Égypte, qui sait, ils rêvent d'Abou Simbel tous les deux. Des vacances ! Elle ne connaît pas le sens de ce mot. Son temps libre, elle le passe à La Barrère, des après-midi à dormir ou à faire des confitures. Elle n'y séjourne jamais longtemps, trois jours, quatre jours. Les meilleures idées pour son travail lui viennent en marchant au bord de l'étang, en somnolant dans le hamac qu'elle a fait installer entre deux tilleuls dans le parc, ou au coin du feu dans le salon, en hiver.

La vie va commencer. Une vie de femme. Trop tard pour faire un enfant, mais leur amour sera cet enfant qu'ils choieront. Ils inventeront des œuvres à réaliser ensemble, un livre à deux voix sur l'Amérique, ou une association internationale pour encourager les femmes à s'engager en politique, à faire des études universitaires. Raphaël a écrit des ouvrages sur la « révolution féminine », il est un Démocrate qui croit au peuple des femmes. Il admire Sonia et sa brillante carrière.

En tant qu'avocat, il défend des causes et non des individus, il contribue à l'image démocratique de l'Amérique. Il aime la politique, comme Sonia. Il a sacrifié une carrière de businessman pour s'engager chez les Démocrates. Ces deux-là sont issus du même moule, la racine de leur pensée est la même.

Des jours heureux les attendent, une vie pleine et prometteuse. Pour l'heure, leur relation est secrète. Comme des enfants s'échappent dans une cabane bâtie de leurs mains dans la forêt, ils jouiront de leurs nouvelles cachettes, du temps volé au travail, au devoir, au passé. Ils ont quarante ans à rattraper ! La moitié de la course leur a été interdite, ils parcourront l'autre somptueusement. Ils découvrent ensemble la notion de bonheur, qui n'est pas comme on croit : la douceur et la tranquillité président à son règne.

Raphaël veut l'emmener au Mexique, il dit qu'elle sera éblouie par le sens des couleurs et des formes des artistes mexicains. Elle lui promet Venise, par chance il n'y a jamais été, qu'il s'accroche, ce sera un choc !

Elle a réservé à l'Europa, un grand hôtel classique sur le Canal Grande, moins touristique que le Danieli ou le Gritti, hors de prix. Elle y avait séjourné avec son amant fortuné lors d'une Mostra au Lido, mais elle ne le dira pas à Raphaël. Elle dira : « C'était le fief de

Roberto Rossellini », ce qui est exact. Raphaël a une passion pour Ingrid Bergman et sa période italienne, descendre dans un lieu choisi par ce couple mythique l'amuse beaucoup.

Dans sa fureur organisatrice, Sonia a concocté un programme serré pour le court week-end d'escapade qu'ils ont pu dégager l'un et l'autre de leurs obligations professionnelles. Déjeuner à l'île de Torcello, dîner au Harry's Bar, visite de l'Accademia, les Tintoret à San Rocco, soirée à la Fenice et flâneries dans les *calli* des quartiers populaires.

Dès la descente de l'avion, elle comprend que le séjour ne se déroulera pas comme elle l'a imaginé.

Raphaël se tasse au fond du *motoscafo* de l'hôtel qui est venu les chercher au débarcadère de l'aéroport, sans regarder le paysage admirable qui défile. Il a le mal de mer, même sur la lagune plate comme un lac. Il ne faudra pas compter sur lui pour barrer un bateau. Arrivés à l'hôtel, il manque de glisser en posant le pied sur le ponton, et, vexé, s'en prend au portier qui ne saisit pas sa valise assez rapidement.

Sonia l'observe, perplexe. Le voyage depuis les USA a dû le fatiguer, il est nerveux, et franchement pas très sportif.

La chambre, splendide, lui paraît bruyante et surtout il s'inquiète que les rideaux soient suffisamment épais pour ne pas laisser passer le jour. L'obscurité totale lui est nécessaire pour dormir, et les traghetti illuminés qui naviguent sur le canal jour et nuit constituent un problème, même à cet étage élevé de l'hôtel. Sonia encaisse toutes les critiques. Raphaël est surmené, une nuit d'amour, enlacés sous les draps de lin blanc, calmera ses angoisses.

Ils descendent dîner dans le restaurant de l'hôtel, réputé pour ses plats vénitiens raffinés. Ils n'ont pas encore beaucoup vécu ensemble, ils ont passé quelques nuits brûlantes, et quelques petits déjeuners, elle ne connaît pas ses habitudes, ni ses blocages, s'il en a. Raphaël rejette son risotto aux asperges en disant qu'il n'est pas assez cuit et ne trouve aucun poisson dans la carte qui puisse lui convenir, les crevettes et les calamars n'étant pas casher. Sonia pense qu'il plaisante, elle l'a vu manger du jambon et du bacon avec ses œufs.

– Tu manges casher maintenant ?

– Ce soir, j'en ai envie. Ce soir.

Sonia comprend que l'équation est plus compliquée qu'elle ne l'a imaginée. Raphaël traverse une crise. Quelque chose le tourmente. Ou quelqu'un ? Elle ose lui demander :

– Tu as un souci, mon amour, une contrariété ?

– Non, non, rien qui te concerne. Excuse-moi si je suis d'humeur chagrine. Ce n'est rien.

– Bon. Je n'insiste pas.

– Tu es toujours parfaite, toi, toujours de bonne humeur.

– Non, pas toujours. Mais ce week-end oui, je me fais une joie de te montrer la plus belle ville du monde.

– Tu es venue ici souvent ?

– Euh... quelquefois. Toujours pour le travail, la Biennale, le festival...

– Vous autres, les fonctionnaires français, vous avez le temps de voyager...

– Ne sois pas désagréable. J'ai cinquante-cinq ans, j'ai essayé d'occuper le temps en t'attendant, pardonne-moi...

Il a un sourire, mais ne rit pas. Ce soir, décidément, il n'a aucun humour.

Au milieu du dîner le maître d'hôtel s'approche :

– *Mister Apfelbaum ?* On vous demande au téléphone.

Sonia le regarde, les yeux écarquillés :

– On t'appelle ? Ici ? Qui sait que tu es ici ? On avait bien dit que...

– Excuse-moi Sonia, bafouille-t-il en se levant, il faut que j'aille voir...

Sonia n'en revient pas. Cette lune de miel à Venise s'annonce très mal. Raphaël a dit à quelqu'un qu'il serait ce soir à l'Europa ! Elle lui avait donné le nom de l'hôtel en passant, certaine qu'il ne s'en souviendrait pas.

Selon une consigne tacite, ils sont convenus de protéger leur relation naissante de toute offensive extérieure. Elle ne lui a pas relaté sa rupture avec son amant dépité et presque menaçant, bien que leur liaison s'effilochât depuis des mois et qu'elle eût observé l'intérêt qu'il portait à sa nouvelle secrétaire de vingt ans plus jeune qu'elle. De même, Raphaël tient sous silence ses difficultés, il est marié et père de deux garçons nés d'une deuxième épouse. Sonia pense immédiatement que Raphaël subit une tempête frontale.

Il revient à la table au bout d'un quart d'heure, le visage décomposé.

– Excuse-moi, Sonia. Ce n'est pas simple.

– Je peux t'écouter, si tu veux...

Elle sent qu'il a besoin de parler.

Il repousse l'assiette de piccata de veau refroidi et se prend la tête dans les mains :

– Elle m'a fait appeler par son médecin. Dépression caractérisée. Il veut l'hospitaliser.

Un silence glacé se pose sur eux.

– J'ai dû la rappeler. Elle m'avait supplié de lui dire où je serais, pour les enfants. Elle demande que je reste jusqu'à leur majorité, après nous divorcerons, elle veut que je reste un an ou deux et qu'ils ne sachent rien. Elle ne se doute pas que je leur ai déjà parlé, ils sont grands, ils ont treize et quinze ans, ils ont compris parfaitement, ils ne m'en veulent pas, du moins je crois. J'ignore ce qu'ils pensent vraiment, mais avec moi ils sont très affectueux, ils sont fiers que je les aie mis dans la confidence. Allons marcher un peu, j'ai besoin de respirer.

Ils quittent l'hôtel sans finir leur dîner et marchent jusqu'à la piazza San Marco. Il ne prend pas sa main comme à l'accoutumée. Une fausse nuit nimbe Venise. De gras pigeons noctambules picorent inlassablement les graines jetées par les vendeurs de ballons et de gondoles en plastique, dans le vacarme des exclamations de touristes et le flonflon de l'orchestre de femmes à la terrasse du café Florian. Sonia entend ces bruits indésirables, le charme désuet n'opère pas sur Raphaël, la Venise de pacotille a le dessus ce soir.

– Rentrons, Raphaël, il commence à faire frais, nous avons besoin d'une bonne nuit de repos.

Il bougonne qu'il ne dort pas depuis des jours et qu'ils auraient dû prendre deux chambres pour qu'il ne la dérange pas. Sonia reçoit cela comme un baquet d'eau froide sur la tête, mais elle garde le sourire, se disant : voilà, ma fille, ton métier de femme commence. Ne pas accuser le coup, serrer les dents, garder le cap et attendre. Il ne s'agit que d'un obstacle, d'une péripétie. Elle frémit cependant, le danger rôde, tel un serpent invisible.

L'eau noire des canaux dégage une odeur de pourriture, cette odeur particulière à la Sérénissime, presque voluptueuse. Ce soir, cette sensualité est irrespirable, fétide et nauséabonde. Comment a-t-elle pu espérer que Raphaël s'y plairait ? Ce séjour sera un flop, elle doit s'y préparer.

En chemin ils notent une pharmacie ouverte, Raphaël a besoin de dentifrice.

– J'en ai, si tu veux… dit Sonia timidement, espérant que les phrases familières sur l'usage des objets quotidiens viennent à la rescousse de leur dialogue interrompu.

Crest Cavity Protection. Le pharmacien ne connaît même pas cette marque.

Raphaël sort de l'officine, renfrogné, d'humeur plus sombre encore. Ils montent dans leur chambre en silence. Sonia comprend qu'ils ne feront pas l'amour ce soir.

Le lendemain, la traversée en vaporetto jusqu'à l'île de Torcello se passe sans trop d'encombres. Ils s'installent sur le pont supérieur, sur une banquette au centre pour que Raphaël ne voie pas l'eau remuer de chaque côté du bateau. Un air léger de début de printemps caresse leurs joues, Sonia se cache derrière de larges lunettes noires et un foulard entortillé autour du cou. Au petit déjeuner, Raphaël s'est excusé de sa mauvaise humeur de la veille, mais il traîne une mine de convalescent, d'une pâleur tenace.

La petite chapelle du Quattrocento de Torcello, restaurée à outrance, ne les charme qu'à moitié et ils se rendent promptement à la trattoria Cipriani, où elle a réservé une table dans le jardin, le long de pieds de vignes en fleurs. Le soleil filtré par la brume permet de déjeuner dehors, en gardant son K-Way toutefois.

– Je le prends partout avec moi, plié dans sa pochette, c'est mieux qu'une fourrure.

Sonia en a prudemment emporté deux, et Raphaël admire sa prévoyance. Il lui prend enfin la main :

– Tu es une merveille. Tu penses à tout. Je ne te mérite pas.

– Ne commençons pas avec ça, s'il te plaît. Personne ne mérite personne. On se trouve ou on ne se trouve pas. Il me semble que…

– Nous nous sommes trouvés, *all right.* Et moi je saccage tout.

– Non. Tu te libères. C'est l'action la plus difficile. Très peu de personnes y parviennent. D'ailleurs, si je devais définir les gens, je dirais qu'il y a deux catégories absolues : les libres et les pas-libres. Ces derniers sont les plus nombreux. Et ils ne savent pas qu'ils sont prisonniers.

– On peut passer d'une catégorie à l'autre ?

– On naît libre. Très vite on se laisse enfermer par les autres. Mais le goût de la liberté revient fatalement, l'emprise ne dure pas. C'est vrai pour les peuples comme pour les personnes.

– Pas d'objection, *your honour…*

– Pardon. Je pérore, tu as raison. Si on commandait plutôt. Ici, leur spécialité, c'est le risotto à l'encre de seiche. C'est délicieux, noir goudronné, spécial. Est-ce casher ?

– Ne t'en fais pas. Prends-en, je testerai dans ton assiette, mais moi je préfère des pâtes *primavera,* avec des petits légumes.

Elle commande aussi un vin blanc du Frioul, en sachant qu'elle sera seule à en boire. Il accepte de trinquer avec elle et en avale une gorgée.

Un moineau frétillant se pose sur leur table, réclamant de la mie de pain. Raphaël cause avec l'oiseau :

– Alors toi, *little bird*, tu es dans quelle catégorie, les libres ou les pas-libres ?

L'oiseau s'envole, un morceau de pain au bec.

– Il reviendra, il est en liberté surveillée, comme moi ma chérie.

Sonia se désole de l'amertume de cet homme qu'elle aime.

– On n'a jamais pensé que ce serait facile, *my love*...

Raphaël détourne le regard et murmure d'un ton affligé :

– Je ne veux pas qu'elle souffre, tu comprends ?

– C'est trop tard. Elle souffre déjà. Et toi aussi. Mais rien ne sera plus jamais pareil entre vous, même si tu décides de reprendre la vie commune avec elle.

– Sonia, je ne retournerai pas chez elle. Mais je ne veux pas qu'elle souffre.

Sonia boit une gorgée de vin et soupire :

– Je ne peux rien pour elle, mais je suis là pour toi. Je ne te demande rien. J'attendrai, s'il le faut. J'ai attendu trente-neuf ans, je peux encore attendre quelque temps. Pas trop, tout de même... Nous avons tant à faire.

– Venise, c'est fait, répond-il froidement.

Sonia lève les yeux vers lui, incisive :

– Rien ne te plaît ? Tu es hermétique à ce charme décadent ou bien tu veux être hermétique à ce charme décadent ?

– Je ne sais pas. Le moment n'est propice à rien. Je ne ressens qu'un certain écœurement et suis agressé par tous les microbes qui voltigent autour de nous, comme ce moineau.

– Entendu. On rentre. Tu verras les Titien et les Tintoret une autre fois. Ou sur les cartes postales que je vais t'acheter.

– Ne te fâche pas, Sonia. Je t'aime, je suis en marche vers notre amour, pardonne-moi si j'ai des loupés, si je ne suis pas le superman que tu espérais...

– Voyons, je n'ai rien à te pardonner. Dois-tu me pardonner d'être une vieille fille qui n'a aucun sens de la vie de famille, qui a tout sacrifié à son ascension professionnelle ?

Raphaël soupire.

– Je veux le bonheur de tous, le tien et le leur. Trop orgueilleux, non ?

– Tu es seulement un mec. Tu te souviens de ce que ça signifie, un mec ? *A guy. A pal...* Sois imparfait, je ne t'en aimerai que davantage.

Elle pose sa main sur la sienne, tendrement, le plus tendrement possible, d'une façon ostentatoire pour fendre le bouclier derrière lequel Raphaël s'est barricadé.

Il retire sa main et déclare :

– *Let's go.* Je suis une pierre en ce moment. *Les Pierres de Venise*, de Ruskin. Tu vois, j'avais potassé avant de venir. Je ne prévoyais pas de me momifier moi-même. On reviendra, je te le promets. Donne-nous une deuxième chance.

– J'ai trouvé une pharmacie qui vend ton dentifrice, Raphaël ! claironne Sonia en entrant dans l'appartement où ils ont emménagé, à Paris, depuis un an.

Un rez-de-chaussée avec jardin dans le Marais, un tout petit jardin bien exposé où ils prennent leurs repas quand il fait beau.

Sonia pose sur la table de la cuisine le pain, les croissants, les bagels, le dentifrice Crest Cavity Protection et un bouquet de jonquilles. Raphaël abandonne son ordinateur pour la prendre dans ses bras.

– Des bagels ! C'est la fête aujourd'hui !

– C'est mon anniversaire, mais je ne te dirai pas combien.

– Tu n'as jamais été aussi belle, et aussi jeune.

– Ah non, pas toi ! J'en ai marre de ce cliché. *Fuck* la jeunesse, on est plein de boutons et de connerie quand on est jeune ! Je suis bien mieux maintenant.

Raphaël se régale des petites colères de Sonia. Il l'aime de plus en plus. Il a réglé tous ses problèmes, à coups d'argent, massivement. Il est heureux d'avoir quitté les États-Unis et les couloirs de la Maison-Blanche. Il travaille maintenant en freelance pour de grosses entreprises et même pour des États auxquels il apporte son expérience et son savoir.

Sonia, elle, approche de la retraite et réfléchit à son avenir. Avec Raphaël, associée à Raphaël. Penser à deux est un exercice de chaque jour, une révolution dans les manières d'être de ces deux cavaliers seuls jusqu'ici. Raphaël et Sonia ne représentent-ils pas un aigle à deux têtes, comme l'emblème de la Russie impériale ? Leurs ancêtres vivaient dans la même région, les uns dans le ghetto, les autres dans les casernes du Tsar, aiment-ils à dire. N'ont-ils pas la même Russie dans les veines ? Deux cœurs russes.

Sonia

11 novembre 1989-1991

Raphaël et Sonia sont près de Rostropovitch, qui va jouer une suite de Bach au pied du Mur de Berlin, devant les graffitis colorés qui en ornent la paroi, non loin de la porte de Brandebourg et du calamiteux Checkpoint Charlie. Une foule dense vient partager cet instant incroyable, Willy Brandt est là, sans gardes du corps, des files d'attente interminables se forment pour passer à l'est, et de l'autre côté des Allemands de l'Est et des Polonais font la queue pour passer à l'ouest. On se serre les mains, on s'embrasse, tous empreints de gravité et de joie : on vit un moment historique.

Sonia a accompagné Rostro et son célèbre violoncelle Stradivarius qui voyage en première classe à côté de lui en occupant une place passager. Raphaël est venu la rejoindre directement d'Israël où il donnait une conférence à l'université de Tel-Aviv, il ne voulait pas rater ça. Ils sont habillés comme des étudiants à une manif, Sonia l'avait bien recommandé, on sera dehors, sans abri pendant des heures, et l'hiver cogne à Berlin.

La télévision française a demandé une interview à Sonia, elle répond en hurlant dans le vacarme que les conséquences de la chute du Mur seront innombrables, les Allemands de l'Est se libèrent de l'emprise soviétique, de même que les Tchèques, les Polonais, les pays Baltes et les Ukrainiens, qui réclament déjà l'autonomie territoriale. Les effets en ricochets se succéderont dans les Balkans, la Yougoslavie, la Bulgarie et peut-être l'Albanie, la plus fermée des Républiques populaires. Quant à l'Est, n'en parlons pas, Kirghizistan, Ouzbékistan, Kazakhstan, Yakoutie, Turkménistan et les autres ne tarderont pas à se réveiller. Une tâche immense incombe à l'Europe : ouvrir les bras à tous ces pays désireux de se développer. Ça commencera par un grand bazar, mais la roue de l'Histoire tourne dans ce sens.

Ce soir-là, Sonia a réservé une chambre dans le petit hôtel où elle avait passé la nuit lors de son voyage avec Mendès France, il existe encore, mais a changé de nom. Le restaurant, lui, a été démoli, un grand building s'élève à sa place. Raphaël la photographie sur l'avenue Unter den Linden, où ils marchent au milieu d'une foule bigarrée, les curieux du monde entier sont venus assister à cet événement extraordinaire. Certains armés de piolets pour extraire un petit morceau de ce mur haï, d'autres de bombes colorantes pour écrire leur exaltation en lettres géantes. Sonia et Raphaël se tiennent par la main pour ne pas se perdre dans la cohue et pour vivre le présent au même rythme.

Leur amour se renforce chaque jour depuis cinq ans.

Assis en tête-à-tête dans le restaurant où ils se sont repliés, Sonia et Raphaël peuvent enfin se parler.

– Sonia, j'ai une grande nouvelle, dit Rapha, comme elle l'appelle.

– Tu es nommé à Tel-Aviv ?

– Non chérie. C'est beaucoup plus : tu vas être inscrite parmi les Justes, à Yad Vashem.

– Rapha ! Non, ne me dis pas…

– Ce n'est pas moi qui ai donné ton nom. Les quatre autres personnes qui ont pu quitter la France grâce à toi t'ont mentionnée, chacune de son côté ! Un Espagnol, deux Américains et un Brésilien. Ils ne t'ont pas oubliée.

– Toi, tu avais essayé… dit Sonia avec un sourire enjôleur.

– Tu es inoubliable.

– Je ne mérite pas cet honneur. Je n'ai fait que transporter une enveloppe, et tomber amoureuse d'un Juif…

– Tu vois où ça mène d'aimer un Juif !

Ils rient de bon cœur, il embrasse la main de Sonia.

– Que voulez-vous manger, princesse ?

La cuisine s'est un peu améliorée en Allemagne, l'influence italienne y sévit comme en France. On trouve du jambon de Parme, de la *burrata*, de la roquette, de l'huile d'olive et du vinaigre balsamique sur toutes les cartes. La soirée mouvementée les a creusés, ils ont une faim de loup.

Ils étaient si fatigués qu'ils ne parvinrent pas à faire l'amour, ils tentèrent mais leurs muscles se refusaient à bouger, ils s'endormirent en riant tendrement, les jambes emmêlées.

La déconfiture des plans de Gorbatchev et l'élection de Eltsine ont transformé la mappemonde. Sonia est invitée plusieurs fois à Leningrad, qui redeviendra

Saint-Pétersbourg bientôt, lui assure Anatoli Sobtchak, devenu maire, le premier issu de la vie civile. Elle se souvient de ce que ce professeur de droit lui avait dit, à Paris : « Vous, les Russes de l'émigration, vous avez emporté la Russie avec vous, ramenez-la. » Sobtchak vient de rédiger la nouvelle constitution avec Boris Eltsine, dont on a mal évalué le rôle. Son adjoint est un certain Vladimir Poutine, placé à ce poste d'observation par le KGB.

Édith Cresson, Première ministre, s'est résolue à l'inviter à Paris, une grande réception est prévue au Quai d'Orsay. Les dignitaires français s'y rendent à reculons, farcis de préjugés à l'encontre de ce gaillard aux cheveux patiemment gominés et à l'haleine chargée. Les personnalités de la communauté russe en France sont conviées : Hélène Carrère d'Encausse, Robert Hossein, Marina Vlady, Macha Méril, le producteur Alexandre Mnouchkine, le journaliste Jacques Ourevitch, et Sonia, cela va de soi.

Le dîner se déroule dans le grand salon du Quai d'Orsay, deux cents convives triés sur le volet sont répartis par tables de dix. Peu de femmes, comme d'habitude, mis à part les actrices et quelques députées. Une longue table rectangulaire dressée sur un podium domine l'assistance, le président et ses homologues sont assis d'un seul côté, tels des conférenciers. Eltsine se penche de temps en temps vers sa voisine de gauche, Édith Cresson, une interprète derrière son siège se précipite pour traduire ses propos, des amabilités sans importance, des commentaires sur les plats servis ou sur la décoration de la salle.

À la fin du repas, avant le dessert, la Première ministre se lève, sort un papier de son sac et commence un discours. La France est solidaire de la Russie depuis des siècles, elle continuera, elle félicite les Russes pour leur courage et leur lucidité, elle utilise des mots prudents pour qualifier le rôle de Eltsine (Mitterrand avait misé sur Gorbatchev) et elle promet des dotations de quelques millions de francs pour relancer l'économie et le commerce, etc.

Eltsine l'écoute sans que son visage exprime le moindre sentiment, et quand elle a terminé, il attend la fin des applaudissements comme un homme de spectacle rodé, se lève lentement, pousse sa chaise, met ses mains dans le dos, et tel John Wayne dans une scène de western, il entame un long discours de sa voix puissante, sans notes, sans papier, sans micro, dans un russe impeccable que les russophones de la salle peuvent apprécier. Des haut-parleurs disposés aux quatre coins de la salle diffusent la traduction simultanée.

La France est un grand beau pays ami, mais la Russie est quarante fois plus grande, elle compte deux cents millions d'habitants, et des richesses colossales. Il n'est pas venu mendier des aides, il est venu apporter la sienne, les industriels qui viendront investir dans son pays seront traités comme nulle part ailleurs, et feront des bénéfices rapides et attrayants. La Russie n'est pas le tiers-monde, elle a besoin de développement, de modernisation, son peuple est instruit et, s'il faut reconnaître un grand mérite au communisme, c'est qu'il n'y a pas d'illettrés dans toute l'étendue des républiques qui forment la Fédération de Russie, d'est en ouest, du nord au sud.

L'assistance est médusée par l'aplomb et l'envergure de cet homme. Les préjugés sur lui et son équipe tombent à terre comme des feuilles mortes.

Il parle pendant vingt bonnes minutes, vante les atouts du continent russe, de son potentiel scientifique, militaire, nucléaire, de son sous-sol, de ses frontières garantes de toute velléité d'invasion, visant la Chine sans la nommer, la Turquie sans la nommer, les États-Unis sans les nommer. La Russie, en remettant son organisation à plat, inventera un nouveau progrès, près des hommes, et une nouvelle façon de vivre.

Soudain il se racle la gorge et se tourne vers la table où se trouve Sonia, depuis le début du dîner elle avait remarqué qu'il lorgnait ses jambes galbées dans des bas noirs sous sa jupe courte. Il change de ton et il dit avec émotion en regardant Sonia :

– Et je veux remercier la France d'avoir accueilli après la Révolution de 1917 de nombreux sujets russes qui ont dû fuir leur pays, leur terre, leurs parents, abandonner leurs biens et leurs maisons pour refaire leur vie ici, fonder des familles, élever des enfants, et perpétuer les arts russes, la foi russe et la beauté des femmes. Je lève mon verre à tous ceux qui ont facilité leur implantation dans votre pays, et je dis à tous ces Russes émigrés et à leurs descendants dont je vois quelques représentants dans la salle : la Russie est ouverte, elle vous appartient, revenez nous apporter votre science et vos talents que vous avez pu développer en France. *Na zdarovié !* À la santé de l'amitié franco-russe. À l'avenir et au bonheur de nos peuples.

Robert Hossein est en larmes. Pour la première fois un dirigeant de la défunte URSS tient ces propos. Jusque-là il leur était interdit de reconnaître l'existence d'une émigration, sinon pour les qualifier de fuyards et d'ennemis du socialisme. Sonia se remémore les soirées cosaques à La Motte, son père devant le feu qui grillait des *chachliks* en les arrosant de vodka. « Assis sur leurs valises », ils rêvaient tous de retourner en Russie un jour ou l'autre.

Les applaudissements n'en finissent pas, Eltsine descend de l'estrade et se dirige directement vers Sonia. Il lui prend les mains et lui souffle :

– *Vash Nommer, pojalouïsta.* Votre numéro de téléphone, s'il vous plaît.

Sonia écarquille les yeux, estomaquée. Le président en profite pour la draguer ! Les hommes de pouvoir sont connus pour leurs besoins sexuels et leurs méthodes expéditives. Sonia sort une carte de visite professionnelle où son numéro personnel ne figure pas, il la glisse dans sa poche, en la lisant plus tard il comprendra le message.

Sonia ne lui en veut pas. La soirée fut renversante, éblouissante, tant pis s'il est un homme comme les autres, elle gardera le souvenir du tribun héroïque qui fit plier une assemblée de sceptiques par sa force de conviction et son patriotisme. Un héros russe, bravant les mutins du haut d'un char, l'image avait fait le tour du monde.

Elle s'éclipse rapidement, descend le grand escalier la première, demande son manteau au vestiaire et laisse un gros billet au comptoir comme si le garde en uniforme, chaîne en cordon sur la poitrine, était responsable de ces moments inoubliables.

La Barrère

2001

Raphaël est attaché à La Barrère où il a eu le temps de faire la connaissance de Charles avant son décès, il y a trois ans. Cet homme savant et partial l'enchantait, ils passaient des heures à converser sous la tonnelle de glycine au coin de la terrasse, d'où la vue sur les coteaux plantés de pruniers et d'abricotiers s'étend jusqu'à la rivière.

Sonia a hérité de la propriété mais ne veut rien changer, et elle a raison, le charme d'une maison tient à des agencements mystérieux qu'il ne faut pas briser. Ensemble ils ont conclu qu'ils finiraient leurs jours là, dans cet endroit qui a été l'épine dorsale de Sonia et l'expression de la douceur de vivre française, avec ses limites, ses retards et ses incommodités.

Vania vit auprès de Solange dans une aile du château. Ils se chamaillent sans cesse, à les voir ensemble on dirait un vieux couple, l'aveugle et le paralytique qui se soutiennent, arc-boutés l'un sur l'autre, afin de ne pas tomber, dans une chute fatale et irréversible. Ils ont dépassé les quatre-vingt-dix ans l'un et l'autre, et s'en étonnent presque. Solange triche certainement sur son âge. Le bon air de la Dordogne en fera des centenaires, à n'en pas douter.

Sonia ne leur fait manquer de rien, mais Solange se plaint de la femme de chambre martiniquaise qui est pourtant aux petits soins avec elle. Pas assez disciplinée, elle pose les objets de travers et oublie le chiffon à poussière au milieu du salon. Sonia lui explique qu'il ne faut pas être trop difficile de nos jours, les femmes de ménage sont rares dans les campagnes, déjà une chance d'avoir trouvé celle-ci. Elle lui a même procuré une voiture d'occasion pour venir travailler depuis le village où elle habite à trente kilomètres du château.

Albert et Germaine ont pris leur retraite depuis longtemps dans leur Poitou d'origine, un couple de Biélorusses les a remplacés, adieu les petits plats de Germaine et les bonnes tartes. Sonia est aux fourneaux le plus souvent, pour le bonheur de Raphaël qui aime tout ce qu'elle fait, à la cuisine ou ailleurs.

Solange a lancé, un jour :

– Vous êtes répugnants de bonheur et de consensus. Vous ne vous disputez jamais ?

Ils se sont regardés, surpris de constater qu'en effet, ils ne se disputaient jamais. Ils discutent pied à pied une opinion ou un raisonnement. Ils sont deux adversaires du même calibre, deux joueurs de tennis du même niveau, ils ont besoin l'un de l'autre pour que leur pensée avance et sans l'autre ils ne pourraient pas jouer.

Bouquet final de sa carrière politique, Sonia a été chargée de rédiger avec François Hollande, premier secrétaire, élu au conseil général de Corrèze, les nouveaux statuts du Parti socialiste. Elle est auréolée de son passé avec Mendès France auprès de cette nouvelle génération de socialistes, ainsi que de l'estime que lui portait Mitterrand. Hollande est un homme affable et spirituel, une intelligence rapide, apte au second degré et à la clairvoyance. Elle est sensible aux joutes verbales auxquelles leurs travaux les entraînent, entre deux articles des statuts à reformuler. Ils s'inspirent de partis étrangers, suédois, danois et anglais, en les critiquant le plus souvent. Il est venu plusieurs fois travailler à La Barrère, a sympathisé avec Raphaël et mangé voracement ses pancakes au sirop d'érable et ses omelettes aux cèpes.

Un jour, à table, Raphaël balance :

– Dis donc, si on se mariait ?

– Se marier ? Un peu ridicule, à nos âges… répond Sonia.

– Tu as peur du ridicule, maintenant ?

– Tu es divorcé ?

– Non. Mais je peux m'en occuper. Jennifer veut se remarier. C'est mon fils David qui a cafté, le type avec qui elle vit en ce moment a l'air accroché.

– Chouette. Tu n'aurais plus de pension à payer…

– Prudence. Avec la loi américaine on ne sait pas ce qu'ils peuvent te sortir…

– Tes enfants sont casés, ils gagnent leur vie, tiens Simon m'a appelée avant-hier, j'ai oublié de te le dire, il voudrait venir à La Barrère une semaine cet été avec sa femme.

– Pas avec les enfants j'espère ! Deux petits monstres d'aujourd'hui. Toujours collés à leurs jeux vidéo.

– Non, je crois qu'ils veulent faire un break, justement.

– Ma chérie, c'est toi qui décides. On les mettrait dans la petite maison du chai ? Comme ça ils nous ficheraient la paix, ils se feraient leur tambouille, aux heures qu'ils veulent.

– On verra.

Sonia entretient des rapports amicaux avec les deux fils de Raphaël, sans plus. L'amour rend égoïste, elle aime bien être seule avec son homme.

Le 18 septembre 2001, Sonia et Raphaël se sont mariés à la mairie de Tulle, le nouveau maire François Hollande officiait. Les témoins devaient être Solange et Vania, mais ils sont à l'hôpital tous les deux, elle pour une phlébite, lui pour une pneumonie. Ils ont été remplacés au pied levé par Marianne, la secrétaire de Sonia, et son frère pâtissier qui a réalisé la pièce montée.

À l'article : « … les époux assurent ensemble la direction morale… de la famille. Ils pourvoient à l'éducation des enfants… », les mariés de soixante-douze et quatre-vingts ans s'esclaffèrent, ainsi que toute l'assistance.

– Moi, je dois lire tout ce qui est écrit… ! dit François Hollande en riant.

Sonia, radieuse dans sa robe Courrèges blanche courte, tendit la main à Raphaël, qui lui passa l'alliance. À son tour Sonia lui passa la sienne, leurs mains qui se connaissaient bien frémirent comme des chevaux pur-sang auxquels on mettrait une selle pour la première fois. Raphaël n'avait jamais porté d'alliance avant, disant qu'elle le gênait pour taper sur son ordinateur. Il portera celle-ci avec bonheur.

Une fête s'ensuivit à La Barrère, avec feu d'artifice, musiciens tziganes et champagne à flot. Les deux fils de Raphaël, David et Simon, sont venus des États-Unis, Sonia leur a payé le voyage sans le dire à leur père, elle tenait à ce qu'ils soient présents. Côté Sonia, les cosaques et enfants de cosaques firent une arrivée à cheval en grande tenue, dans cet environnement corrézien ils ressemblaient davantage à des dresseurs de cirque qu'à de furieux combattants du Tsar. Leurs chants et leurs danses d'hommes assombris par l'absence de Vania laissèrent un souvenir impérissable à tous les invités. Même François Hollande, emporté par l'ambiance russe, se hasarda à danser avec eux.

Le lendemain, la triste nouvelle tombe : Vania a succombé à sa maladie pulmonaire dans la nuit.

Sonia est défaite.

Elle savait que ce jour arriverait, mais elle est ravagée de chagrin. Vania était sa seule famille, depuis la mort de son père en Ukraine il y a plus de quinze ans. La disparition de Vassia l'avait affectée, mais pas autant que la mort de Vania, son parrain, son ami, son complice, son soutien dans toutes les circonstances de sa vie. Il était le toit de la maison au-dessus d'elle, à présent elle est en première ligne avec le ciel, la prochaine levée, le prochain tour.

Quand Charles est décédé, il était si fatigué, si torturé par sa déchéance que Sonia a vécu sa disparition comme une libération, pour lui et pour elle. Elle ne l'avait pas aimé comme elle aimait Vania, cet homme bon et sans prétention, victime de l'Histoire et de lui-même. Un bon sens du cœur l'animait et le rendait intelligent, juste et humain. Un homme russe, généreux et désordonné, fougueux et fataliste.

Elle l'enterrera au cimetière de Sainte-Geneviève-des-Bois, dans le carré cosaque, près du père de Vania et de leurs camarades cosaques qui sont presque tous là-bas.

Une messe sera donnée rue Daru.

Elle sanglote dans les bras de Raphaël.

Elle n'a pas pleuré ainsi pour la mort de son père.

13 mars 2019

Sonia a quatre-vingt-dix ans.

C'est encore une femme alerte et droite, son dos ne s'est pas courbé comme celui de Solange de Hauteville dans les dernières années.

Elle vit seule à La Barrère, entourée de chats avec lesquels elle bavarde.

Son mari Raphaël Apfelbaum est décédé à quatre-vingt-treize ans, il y a trois ans, il est mort dans ses bras, parfaitement conscient et amoureux. Ils s'étaient promis de disparaître ensemble, mais une récidive de cancer à la vessie a emporté Raphaël plus tôt. Ils espéraient finir une œuvre d'ampleur à laquelle ils travaillaient tous les deux depuis plusieurs années : *Histoire du socialisme*, en six volumes. Sonia la complétera seule, secondée tout de même par Marianne, sa fidèle assistante qui maîtrise l'informatique bien mieux qu'elle.

Elle est paisible et solitaire, seule la multiplication des moteurs dans les campagnes la met de mauvaise humeur. Entre les tracteurs, les sulfateuses, les avions dans le ciel et les pompes électriques, on n'a plus un instant de silence, même la nuit. Heureusement son ouïe s'est affaiblie, elle ne veut pas s'appareiller, non par coquetterie mais parce qu'elle tient à son isolement, sa surdité croissante la protège des bruits stridents.

Dans les années quatre-vingt-dix, elle a été élue à l'Académie à une voix près contre un illustre écrivain qui avait fait des pieds et des mains pour l'emporter. Son installation fit grand bruit. Elle doute parfois de l'utilité de cette institution, mais elle a plaisir à retrouver ses confrères et à soutenir des projets qui s'inscrivent dans la durée, sinon l'éternité.

Ce matin une lettre très officielle du Secrétaire perpétuel Hélène Carrère d'Encausse lui annonce que l'Institut souhaite fêter son anniversaire, et qu'elle recevra à l'occasion les insignes de Commandeur de la Légion d'honneur. Quelques dates sont proposées, on attend sa réponse.

Bon, elle ne peut pas refuser. Il va falloir monter à Paris, ce qu'elle évite le plus possible ces derniers temps. Marianne l'accompagnera, toujours si dévouée. La date du 13 mars est fixée, quelques jours avant la Pâque orthodoxe, très en avance cette année, selon les bizarreries du calendrier Julien. Elle fera d'une pierre deux coups. Elle se rendra pour la messe de minuit au nouveau Centre spirituel et culturel orthodoxe russe voulu par Poutine, quai Branly, construit par son ami Jean-Michel Wilmotte, académicien lui aussi. Elle ne l'a encore jamais visité, l'ambassadeur de la Fédération de Russie l'y a invitée à maintes reprises. Elle ne peut se résoudre à faire des infidélités à sa chère cathédrale Saint-Alexandre-Nevsky, rue Daru, où elle a tant de souvenirs. Mais il faudra bien qu'elle s'y rende un jour et qu'elle fasse ses commentaires, même si les Russes d'aujourd'hui se fichent de son avis.

Une nouvelle race de Russes a déferlé sur la France, plus spécialement sur la Côte d'Azur, les quartiers riches de Paris et les stations de sports d'hiver. Des Russes bien différents de la première émigration, celle du siècle dernier. Sonia voit tristement leur image changer dans le cœur des Français. La princesse Marie Gagarine avait coutume de dire: « Nous étions les nouveaux pauvres, voilà maintenant les nouveaux riches. »

Sonia se demande quel sera son discours à l'Académie. Ce sera sans doute le dernier. Elle se le doit, et elle le doit à Raphaël. Depuis sa mort, elle vit toujours avec lui, elle lui parle, elle devine ses réponses, elle est guidée par ce qui a gouverné leur existence, ce qu'ils avaient modelé ensemble, pour être au plus près l'un de l'autre.

Quand la santé de Raphaël se dégradait, Sonia l'accompagnait à l'Hôpital américain à Paris. Les hommes supportent mal la maladie, il était d'une humeur de chien pendant ces périodes critiques, sauf avec elle. Les médecins passaient par elle pour annoncer les problèmes, soumettre les interventions souhaitables, pour qu'elle le persuade de les accepter. Elle ne donnait pas systématiquement raison aux thérapeutes. Il leur arriva de prendre la fuite sans obéir aux prescriptions médicales, ils décidaient de ne pas souscrire à tous les examens et charcutages, seule réponse de la médecine parfois, empêtrée dans son impuissance. Alors ils filaient comme deux collégiens complices, en se promettant de ne pas remettre les pieds à l'hôpital qui cherchait à les dévorer. Leur diagnostic était souvent juste. Le retour à La Barrère se soldait par une amélioration visible de la santé de Raphaël, jusqu'au jour où il n'y eut plus rien à faire, l'étroite panoplie des soins avait été épuisée.

À l'approche de la mort, Raphaël se comporta d'une manière infiniment digne, on n'en parlait pas mais il savait, il était serein et désirait une seule chose : que Sonia soit près de lui, et qu'ils se préparent ensemble à cette traversée, cette interruption dont ils étaient convaincus qu'elle était temporaire et qu'ils se retrouveraient quelque part, bientôt, plus unis que jamais.

Sonia n'a pas l'intention de s'incruster sur cette terre. Elle s'achemine poliment à rejoindre son époux, son amant, sa moitié. Elle a deux ou trois choses à achever, cette encyclopédie sur le socialisme, un ouvrage sur la fin de la guerre froide illustré de nombreuses lettres et documents exclusifs qui sont en sa possession, construire le monument qui ornera leur tombe dans le petit cimetière de La Barrère, une œuvre contemporaine qu'elle a commandée à un talentueux sculpteur dont elle a déjà quelques œuvres dans le parc, et parler une dernière fois à Vladimir Poutine. Elle a été présentée à Poutine plusieurs fois, à Saint-Pétersbourg lors d'un sommet économique, et à New York il y a quelques années. Il sait qui elle est et ne sera pas surpris de son initiative. Elle doit absolument le convaincre de la chance historique qui se présente à lui : tendre la main à l'Europe au lieu de la mordre. De l'Atlantique à l'Oural, avait dit le Général…

Sonia est si populaire que l'Institut profite de sa soirée d'anniversaire pour faire un « coup de com », en invitant des journalistes, des personnalités du showbiz et de la finance, ainsi que des ambassadeurs.

Les gradins sous la Coupole sont pleins à craquer, quelques têtes couronnées ont même fait le déplacement : la comtesse de Paris, le prince Grimaldi de Monaco, la reine du Danemark et le ministre des Affaires étrangères israélien. Les discours commencent, tous vantent la carrière irréprochable de Sonia. Enfin le Secrétaire Perpétuel pique sa décoration avec difficulté dans la broderie serrée de son habit vert, bien que Sonia l'eût fait alléger par la maison Balenciaga.

Alors Sonia s'assied au pupitre central de l'hémicycle, pose son pense-bête, quelques mots griffonnés sur un tout petit bout de papier déchiré dans un carnet, et commence son discours, tête haute, d'une voix posée et sonore :

Messieurs les présidents, messieurs les ministres, son Altesse la reine du Danemark, Monseigneur le Prince Héritier de Monaco, Madame la Comtesse de Paris, monsieur le Ministre d'Israël, messieurs les ambassadeurs, mesdames messieurs les députés, mesdames messieurs les journalistes, chers confrères.

Depuis deux jours j'ai quatre-vingt-dix ans.

(Applaudissements.)

Je n'ai aucun mérite.

Cela vous arrivera à vous aussi, peut-être.

Le plus tard possible, pensez-vous. La France compte le plus grand nombre de nonagénaires, avec le Japon. Cela prouve que l'air est bon dans notre pays. (Rires.) Cela prouve aussi qu'on mange bien dans notre pays, et que le vin est une boisson de longévité. Je ne m'en suis pas privée au cours de ma vie, et je continue, ceux qui sont venus chez moi en Dordogne savent que mon petit Château La Barrère n'est pas mauvais. Les Japonais ont le poisson cru et nous la graisse de canard. Entre nous, on est veinards, l'inverse m'aurait défrisée.

Je suis née au XXe siècle, en France, en Corrèze, qui représentait le fin fond de la brousse à cette époque, un coin perdu dans les forêts.

Mes parents étaient russes, mon père était fils de cosaque et ma mère fille d'un prêtre orthodoxe. Ils s'étaient mariés dans le village voisin pour que ma naissance soit déclarée. Le malheureux fonctionnaire qui m'a inscrite dans son cahier d'état civil ne se doutait pas d'introduire dans la société française une emmerdeuse qui deviendrait haut fonctionnaire. (Rires.)

Une petite Française tout de même. Merveille du droit du sol. (Applaudissements.)

Attendez, ce n'est pas si simple... J'ai grandi dans l'esprit russe au milieu d'un groupe d'émigrés nostalgiques de la Russie tsariste, qui avaient sauvé leur peau des massacres et s'étaient réfugiés dans cette France profonde qu'ils étonnaient. En France on donne les papiers mais on n'accueille pas, ou mal. Ils étaient considérés comme des originaux venus d'une autre planète, peut-être mal intentionnés... On ne leur rendait pas la vie facile, et eux-mêmes se retranchaient dans leur différence et n'apprenaient pas le français. Les moins jeunes. Les jeunes souhaitaient s'intégrer.

L'école a été mon salut. J'ai adoré l'école communale, les enseignants consciencieux et fiers de leur mission, oui, oui, j'ai connu ça... (Petits rires). L'un d'eux m'a remarquée, d'abord pour mes talents musicaux et vocaux.

(À la surprise de tous, elle chantonne quelques mesures d'une chanson de Trenet: «Je chante, je chante soir et matin, je chante sur mon chemin. / Je chante, je vais de ferme en château...»)

… vous voyez, je n'ai pas complètement perdu ma voix. (Rires.)

Cet instituteur m'a tirée de mon milieu familial pour me permettre d'étudier à Tulle, sans bourse, sans aide aucune, juste la bonne volonté de quelques personnes.

Parmi eux, un homme altruiste et loyal, Charles de La Barrère que je salue là où il est (Elle montre le ciel) m'a en quelque sorte adoptée pendant la guerre. Après que mon père s'est engagé pour une croisade personnelle, me laissant comme orpheline, puisque ma mère était décédée. Grâce à la charité de Charles et de sa cousine Solange, j'ai pu poursuivre des études convenables à Paris, qui m'ont menée jusqu'à l'ENA.

Les études universitaires m'ont enchantée. Je lisais du matin au soir, je voulais tout savoir, tout thésauriser. Je suis sortie de l'ENA à une place honorable mais pas glorieuse, la vie commençait à me passionner, je me concentrais moins, certaines années, sur la paupérisation de l'Afrique sub-saharienne ou l'incidence du taux de natalité sur le commerce extérieur nippon…

Dès mon diplôme en poche, la vie politique m'a tendu les bras. J'ai eu la chance de rencontrer Guy Mollet, Pierre Mendès France, Jean Berthoin, le général de Gaulle, et d'autres. Mon cœur radical-socialiste se forgeait, et ne devait plus dévier.

On a connu des revers, des surprises, et des récompenses: l'élection de François Mitterrand en fut une. On avait travaillé dur autour de lui, on était chargés d'une immense mission nationale qui allait changer complètement le paysage politique et culturel de la France.

Ma mission internationale commença, j'étais novice en la matière, ma « russitude » me coiffait depuis longtemps en France d'un préjugé de stratège polyglotte. Malgré mon nom très français, de La Barrère, acquis par mariage blanc dans mon jeune âge grâce à la générosité de mon protecteur Charles de La Barrère, mes origines slaves étaient venues au jour à la suite d'une fâcheuse affaire qui me valut l'anathème, un limogeage du ministère de l'Éducation, et la mise à l'écart de la vie publique.

Je veux vous dire quelques mots de cette page sombre de ma vie. À mon âge canonique, je n'aurai plus l'occasion de m'adresser à vous, j'utilise la parole que vous m'accordez aujourd'hui pour vous faire quelques confidences en forme de testament. (Quelques rires.) Ne riez pas, ce n'est pas si drôle.

Mon père ne s'était pas remis de la mort du sien, décapité devant ses yeux de petit garçon au cours d'une émeute en 1917 à Saint-Pétersbourg. Son père Wladimir Sergueïevitch Vassiliev défendait le Palais d'Hiver avec ses camarades cosaques. Le bolchévisme était pour mon père Vassia une hydre malfaisante dont il fallait se débarrasser avant qu'il ne soit trop tard. L'engouement pour les thèses communistes, en France et ailleurs, le révoltait. Dire que sa fille défendra des idées de gauche...

En exil, les années passant, il ne comprenait pas qu'on laisse Staline massacrer son peuple, et a vu dans la guerre un espoir d'interrompre le cauchemar. Mais qui s'opposait franchement aux Soviétiques ? Pas Churchill, pas de Gaulle, pas Roosevelt, pas Atatürk, pas le jeune Mao Tsé-toung. Pour les cosaques, seul Hitler s'était lancé dans une campagne pour repousser les Bolcheviks d'Ukraine, de Hongrie et des pays Baltes. Mon père a jugé de son devoir de s'engager auprès des Waffen-SS, lui qui était de toute façon apatride, sans nationalité, sans passeport. Dans le combat de Hitler contre le « judéo-bolchévisme », il n'a vu que le deuxième volet. Il n'a fait aucun prosélytisme, il est parti seul, sans entraîner qui que ce soit. Il est parti, poussé par le désespoir et le fatalisme ataviques qui sont l'apanage des hommes russes, cela ne vous aura pas échappé dans la littérature et le cinéma.

Il n'a informé personne, je l'ai découvert à l'âge de trente ans, en même temps que vous, par la presse et le scandale.

J'ai retrouvé la trace de Vassia Sergueïevitch Vassiliev des années plus tard, lors d'un voyage en Ukraine. Il avait été blessé par une bombe à Jytomyr, il n'était pas mort. Il avait perdu la mémoire.

Mon père s'est fourvoyé, loin de tous, loin de moi, il n'a pas voulu que ses actes éclaboussent le destin de sa fille, il m'a protégée de lui et de sa folie suicidaire. Je n'ai pas approuvé l'homme mais j'ai regretté le père.

(Un silence ému envahit l'hémicycle.)

Mais revenons à nos moutons.

Je me suis fermement occupée de la paix dans le monde, j'ai mis en relation les hommes qui le gouvernent, à les entendre ils ne demanderaient qu'à collaborer. J'ai appris à reconnaître le langage des faux-culs, des naïfs, des pervers, des vaniteux et des illuminés. J'ai traduit les espoirs et les déceptions d'une langue à l'autre, d'un peuple à l'autre, d'une religion à l'autre. Avec l'Europe, nous avons fait reculer la guerre et apporté de l'espoir aux jeunes générations.

(Elle enlève ses lunettes et prend un petit temps.)

À ce propos, Excellence Alexeï Meshkov, cher ambassadeur de la Fédération de Russie, je me tourne vers vous un instant. Avant de me retirer définitivement sur mes terres et rejoindre bientôt l'homme que j'aime, bref, avant d'être gâteuse et surtout avant que le vent tourne au-dessus de l'Europe, je voudrais parler avec votre président, il me connaît, il sait que je suis sage et qu'à mon âge, on sait lire dans l'avenir. Je voudrais lui dire que l'Histoire avec un grand H se dresse devant lui, fabuleuse : elle l'attend en Europe, elle lui fait les yeux doux depuis longtemps. Je sais qu'il mesure la chance réciproque que nous aurions à nous allier, au lieu de nous faire des croche-pieds. La Russie est une partie de ce continent, ses habitants nous ressemblent, et regardez comment une petite Russe, dit-elle en se montrant, peut trouver sa place en France !

Excellence, je vous en parlerai tout à l'heure au dîner, on vous a placé à côté de moi, à ma demande, vous êtes cuit, vous allez être obligé de m'écouter !

(La salle s'esclaffe. L'interprète traduit rapidement à Meshkov qui ne parle pas encore le français, il a été nommé depuis peu. Il rit à retardement :

– *Soudavolstviem*, volontiers, dit-il avec un petit signe de la main vers elle.

Sonia reprend.)

À présent, pour conclure, je serai brève, le dîner nous attend, je voudrais rendre hommage à quelques personnes sans lesquelles je ne serais pas ici, à vous parler de ma longue vie enthousiasmante, malgré les chagrins, les malheurs, les douleurs, les désillusions, les trahisons et les empêchements.

Je commencerai par Catherine II, qui écrivait à Voltaire dans un français parfait, et avait compris les liens profonds et indéfinissables entre la pensée française et l'ardeur russe.

Puis je dois remercier Victor Hugo, dont les doutes et la probité ont tracé une ligne généreuse et humaine, impérissable.

Je continuerai avec George Sand, qui fut contrainte à porter un nom d'homme pour s'imposer, comme écrivain et comme femme.

Je veux remercier Casimir Durieux, mon instituteur corrézien à l'école primaire, inscrit au Parti communiste clandestinement pendant la guerre pour ne pas perdre son poste d'enseignant, et Valentin Petrolacci, mon précepteur qui m'éduqua à Paris pendant ces années difficiles.

Je dois remercier mon parrain et soutien moral permanent Ivan Anatolievitch Melnik, mon cher Vania, fils de cosaque comme mon père, qui m'a permis de ne pas rompre avec mes racines, je n'aurais pas survécu à l'isolement et à l'abîme de ma solitude sans lui. Sa bonté et son dévouement m'ont entourée et abritée.

Il y a Joseph Kessel et Romain Gary, que j'ai eu la chance de croiser, ces voyous russes talentueux ne se laissaient pas emprisonner, leur message de liberté et d'insoumission m'a servi maintes fois. Libres et conscients. Voilà la condition essentielle, le but de toute vie.

Et puis il y a la musique, *Roméo et Juliette* de Prokofiev, et *L'Oiseau de feu* de Stravinski, et le concerto pour piano de Ravel. Ces œuvres nous élèvent vers la pureté de l'azur, où les âmes des compositeurs flottent, peut-être, en compagnie de celles de Pouchkine, de Tolstoï, de Faulkner, de Goethe et de Rimbaud.

Il y a des visages immortels qui nous renvoient une image idéalisée de nous-mêmes, Gérard Philipe, Maria Casarès, Michel Simon, Marlène Dietrich, Vivien Leigh, Raimu, Bourvil, Charlie Chaplin, James Dean et Fernandel.

Il y a les animaux qui ont accompagné ma vie quotidienne : Choucha mon intraitable chat birman qui me grondait quand j'étais en retard, Kniejna, ma jument qui ne supportait que mon poids et mes talons, et Camembert, mon fox-terrier qui est friand de fromage, et grogne quand on est désagréable avec moi.

Il y a les genêts, les églantiers, les mûriers le long des routes, les coquelicots pirates qui poussent dans les blés et qu'on ne peut pas cueillir, ils meurent dans la main.

Liberté, autonomie, encore.

Il y a le général de Gaulle. Il m'a punie, mais j'ai admiré sa vision sur le long terme. Il était la force et la pudeur de la force. Je le relis souvent.

Et il y a Pierre, Pierre Mendès France, trop pur pour gouverner, trop intelligent, trop raffiné pour taper du poing sur la table. Je lui dois la clarté de mes convictions, la délicatesse des moyens pour les exprimer.

Vous voyez, je suis faite de tout cela.

Une personne est la somme de dizaines de personnes, vivantes ou défuntes, qui ont déposé une semence dans son esprit.

Je dois mes bonnes dents et ma voix de soprano à mes ancêtres russes, mais tout le reste appartient à toutes ces personnes que je vous ai citées, et beaucoup d'autres encore, qui m'ont tenu la main, m'ont aidée à traverser le gué, ont poussé mon vélo dans la côte.

À toutes ces présences, toutes ces âmes, je dois la belle récompense que vous m'offrez ce soir, cette médaille bien sûr, elle est jolie et je vous promets que je la porterai dans mes promenades à travers champs, mais surtout votre écoute, votre attention, votre affection et votre confiance.

Je vous remercie.

Un tonnerre d'applaudissements clôt la cérémonie. Sonia est aussitôt entourée de photographes, d'académiciens qui se pressent pour l'embrasser, la grand-mère de l'Institut a fait fort, elle a encore subjugué l'auditoire.

La vieillesse n'existe pas. Elle brille comme un soleil qui ne se couche jamais.

Épilogue

Le soleil se lève sur La Barrère.

Sonia ne dort pas.

Elle est assise dans son fauteuil médicalisé devant la fenêtre. D'un doigt elle peut baisser le dossier, monter le repose-pieds, avancer ou reculer, la machine lui obéit comme un cheval dressé. Elle regarde la ligne de crête qui se découpe dans la lumière bleue de l'aube, elle pense à Colette au Palais-Royal observant le ciel de Paris pendant ses insomnies, elle pense à George Sand qui demanda qu'on pousse son fauteuil devant la fenêtre à sa dernière heure, et qui prononça ces mots énigmatiques : « Laissez, verdure… » Que voulait-elle dire ? Qu'on épargne un grand frêne qu'il était question d'abattre dans son jardin, qu'on laisse la nature nous guider, qu'on la laisse mourir en paix dans son Nohant arboré et adoré, ou qu'on protège la nature, en fière pythie des temps futurs ?

Sonia ne se met pas au rang de ces grandes créatrices, mais elle songe à ce qu'on dira d'elle quand elle ne sera plus de ce monde.

Femme engagée ?

Femme ambitieuse ?

Séductrice ou femme de tête ?
Cœur de pierre ou cœur de chair ?
Esclave des puissants ou maîtresse des faibles ?
Femme de goût ou victime des artistes de son temps ?
Pionnière ou suiveuse ?
Aventurière ou légaliste ?

Elle est toutes ces femmes à la fois. La contradiction est le propre de l'âme humaine. On veut une chose et son contraire, on donne raison à une théorie et on flirte avec son opposée. La vérité n'est nulle part, et Karl Marx avait défini ce qui meut les humains : leur intérêt, la défense de leur condition, et l'espoir d'une amélioration de leur niveau de vie. Le reste est littéraire et oiseux. Chacun se bat pour sauver sa peau, pour mettre ses enfants à l'abri, et pour jouir le plus possible.

La spiritualité ? Un luxe, une folie dans certains cas. Une revanche quand rien ne marche, quand rien n'avance. Sonia a trop côtoyé la misère humaine pour ne pas savoir que le pain qu'on mange ou qu'on ne mange pas détermine la vision du monde. Puis se greffe sur ceux qui mangent, ceux qui ne savent plus quoi faire de leur argent, une impunité, une inconscience qui les transforme en prédateurs insatiables, en robots insensibles aux autres, même à leurs plus proches. La richesse et l'avidité vont de pair. Les riches se déshumanisent, inévitablement.

Mais le besoin d'une instance supérieure, sur cette terre ou après, demeure. Les religions n'ont jamais eu autant de succès. Sonia ne les condamne pas comme ses prédécesseurs de gauche, elle est attachée à son orthodoxie archaïque et immuable, après tout la résurrection est un merveilleux espoir. Et elle a décidé de ne pas résister au désir de s'en remettre à un Dieu invisible et rêvé.

Sonia n'est pas fière de son parcours, elle est fière des hommes et des femmes qu'elle a servis, et qui l'ont acceptée sur les sommets où ils se trouvaient : altitude morale, politique, intellectuelle, artistique. Elle a eu la chance de côtoyer tous ces talents, ils sont précieux, ils méritent qu'on les distingue et qu'on les honore.

Sonia se réjouit d'avoir vécu en un siècle où les grands esprits avaient une autorité admise par tous. Il est temps qu'elle s'en aille, le tour que prennent les événements lui plaît modérément. Elle a œuvré toute sa vie pour le bien, il semblerait que le peuple ne veuille plus de gens comme elle, à la pensée complexe et relative. La simplification démagogique est à l'ordre du jour.

La semaine dernière une classe de Sciences Po est venue lui rendre visite. Dialogue de sourds. Ils attendaient d'elle des réponses définitives, des formules et des solutions clé en main. Elle n'a distillé que des interrogations, de l'inquiétude et de la retenue. Ils étaient déçus et impatients, aucun n'a bu son vin ni goûté son foie gras, ils sont végétariens et boivent de l'eau. Une grande tristesse s'est emparée d'elle, elle a prétexté une fatigue soudaine et s'est enfermée dans sa chambre en priant Marianne de leur faire visiter le chai, la grange où elle expose des artistes et l'arbre millénaire qui règne dans le parc.

Raphaël mon amour, le moment est venu, je vais passer de l'autre côté, là où tu m'attends, où mon père m'attend, où Vania m'attend, où Charles et Solange m'attendent, où Kniejna et Choucha m'attendent, il n'y a pas de discrimination là-haut, les animaux ont la place à laquelle ils ont droit. Je suis prête, mes attaches ici-bas sont maintenant moins fortes que mes liens avec vous tous, avec ma mère, ma pauvre maman que je n'ai pas eu le temps de chérir, avec mes grands-parents que je n'ai pas connus, et avec toi, surtout avec toi, mon amour, l'homme qui m'a fait naître, l'homme unique et bouleversant qui a incarné l'homme idéal pour moi, celui que toute femme espère rencontrer un jour, clair, noble, simple, savant, volontaire, tendre, séduisant, modeste, orgueilleux, intolérant, juste, habile, résolu, nonchalant, déterminé, sensible, foudroyant, magique, inquiet, désopilant, goulu, pudique, émerveillé, machiavélique, enfantin, dandy, matamore, joyeux, étourdi, délicat, métaphysique, gourmand, juif, chaud, hypnotisant, chamane, extraterrestre et homme libre.

Tu es l'amour.

Tu es le but.

Tout est clair.

Le soleil pointe derrière la colline en un demi-cercle orange.

Elle ferme les yeux et ne les rouvrira pas.

Sonia Apfelbaum, née Sonia Vassilievna Vassiliev, veuve La Barrère, s'éteint, un sourire étonné au coin des lèvres.

Remerciements

Je remercie mes parents d'avoir choisi la France pour me mettre au monde et m'élever.

Je remercie Christian Ingrao, Élisabeth Gagarine, Stéphane Barsacq, Georges Berthoin, Jean Brouste, Stéphane Lerouge, Jean-Noël Liaut, Catherine Thibault, Youra Marschalk, Georges van Veen et les derniers représentants de la communauté cosaque en France, Genia Chomenko, Alexandre Ognov, Vitali Joumenko, pour leurs précieuses et amicales indications historiques, corréziennes et cosaques.

Enfin je remercie Liana Levi et sa fine équipe : Amélie Dor, Élodie Pajot et Sandrine Palussière pour leur travail attentif et chaleureux, ainsi que mon fidèle attaché de presse Pierre Cordier.

Deuxième réimpression

Achevé d'imprimer sur Roto-Page en juin 2022
par l'Imprimerie Floch à Mayenne
N° d'impression : 100667

Premier dépôt légal
dans la même collection : mars 2021

Imprimé en France